オレオレの巣窟

志駕 晃

幻冬舎文庫

オレオレの巣窟

目次

第一章　オレオレの罠

『俺、俺だけど。お婆ちゃん、大変なことになった』

「俺って、あなた誰よ？」

『俺だよ、俺』

今年で八一歳になる尾上静江《おがみしずえ》はその電話を受けて、オレオレ詐欺のことを思い出した。この家にそんな電話が掛かってくるのは初めてではない。以前は明らかに声が違っていたのでオレオレ詐欺だとすぐにわかったが、この電話はちょっと聞こえづらかったので、孫の声なのかどうかは自信がなかった。

「だから、あなたは誰ですか？」

『恭平《きょうへい》だよ。恭平。お婆ちゃん、本当に大変なことになったんだ』

静江には二七歳の孫がいた。

その孫の名前は恭平で、東京の大手建設会社に勤務していた。

『……、おいこらっ、誰が電話していいなんて言った』

その後、電話口から争うような大きな音が聞こえ、さらに机がひっくり返るような大きな音がしたので、静江は思わず顔を顰《しか》めた。

「恭平？　恭平？　あなた本当に恭平なの？」

『あ、尾上恭平さんのお祖母さん、……尾上静江さんですか』

電話口から低い中年男性の声が聞こえて来た。

「はい。はい、そうですが」

『警視庁鉄道警察隊丸《まる》の内《うち》分駐署の野島《のじま》と申しますが、実はおたくのお孫さんが、山手線内《やまのて》で痴漢を働きましてね』

「え、本当ですか」

恭平は就職と同時に実家を出て、今は練馬《ねりま》で一人暮らしをしているはずだった。

『これから所轄《しょかつ》の警察に連行するところだったのですが、お孫さんが急に携帯から電話をしてしまいまして』

「すみません、本当に恭平が痴漢をしたんですか」

『ええ、そうです。お孫さんの指先から女性の下着の繊維が検出されましたから、冤罪《えんざい》ではありません』

「何かの間違いなんじゃありませんか」

静江には孫が合計で三人いたが、男の子は恭平だけだった。小さいころにはこの世田谷《せたがや》の静江の住む家に遊びに来ていたが、ここ数年は顔を見せてはいなかった。

『何しろ本人が自白していますから』

尾上の名前を継ぐ唯一の男の子が、痴漢という破廉恥《はれんち》行為をしてしまった。

「すみません、孫に代わっていただけませんか」

『いや、それは証拠隠滅の恐れがあるのでできません。今も勝手に電話をされてしまっただけなので、この電話もなかったことにしてください。じゃあ、電話を切りますから』

受話器から、微かに駅のアナウンスのような音が聞こえてきた。

この電話は、本当に警察からなのかもしれない。

「ま、待ってください」

『なんですか』

「これから孫はどうなるんでしょうか」

『そうですね。現行犯逮捕ですから、この後は所轄の警察で取り調べとなります。暫《しばら》く留置場に入ることになると思いますが、いずれは起訴、裁判ということになるでしょう』

「会社には内緒にしてもらえたりしないでしょうか」

静江は受話器を強く握りしめた。

『おたくのお孫さんは、本当に鹿島建設にお勤めなんですか』

電話の主は孫の勤務先まで口にした。

「はい、そうなんです」

もはやこの電話の内容を、オレオレ詐欺と疑っている場合ではなかった。なんとか孫を救う方法はないかと静江は必死に考える。

『やっぱりそうですか。そんな一流企業の会社員となると、確かに痴漢がばれたら首になってしまうかもしれませんね』

「そうなんです。あの、何かいい方法はないでしょうか」

超一流という大学ではなかったので、「就職活動には苦労した」と孫の恭平が話していたことを思い出した。なんとか手にできた一流企業のサラリーマンという地位を、こんなことで失うわけにはいかないはずだ。

『ありません。とにかくもう逮捕してしまったので、私としてはこのまま所轄に連行するしかないですね』

「そこをなんとかなりませんかね」

静江は電話口で頭を下げながらそう懇願する。

『いや、これは決まりですから。じゃあ、電話を切りますよ』

静江は孫の顔を思い出し絶望的な気分になった。

理系の大学で研究ばかりやっていたので、浮いた話は今まで一回も聞いたことがなかった。だからつい魔が差して、痴漢なんかを働いてしまったのかもしれない。しかも会社を首になったら、恭平は一体どうなってしまうのだろうか。

『あ、お祖母さん。被害者の女性の方が、金額次第では示談《じだん》に応じてもいいって言っていますが』

「え、本当ですか」

『ええ。しかし困ったな』

「どうしたんですか」

静江のその質問には答えずに、受話器からは小声で何かを話し合っているような音が聞こえてきた。静江は受話器に耳を押し付け、なんとかその会話を聞き取ろうとする。しかし聞こえてくるのは駅のアナウンスのような音ばかりで、今一つ何を話しているのかよくわからない。

『お祖母さん。供述調書の提出を、特別にあと一〇分だけ遅らせることにしました。その間に示談が成立するならば、私の一存でこの調書は提出しません。後は当事者同士で話し合ってみてください。でもお祖母さん一〇分だけですよ』

電話の主はそう念を押した。

「一〇分経っても、示談が成立しなかったら」

静江は唾を飲み込んでそう訊いた。

『その時は規則どおりに調書は提出します。いいですか、じゃあ、今から時間を計りますよ。本当に一〇分だけですからね』

それに続いて、若い女性の声が聞こえてきた。

「もしもし、警察ですが、尾上静江さんのお宅ですか」

『はい、そうです。示談用の二〇〇万円は、手元に用意しました』

「ああ、やっぱり。尾上さん、落ち着いてください。さっきの電話はオレオレ詐欺ですよ」

『ええ、だってきちんと孫の名前や勤務先も知っていましたし、私の名前だって』

「それが最近の手口なんですよ」

オレオレ詐欺はますます巧妙化していて、詐欺を仕掛ける段階で孫や子供などのなりすます親族の名前はもちろん、その勤務先や家族構成、さらには他の家族の名前や年齢まで、すっかり調べられていることも少なくなかった。そこに入念に練られたシナリオで電話をされ、さらには駅のホームの状況音などもCDラジカセから流したりするので、ひっかかるのも無理はなかった。

「もう、お金を用意してしまったんですね」

『はい。そうです』

「その後犯人から電話は掛かってきましたか」

『はい。この後、現金を回収にやってくると言っていました』

「そうですか。私、警視庁刑事部捜査二課の保坂学《ほさかまなぶ》と申しますが、尾上さん、ちょっと我々の捜査に協力してもらえませんかね」

警察がオレオレ詐欺撲滅を目指して考えたのが、「オレオレ詐欺に騙されたふり作戦」だった。

いくら銀行の窓口などで現金を振り込まないように呼び掛けても、防止にはなっても犯人グループの検挙には繋がらない。そこで警察はオレオレ詐欺に気付いて通報してきた人たちに、そのまま騙されたふりをするようにして協力を求めるようになった。この「オレオレ詐欺に騙されたふり作戦」は一定の成果を挙げてはいた。

「尾上さんはこのまま騙されたふりをしてください。この後、ご自宅に現金回収役の犯人の一味がやってくるでしょうから、尾上さんは犯人に、その二〇〇万円を渡してください。そして警察がその犯人を尾行します」

この「オレオレ詐欺に騙されたふり作戦」は、現金回収役の犯人を捕まえることだけが目的ではなかった。オレオレ詐欺グループは細かく分業化されているので、通称「受け子」と呼ばれるこの現金回収役の犯人を捕まえても、上部の組織まで捜査は及ばない。そこで警察はこの現金回収役の男を徹底的に尾行し、そしてその金がさらにどこに行くのかを突き止める作戦を行っていた。

「現金を渡したら、尾上さんは掃除をするなり買い物に行くなり、なるべく普段と同じように行動してください。間違っても犯人を追いかけようなんて思わないでください」

『わかりました。でも……』

「でも？　どうしましたか、尾上さん」

『本当にお金を渡してしまって大丈夫なんですか』

「大丈夫です。立て替えていただいた二〇〇万円は、尾行が終わったらすぐにお返しします。もしも万が一我々が追跡に失敗しても、その二〇〇万円は警察が責任をもってお支払いしますから大丈夫です」

『あ、そうなんですか。それならば安心しました』

怯えてばかりだった尾上静江の声が、少しだけ和らいだように聞こえた。

「たった今、ご自宅の周辺に刑事が到着しました。もういつ犯人がやってきても大丈夫ですから、尾上さんは犯人に怪しまれないように現金を渡してください」

その時、受話器の向こうから玄関のチャイムらしき音が聞こえてきた。

『犯人かもしれません』

「それでは尾上さん、落ち着いて。くれぐれも普段どおりに応対してください。じゃあ、私は電話を切ります。ご協力ありがとうございました」

大きく頭を下げながら、平田伸浩《ひらたのぶひろ》はそう言うと携帯の電話を切った。そして大きく息を吐くと、すぐ隣でこの電話の一部始終を聞いていた立川《たちかわ》に向かって笑顔を見せる。

「どうだ？　これが、オレオレ詐欺に騙されたふり作戦に騙された作戦だ」

平田伸浩は都内のある「オレオレ詐欺」グループの首謀者だった。

「流石《さすが》です。社長のシナリオは完璧です。でもオレオレ詐欺に騙されたふり作戦に騙された作戦という作戦名は長すぎますよ」

オレオレ詐欺グループをまとめあげる首謀者を、グループの間では社長と呼び、社長の下《もと》で一〇人程度の詐欺チームをまとめる者を店長と呼んだ。立川は平田の詐欺グループの中でもナンバーワンの売り上げを誇るチームの店長だった。

警察の「オレオレ詐欺に騙されたふり作戦」に対抗して、それを逆手に取った詐欺が実際に行われていた。ちなみに本当に警察がやっている「オレオレ詐欺に騙されたふり作戦」では、現金は使わず偽物の紙幣やカードが使われている。

「どうだ、この作戦いけそうか」

「いけると思います。平田社長、これでがっつり稼ぎましょう」

『あなた様に対する再三の請求にもかかわらず、いまだにご返済がなく解決されておりません。このままでは、管轄簡易裁判所に申し立てをした後に、強制執行（給与差押え・動産執行）をすることになります。解決をお望みでしたら、債務合計金額を一括してお支払いください』

東島《ひがしじま》真奈《まな》美《み》は、消費者金融から届いた借金の督促状《とくそくじょう》を手にして呆然とした。しかし、真奈美はホストに入れ込んだとか、ブランド品を買いまくったわけではない。彼女が借金を膨らませてしまったもともとの原因は、大学時代に借りた奨学金のせいだった。

「お父さんが失業して、なかなか再就職が決まらないの。真奈美、やっぱり大学はいきたいわよね」

高校三年の秋に母親から突然そう言われたが、真奈美が通った新潟の進学校で、卒業をして大学に進学せずに就職する生徒はいなかった。しかし進路相談の時に、奨学金制度があることを知らされた。

「お母さん、月に一〇万円も借りられるんだって。東京にはアルバイトの口はいっぱいあるから、きっと大丈夫だよ」

そして真奈美は、第一志望の難関私立大学に合格した。

早速、前身が日本育英会《にほんいくえいかい》である日本学生支援機構から、利子がついてしまう貸与型ではあったが、月に一〇万円の奨学金をもらう手続きをした。

親が親戚から金を借りて初年度こそ何とかなったが、その後毎年一二〇万円の授業料合計三六〇万円が必要だった。さらにアパートの家賃が六万円。そして日々の生活にかかる金額をなんとか切り詰めて七万円。四年間合計で九八四万円が必要だった。その一方で奨学金が四年間合計で四八〇万円借りられたが、残りの五〇四万円、つまり毎月一〇万五〇〇〇円をアルバイトなどで稼がなければならなかった。

入学式が終わり憧れのキャンパスライフがスタートするのと同時に、真奈美のアルバイト地獄は始まった。時給が九〇〇円だとすると、一〇万五〇〇〇円を稼ぐためには、月に約一二〇時間必要となる。しかし当然授業にも出席しないといけないので、バイトと授業にかかる時間を除くと、真奈美に余分な時間は一切なかった。サークルには所属をしたが、飲み会の会費がもったいないのと、そもそもバイトで忙しかったのでほとんど参加はしなかった。彼氏もできたがその彼氏も同じように忙しく、たまに会えてもセックスをして後は眠るだけだった。

「真奈美、お父さんも再就職頑張るよ」

大学一年の頃は、実家に戻るたびに父親はそう言ってくれた。しかし結局四年の間で、再就職の面接を受けることすら叶わなかった。父親はどんどん暗くなり、最後は実家に帰っても真奈美と顔を合わせるのを避けるようになってしまった。でもまだ真奈美は幸せな方だった。真奈美には三歳年下の妹がいたが、遂に妹は大学進学を諦めた。

かつて大学をレジャーランドと呼んだ時代があったが、今や大学はワーキングプアランドになった。親の潤沢な支援の下に楽しいキャンパスライフを過ごす学生も確かにいるが、アルバイトに追われて肝心の授業にすら出席できない学生が相当いた。実際真奈美もなんとか留年しないで卒業するのがやっとで、ゼミにも所属せず卒論も書かなかった。結果、四年間東京で頑張った挙句《あげく》に真奈美が手にしたものは、卒業証書と四八〇万円の奨学金という名の借金だけだった。

それでも社会人になって、それをこつこつ返済していくはずだった。

しかし月二万円でも、四八〇万円を返済するためには二四〇ヵ月。利子も含めれば二〇年以上もかかってしまう。倍の月四万円の返済に増やしても一〇年以上だ。真奈美が安いリクルートスーツを着てやっと内定をもらったアパレル会社の初任給は、額面で一七万八〇〇〇円だった。

その月々の給料から税金や社会保険料が引かれ、そして二万円を奨学金の返済に充《あ》てる。さらに家賃やその他の生活費を払うと給料日前にはお金が底をついてしまう。

そんな日々、真奈美が密かに恐れていたのは、友人の結婚式だった。別に自分よりも先に結婚されるのが嫌なわけではない。そんなことよりも、その結婚式のご祝儀や二次会の会費、それにかかる洋服代やヘアメイク代、さらに田舎の場合はそのための旅費が大きな負担になっていた。

就職したアパレル会社では、毎月の売り上げ目標が決められていた。そしてノルマが達成できないと、何時間も説教されるパワハラが横行していた。

「真奈美ちゃん。自分で買い取るっていう方法もあるんだよ。ほら、好きな服を社販で安く買えれば一石二鳥だし」

上司からそんなことを言われたこともあった。そんなパワハラに耐えられず、本当に自分の給料で店の商品を買ってしまう同僚もいた。

「真奈美ちゃん、一人で悩んでないで僕に相談して。場合によっては来月のノルマを低くしてあげてもいいよ」

その言葉を信じて一度だけその上司と飲みに行ったが、ホテルに誘われただけで、それを拒絶するとますます真奈美のノルマは高くなった。そんな状態なので会社の業績は右肩下がりで、給料は上がらずボーナスも雀の涙だった。

「ノルマなんか気にしなくていいのよ。確かにその場は怒られるけど、もともとあんなノルマの設定に無理があるんだから」

一人で悩んでいた真奈美に、そんなアドバイスをしてくれた先輩がいた。谷山朋子《たにやまともこ》という三つ上の先輩で、上司に対して物怖じせずにずけずけと意見が言える姿を、真奈美は頼もしく思った。

「あのバカ、去年までは私を必死に口説いていたのよ。あんな奴の言うことなんか、全然、気にしなくていいからね」

この朋子先輩がいなかったら、真奈美はそのままセクハラ上司の餌食《えじき》になっていたかもしれなかった。

その後、ストレスで体調を崩して会社を休んでしまったこともあり、生活はますます困窮した。

「お母さん、ちょっとだけお金を借りられない？」

堪らず真奈美は実家に電話をした。

『ごめんね、真奈美。うちにはもう本当に現金がないの。でもあなたは働いているから、消費者金融から借りられるでしょ。今は昔みたいに酷い金利じゃないから、ちょっとだけならば大丈夫なんじゃないかしら』

ついに消費者金融から金を借りた。そしてある日、真奈美は恐ろしい事実を知ることになる。奨学金の返済を滞納すると、その名前がブラックリストに載ってしまい、もう消費者金融から金を借りられなくなってしまうらしい。

真面目な真奈美は、奨学金だけはきちんと返済するように心掛けた。しかし収入が増えるわけではなかったので、奨学金を返済するために、消費者金融にさらに借金をするようなこともあった。

いつのまにか家賃も滞納するようになり、二ヵ月分の家賃を一括で払うように大家から言われていた。

真奈美は、最近、薄々感じていることがあった。

奨学金地獄に落ちた自分でなくとも、今、東京で普通のOLが一人暮らしをするためには、何か本業とは別の副業をしなければならないのではないだろうか。副業としてキャバクラで働いている人の噂もよく耳にしたし、実際、学生時代にそういう仕事をしていた友達も知っていた。

「正直、よほど給料がいい会社に勤めていないと、地方出身者はきついわよね。実際、私の周りでも、副業をしている人は多いわよ」

朋子先輩は九州の博多の出身だった。

真奈美は学生時代は普通のアルバイトだけで頑張ってきた。社会人になればなんとかなると思っていたが、奨学金の返済と社会人としての出費が重なって、金銭的にはかえって厳しくなっていた。もはや何年頑張っても、真奈美はこの貧困の連鎖から抜け出せそうもない。いや抜け出す前に、いつか奨学金の返済が滞《とどこお》ればその一括返済を迫られてしまう。

そして気が付けば、真奈美は今、消費者金融からの督促状を手にしている。

本業以外で働くならばまだ水商売がいいと思ったが、残業の多いアパレル業界で、夜しか働けない水商売は現実的ではなかった。

短時間で効率よく稼ぐためには、風俗ということになってしまう。

『ソープランド　週3回8時間の出勤で80万円』

『デリヘル出張型　18歳以上　日給3万5千円以上　営業時間内（朝9時〜翌4時）であれば、お好きな時間に働けます』

『安全安心・快適！　西川口《にしかわぐち》のイメクラで働こう！　ホテルヘルス。体験入店大歓迎』

書いてある意味の半分もわからなかったが、時間が自由でかつ短時間で稼げるのは確かなようだ。

しかしいくら借金の返済のためとはいえ、そんな仕事をしてしまっていいものだろうか。

真奈美は悩みに悩み、恥を忍んで朋子先輩に自分の惨状を相談した。

「むしろまじめな女の子ほど、短期間でしっかり稼いで借金を返済しているみたい。きょうだいの教育費や、自分の留学の費用をそうやって貯めている子もいるらしいわよ。だから後は自分が後悔するかどうかの問題かもね」

猛反対されるかと思っていたが、朋子先輩は意外なことを言った。

「確かに自慢できるような仕事じゃないし、彼氏や家族には内緒にしないといけないわよね。そんな仕事をしてしまえばきっと後悔するだろうけれど、だけど何もしないでこのままお金に苦労するだけの人生を東京で続けるのも本当に辛いわよね。だったら田舎にでも帰って、さっさとお見合いでもすればいいのよ」

確かにそうだと真奈美も思った。田舎には公務員ぐらいしかいい就職先はないが、永久就職の口ならばあるだろう。

しかし持参金どころか、五〇〇万円近い借金がある自分にお見合い結婚ができるのだろうか。もしもできたとしても、それは五〇〇万円で自分を売ったことになるのではないか。それにもしも本当に、今、田舎に帰ってしまったら、歯を食いしばって頑張ってきた四年間がバカみたいだ。

「だから後は本人がどう思うかの問題よ。そういう仕事をして後悔するのか、それともこのままの生活を続けて後悔するのか。でももしもそういう仕事をしたとしても、稼いだお金で贅沢をしたり、いつまでもずるずるとその仕事を続けちゃだめよ」

真奈美は朋子先輩の言葉を反芻《はんすう》した。

果たして自分は、どっちの方がより後悔するのだろうか。

「真奈美ちゃん、そんなに悩まなくても大丈夫よ。だって私もやっているから」


『簡単な仕事で、日給5万円』

松岡佑介《まつおかゆうすけ》は、求人サイトでその仕事を発見した。

さっそく登録し、赤羽《あかばね》駅の牛丼屋で遅い昼飯をすませると、その足で近くのパチンコ屋に入った。金髪に黒いアロハ、半ズボンのジーンズにサンダルという格好ではあったが、このパチンコ屋ではそんな姿も浮くことはなく、松岡は直感で選んだ一台のパチンコ台の前に腰かけて、早速ハンドルを捻りだした。

その時、非通知の電話が松岡のスマホに掛かってきた。

『登録してくれてありがとう。本当に仕事する気ある？』

甲高い男の声が聞こえてきた。

「なんか報酬が良すぎますけど、危ない仕事やないんですか？」

松岡は率直にそう訊いてみた。

『あのさ、日給五万円だよ。まともな仕事のはずがないじゃん。こっちは断ってもらってもいいんだよ』

ちょっと高圧的な口調だった。

孤独死が発見されずに死体が放置されてしまった家にいって、腐敗した死体と部屋を悪臭の中でかたづける特殊清掃員。体感温度でマイナス三〇度、本当に死ぬリスクがある最北のカニ漁師。そのぐらい過酷な仕事ならばそんな金額も稼げるかもしれない。しかし、「簡単な仕事」でその金額が稼げるはずがない。

「いや、やります。是非、やらせてください」

『君、お金に困ってるの？』

店内ではパチンコ台から発せられる大音量と、さらにそれを打ち消すかのような喧《やかま》しいBGMが鳴り響いていたが、辛うじて電話の声は聞き取れた。

「はい。正直、めっちゃ困ってます」

『ちなみに、自宅はどこ？』

「赤羽です」

『家族とは同居？』

「いいえ。一人暮らしです」

松岡はつい最近、その赤羽のアパートに引っ越したばかりだった。

『実家はどこ？』

松岡は大阪の実家の住所を言わされた。

そのパチンコ屋は結構繁盛していた。一席空けた右隣では、椅子からはみ出しそうな大きな尻をしたおばさんが、一心不乱にパチンコ台に向かっていた。左隣には、阪神タイガースの帽子をかぶった爺さんが、火のついていない煙草《タバコ》を咥《くわ》えている。

『職業は？』

「フリーターっちゅうか、まあ無職ですわ」

『今まで警察に捕まったり、補導されたりしたことある？』

松岡はその質問に明確に「ない」と答えた。

その時、松岡がやっていたパチンコ台のスタートチャッカーに球が入り、ルーレットがくるくると回りはじめた。隣の阪神タイガースの爺さんが松岡の台をじっと見ている。

『君、免許証持ってる？』

「はい」

ルーレットは回り続けるが、なかなかフィーバーにはならない。その間にも、松岡の球はどんどんどんどん減っていく。

『それとスーツとかあるかな。なければなるべくサラリーマンに見える格好の服とかあるといいんだけど』

「安もんですけど、スーツはあります」

遂に松岡の球が切れルーレットの回転も止まってしまった。阪神タイガースの爺さんが、蔑《さげす》むような一瞥《いちべつ》をして立ち上がった。

『じゃあそのスーツを着てネクタイを締めて、明日の八時に、今から言うところに来れるかな。あ、免許証も必ず持ってきてね』
電話口の男はそう言うと、集合場所を告げた。

「データ入力」「未経験者歓迎」「高収入」

檜原貴美子《ひわらきみこ》は、そんなネット求人のワードに魅《ひ》かれてその仕事に応募した。

大学は卒業したものの、短期のバイトで細々と暮らす日々が五年間も続いていた。貴美子はFランク大学の出身だったが、彼女が正規雇用の職に就けないのは学歴以外にも、彼女自身に決定的に不利な要因があった。

それは貴美子がかなりのブスで、かつデブだったからだ。

貴美子という名前は祖父が付けた。母親が貴子《たかこ》だったので、貴子より美しい子になれという意味が込められたのだと思うが、父親の遺伝子が悪影響を与えたのか、祖父の願いは叶えられなかった。

それを嫌というほど思い知らされたのは、大学三年の就職活動の時だった。決して高望みをしたわけではない。小さな会社にせっせとエントリーシートを送ったが、書類選考すら通らなかった。それではと思いっきり修整した写真で応募したが、面接官の驚きとも呆れともとれる表情を見た時に、とても合格は覚束《おぼつか》ないと諦めた。

ちなみに貴美子の実家は都内の高級住宅地にあり、祖父が働いていた頃はそれなりのお金持ちだった。しかし貴美子の父親は何度も転職を繰り返してなかなか定職に就かなかった。やがて祖父が亡くなり、同時に父が働くこと自体を諦めてからは、一家は祖父が残してくれた遺産を食いつぶすようになった。それでも貴美子を大学に行かすことができ、なんとか食べてはこられていたが、どうやらその貯金も底をついてしまったようだった。

そんなこともあり、貴美子は家計のためにも仕事が必要だった。

自分の容姿を考えて、ここ数年はなるべく人と接しない仕事を選んで面接を受けていた。そんな貴美子に、この「データ入力」の仕事は渡りに船だと思った。しかしアルバイトの面接でも、自分の容姿が不利に働くことは同じだった。あっさり落とされるかもしれないと思っていたが、この「データ入力」の仕事は、容姿は全く問題とされないようだった。

アルバイトの一日目。新宿《しんじゅく》の雑居ビルの八階にあるそのオフィスを訪ねると、一〇〇人以上の若者が無言でパソコンに向かっていた。高校生みたいな童顔の男や、金髪で両腕にびっしりとタトゥーが入った若者、真っ黒い服と化粧気の全くない地味な女……。そこにいる若者たちにはまるで一貫性がなく、一体、何の集団だかわからなかった。

「簡単なデータ入力だから誰にでもできるよ」

面接の時にそう説明されたその仕事は、出逢い系サイトのサクラだった。

時給は最低一二〇〇円なので、確かに高収入だった。

しかし毎日ノルマがあり、ピーク時には四〇通ぐらい来るメールに対して、三〇通は返信しないと時給を減らされた。その一方でキャンペーン期間中に目標をクリアすると、結構な臨時ボーナスがもらえたりもした。

仕事の内容がわかり、すぐに貴美子は辞めようと思った。

犯罪まがいの出逢い系のサクラが嫌だったからではない。送られてくる男たちのメールに、どう対応すればいいか全くわからなかったからだ。

貴美子は処女ではなかったが、今まで男性とまともに付き合ったことはない。

「周りの人がやっているようにやれば、何とかなるよ」

明らかに年下のチーフは、貴美子にそうアドバイスした。

まずはネットで拾った可愛い女の子の写真をコピペした。そしてチーフが書いた自己紹介文を参考に、自分なりに嘘の紹介文を打ってみる。

『貴美子です。職場に出逢いがなくて、友達に教えてもらって登録しました。こういうサイトもあまり慣れていないので、色々教えてくれると嬉しいです』

するとたくさんの男性からメールが舞い込んできた。

『貴美子はどんなパンツを穿《は》いてるの』

『オナニーは一日何回？』

『やらせろ！』

エロむき出しのメールもあった。貴美子がサクラでなかったら、そんなメールの送り主は片っ端からブロックしてしまうだろう。どんなメールにも丁寧に対応するのが、貴美子のようなサクラの仕事でもあった。

『どんな職場で働いているんですか』

『僕も今月からはじめました。貴美子さんはいつからですか』

『休みの日とか、何をやってるんですか』

その一方で、普通のメールのやり取りは楽しかった。そのやり取りは新鮮だったし、ちょっとした疑似恋愛を楽しむこともできた。

『ポイントを気にせずもっとお話がしたいので、ＬＩＮＥのアドレスを教えてください』

『是非、一度会いたいんだけど、今週末とかどうですか』

『美味《おい》しい居酒屋を見つけたんですけど、今度飲みに行きませんか』

しかし全ての男たちの目的は、貴美子がなりすましている可愛い女の子と会いたいだけなのだ。定額制かポイント制かの差はあったが、男たちはメッセージを送るためにはこのサイトに情報料を払わなければならない。だから何度メールをやり取りしても、最終的に女の子と会えなければ、そのやり取りはいつか途絶える。

サクラはそのやり取りを引き延ばし、少しでも多くの情報料を客からせしめることが仕事だった。

『もう少し○○さんのことがわかったら、ＬＩＮＥのアドレスを教えます』

『今週末は、姉の結婚式で田舎に帰らないといけないんです』

『私、お酒が飲めないんです。○○さんのことは信用しているんですけど、以前このサイトで知り合った人と会った時にちょっと怖い思いをしてしまったので、もう少し時間をかけて○○さんのことを知りたいです』

貴美子はその理由を考えるのに頭を捻った。

「この間の平田社長のシナリオをテキストにしました。なかなかいい出来だと思うんですが、チェックしてもらえますか」

立川から詐欺のセリフが綴《つづ》られた数枚の紙を受け取った。オレオレ詐欺のシナリオは、どのグループが電話をかけても効率的に騙せるように、推敲《すいこう》に推敲が重ねられる。

「しかしこのオレオレ詐欺に騙されたふり作戦に騙された作戦っていう言い方は長すぎますね。何とかなりませんかね」

オレオレ詐欺用に借りた都内某所の一戸建てのリビングで、二人は最後の打ち合わせを行っていた。平田はコンビニの袋から取り出した缶ビールを立川の前に置いて、さらにもう一缶のプルタブを引き起こした。

「まあ、確かに作戦名としてはかなり長いな」

平田たちが推敲を重ねて出来上がったシナリオを、今度は架《か》け子、またはプレイヤーと呼ばれる詐欺電話実行部隊に渡して、そして何度も何度もリハーサルをする。架け子の練度が上がって、これならば騙せると店長が判断した段階で初めて本当の詐欺電話を掛けはじめる。

「じゃあ警察のふり作戦っていうのはどうだ？」

平田は一時期のブラッド・ピットの真似をして、サイドが極端に短いクルーカットにしていた。時計は知る人ぞ知るスイスの高級時計で、先の尖ったイタリア製の靴を履き、スーツもブランド物で決めていた。キャバクラなどでも詐欺仲間から社長と呼ばれていたので、その金回りの良さからどこかのベンチャー企業の社長と思われることがよくあった。

「そのまんまですね」

「そのまんまじゃ駄目なのか」

オレオレ詐欺の社長は、店舗と言われる詐欺の活動拠点、身元がばれない携帯電話、詐欺電話を掛ける年寄りの名簿などを手配する。店舗は目立たない雑居ビルの一室や、閑静な住宅街の空き家の一戸建てを月単位で借りることが多く、それらの費用は全て社長が負担することになっている。

「駄目じゃないけど、面白くないですね。何かいいタイトルはないですかね」

オールバックの黒い髪を手ですきながら立川が考える。

立川のような店長は一〇人前後の詐欺グループを束ね、そこで儲けた金を自分たちの取り分を引いた上で社長の平田に納める。平田はそこから経費を引いて、さらに出資者でもある金主にかなりの金額を配当する。残った金が平田の利益となるので、儲かれば取り分は大きくなるが、詐欺が上手《うま》くいかないと平田が損を被ることとなる。つまりリスクもリターンも一番大きいのが、オレオレ詐欺の社長である。

「別にいいじゃねえか。作戦名なんか」

立川が缶ビールのプルタブを引くと勢いよく泡が吹き出した。慌ててビールを口にする立川を見て、平田は両手を叩いて大笑いする。

「社長、そんなガキっぽい悪戯をやって楽しいですか」

口を尖らせて抗議する立川を見て、ますます平田は喜んだ。

「社長のそういうデリカシーのないところがマジでむかつきます。そんなガキっぽいことをやっているから、社長はモテないんです」

平田はにやつきながら缶ビールを呷《あお》ると、それをテーブルの上に置いた。

「別に女なんか、札束見せればいくらでもパンツを下ろすぜ」

「それはそうかもしれませんが、それじゃあいい女にはモテません」

痛いところをつくなと思った。平田は確かに女にモテなくはなかったが、それはみんな自分のポケットの札束が目当てだった。

「じゃあおまえは、いい女にモテているのか」

「僕は昔からの彼女がいますから、今さらいい女にモテる必要はないんです」

立川は口を尖らせる。

「なんだ。おまえ、まだあの子と付き合っているのか」

平田と立川の関係は古く、昔、平田が闇金業をやっていた時からの付き合いだった。その時に立川から、「僕の彼女です」とあか抜けない女の子を紹介された。

「付き合っていちゃ悪いですか」

「いや別に、悪くはないさ」

平田はもごもごと呟きながら、シナリオの紙を読み返す。立川は缶ビールを口にしながらも、急に仕事モードの顔になった平田を見た。

「うん、このシナリオでいいんじゃないか。テッケンの手口もだいぶ知られてきたから、この辺でこれに変えたほうがいいだろう」

三人一組で行う三役系詐欺に「テッケン」という定番のシナリオがあった。これは痴漢で捕まった息子、鉄道警察官、被害者の女子高生の男親という三役で行うオレオレ詐欺で、一人で電話を掛けるオレオレ詐欺よりもだいぶ手が込んでいるのでかなり騙しやすかった。

「そうだ。だまだま作戦っていうのはどうですか？」

「なんだそれ」

「騙されたふり作戦に騙された作戦の略称ですよ。だまだま作戦。何か可愛くないですか」

ちなみに「オレオレ詐欺」は手口が巧妙化してきたため、二〇〇四年から警察庁によって「振り込め詐欺」という名称に変わった。最近では振り込む必要もなくなってきたため、「特殊詐欺」と呼ぶことも多い。

「どーでもいいよ、そんなこと」

「じゃあ、だまだま作戦で決定ということで。いいですよね」

平田は呆れ顔でスルーする。

「そんなことより、受け子の手配はすんだのか」

昔は被害者に、指定した銀行口座に振り込ませ、その金を銀行やコンビニのATMから引き出していた。ATMが警察にマークされている可能性もあったので、そのためだけに出し子というアルバイトを雇い、金を引き出させた。やがて直接被害者宅に金を受け取りに行くようになり、その仕事をするアルバイトを受け子と呼んだ。

つまり出し子が受け子に変化したわけだが、その役割には街の不良集団や闇サイトで募集した金に困っている若者を使っていた。そしてそういう連中を集めることを専門としたリクルーターという仕事もあった。

「一昨日、中根《なかね》さんにお願いしておきました」

平田のグループでは、中根という男にそのリクルーター役を頼んでいた。

「どうだった。中根のオヤジ、集められそうな感じだったか？」

「何とかするって言っていました」

「最近、受け子が逮捕されることもよくあるからな」

平田や立川のような幹部クラスになると、絶対に出し子や受け子とは接触しない。だから受け子が警察に捕まったとしても、詐欺組織の上層部の素性がばれることはなかった。

「道具の方は大丈夫か」

道具とは詐欺に使う携帯電話のことだった。しかしその携帯電話は、足がつかないプリペイドか、または赤の他人の名義である必要があった。

「いつも通りに道具屋に頼んでありますす」

それらの道具も平田や立川が直接用意する必要はなかった。道具屋と呼ばれるそれ専門の手配師がいて、詐欺に使う口座も含めて金を払えば全てを納品してくれた。

「お、これが新しい名簿ですか」

立川が平田から手渡された書類を見て声を上げた。オレオレ詐欺グループで一番重要なのは何と言っても名簿だった。

「高かったからな」

「いくらですか」

「まずは五〇万。さらに売り上げの一〇％だ」

名簿の使用料として五〇万円を名簿屋に支払い、さらに詐欺が上手くいけば、その一〇％を歩合《ぶあい》で支払うという契約だった。

「一〇%とは、足元見ますね」

「まあ、背に腹は代えられないからな。悪い名簿を使えば儲からないだけじゃなく、警察に通報されて受け子が逮捕されちまう」

悪い名簿というのは既に何回も詐欺に使われている名簿で、さすがに自宅に何回も詐欺の電話が掛かってくれば、被害者も警察に通報するようになる。名簿はオレオレ詐欺が上手くいくか否かの最重要項目だった。

「お、凄い。この名簿、爺さん婆さんばかりですよ」立川は名簿を捲《めく》りながら驚きの声を上げる。「しかも子供や孫の情報つきだ」

「だから高いんだよ」

良い名簿には、ターゲットの個人情報はもちろん、子供や孫の名前や勤務先、家族構成、持ち家か否か、そして預金額まで調べてあった。

その個人情報を調べる下見屋という役割もあった。

ちなみに下見屋は警察や市役所、時には国勢調査だと騙《かた》って、高齢者に電話を掛ける。そして居住形態、家族との連絡頻度、悪徳商法の被害歴、預金および資産金額、子供の勤務先や孫の学校の名前まで、徹底的に調べ上げる。

地元の民生委員などから似たようなことを訊かれているので、意外と怪しまずにそれらの質問に答えてしまうのだ。もともと高齢者は暇を持て余しているので、若者が礼儀正しく訊いていけば不快な気持ちにはならない。さらに最後に「振り込み詐欺に遭わないために、家族でどんな対策を考えていますか」とまで訊けば完璧だ。

そのように「オレオレ詐欺」は高度に分業化されていた。

受け子が逮捕されても店に捜査が及ばないように、そしてもしもオレオレ詐欺の店がガサ入れされても、リクルーター、道具屋、名簿屋、下見屋などの周辺の組織にまでは捜査が及ばないように何重もの工夫がされていた。そして何よりその詐欺組織の大オーナーである金主は、その存在すら徹底的に秘匿《ひとく》されていた。事実平田の詐欺グループの金主は、社長の平田本人しか知らなかった。

平田たちの作るシナリオは出来が良く、立川が教育した架け子たちも優秀だったので、立川の店は、月に一億円近い利益を出していた。そして平田はそんな優良店を、全部で五つも持っていた。

「うちは高級店なのでお客様から九〇分で、五万円いただきます。その約六〇%をキャストにお支払いしますから、一日仮に二人のお客様のお相手をしたとして六万円。仮に週三日の出勤だとすると、一八万円ほどが真奈美さんの収入となります」

真奈美はデリヘルの面接のために、渋谷《しぶや》の事務所を訪れていた。

「週に一八万円！　じゃあ、一ヵ月頑張れば七〇万円以上にもなるんですか」

まずはその金額に驚いた。

「勤務時間は午後二時から翌日の午前三時までの間で、お好きな時間にお好きなだけ選ぶことができます」

ヤクザのような男が出てくるかと思ったが、そのデリヘル店の店長は三〇代後半の物腰が柔らかい人物で、言葉遣いも丁寧だった。

「拘束時間が短い割には、かなり効率よく稼げます。真奈美さんのようなお休みが不規則な方には、結構いいお仕事だと思いますよ」

真奈美は学生時代から付き合っていた彼氏と、今年の春に別れていた。そんな真奈美にとって、休日にどうしてもやらなければならないことはなかった。

「しかし人気商売ですから、必ずしもお客様がつくという保証はありません。最悪の場合一日中待機して、お客様が一人も来なかったということもないわけではありません」

風俗はキャバクラなどの水商売と違って、時給という考え方はない。一日どれだけの客の相手をするかによって、その収入が変わってくる。

「しかし本当に人気が出てくればかえって効率はよくなるので、うちのお店で月に二〇〇万円ぐらい稼ぐ女の子もざらにいます」

その金額に心が揺らぐ。

二〇〇万円も稼げたら、二ヵ月半で奨学金が完済できてしまう。このまま本業のアパレル会社に勤めていたら、二〇年かかっても不可能だった。

「ところでどんなサービスをすればいいんですか」

デリヘル、ソープ、イメクラ、ヘルス、おっぱいパブ、そしてSM。求人サイトで色々な職種を目にしたが、いまだにその差がわからない。

「デリバリーヘルスというのは、出張型のヘルスです。お客様のご自宅やホテルにうかがって、手や口で性的なサービスをしていただきます」

「やっぱり洋服は脱がなくちゃいけないんですか」

「そうですね。稀《まれ》に脱がないでサービスするお店もなくはないですが、大概は当店のように脱いでもらうお店がほとんどですね」

見ず知らずの男の前で、裸になんかなれるだろうか。しかもその時は、当然自分の大切なところまで見られてしまう。

「しかしソープと違って本番は禁止です。お客様が執拗に求めてきても、きっぱりと拒否してください。それ以外にもアナルや変態的な行為は、断ってもらっても結構です」

「は、はあ」

ちょっと前向きだった真奈美の気持ちが一気に萎《な》える。

「断りづらければ店のスタッフに言ってください。そういうお客様は今後つけないようにしますし、最悪の場合店としても出禁にしますから」

真奈美のテンションが落ちたのを察したのか、店長はすかさずそう付け加えた。

「送迎に関しては専属のドライバーがいて無料ですから、終電が終わっても大丈夫です。もちろん給料は完全日払い、そして自由出勤制です。アリバイ会社もありますから、親御さんや彼氏から疑われそうになった時は、その会社で働いているようなアリバイ作りをすることもできます」

「そんなことまでやってくれるんですか」

真奈美の実家は新潟で、今は東京で一人暮らしなので親にバレる心配はなかったが、そんなシステムがあるのには驚いた。

「ええ。とにかく当店は、キャストの方に安心して働いていただくことを第一に考えています。もちろん提携の病院もありますし、病院に行かずに検査ができるキットもあります。これは当店の決まりですが、一ヵ月に一度はきちんと性病検査を受けていただきます」

なるほどそういう危険も伴う仕事なのだと、真奈美は身を固くする。

「あとは写メも下着撮影も、顔出しも講習もありませんから、安心してください」

「すいません。今のは全然意味がわからなかったんですが」

「ああ、ごめんなさい」

店長は白い歯を見せて笑った。

「写メとはお店のブログの更新に個人の写メを利用することで、下着撮影や顔出しはホームページ用に女性の写真を撮影することです。うちの店は女性の顔や下着姿をホームページに掲載していませんので、それらを撮影する必要がないのです。つまりキャストの方の努力で、お客様を集めてはいないということです。あくまでお客様を集めるのは、私ども店側の仕事だと考えています」

酷い店だと顔出しNGだったはずなのに、知らないうちにホームページに上げられてしまって、身元がバレてしまうこともあるそうだ。

「最後の講習っていうのは何ですか」

「こういう風俗店では講習といって、お店のスタッフ、まあ、私みたいな立場の者が、実際のサービスの実演講習をしたりすることがあるんです。早い話が私を相手に性的なサービスをしてもらうわけですが、講習の時はもちろんお金は支払われません。そして中には講習をさせた後に入店を断る悪質なお店もあって、そうなるともうセクハラ以外の何物でもありません」

事前に色々なサイトで調べたところ、確かにこの店は都内でも有数の高級店で、女の子を大事にしていることは事実のようだった。

「でも講習もやらなくて大丈夫なんですか。私、こういうお店で働いた経験が全くないんですけど」

「その辺は大丈夫だと思っています。当店は性的なサービスを提供していますが、お客様はむしろ疑似恋愛というか、恋人気分を味わいたくてこういうお店を利用されているのです。お客様を恋人だと思って誠心誠意サービスしてもらえば、絶対に上手くいきます」

「私、あんまりその手の経験がないんですが、こういうお店でちゃんと働けるんでしょうか」

真奈美はこの春に別れた彼氏と、上京する直前に初体験をすませた高校の同級生の二人しか、男を知らなかった。だから自分がこの店で、期待されるようなサービスができるかどうか全く自信がなかった。

「大丈夫だと思います」

店長はにっこり微笑んだ。

「それに最初は、この業界をよく知っている優しいお客様をつけますから。自慢のように聞こえるかもしれませんが、うちは本当に高級店ですから、お客様はお金持ちの余裕のある方たちばかりです。普通の生活をしていたら出会えないような方もいます。もし良かったら、一度体験入店してみませんか。まあ、無理にとは言いませんが」

滞納中の家賃の支払いと消費者金融の返済の期日が、すぐそこに迫っていた。

店長のその申し出を、断るわけにはいかなかった。


待ち合わせ場所に紺色のバンが横付けされて、車の中からサングラスをした角刈りのいかつい男が現れた。中根と名乗ったその男は、大きめのダブルの背広を着ていたので一見ヤクザかと松岡は思った。腕には金のロレックス、はだけた胸には金の喜平《きへい》のネックレスが光っていた。

「おまえ、金髪か」

中根はサングラスをずらして松岡のことをじっと見た。

「金髪やったらあかんかったですかね」

松岡は自分の髪をつまんで見せる。

「しょうがねえな。まあ、金髪のサラリーマンもいなくはねえか」

中根はサングラスを戻すと太い右手を差し出した。

「免許証は？」

松岡は財布から免許証を取り出した。

「そこのコンビニでコピーしてくるから、先に車の中で待っててくれ」

松岡が紺色のバンに乗り込むと、車内に二人の若い男が座っていた。どうやら彼らも松岡と同じ仕事をするために、その車に乗せられているようだった。紺のスーツを着た男は松岡と同じ二〇代後半に見えたが、もう一人の茶色いジャケットを着た男はまだかなり若く大学生のようだった。二人とも面識はないようで、暇そうにスマホをいじっていて目を合わせようとしなかった。松岡はスーツ姿の男の隣に腰を下ろして足を組んだ。

「お待たせ。じゃあ、出してくれ」

中根は車に戻ってくると、同じくサングラスをしたドライバーにそう告げる。そして車はゆっくりと走り出した。

「これからやることは、オレオレ詐欺の集金だ」

中根にそう言われて、二人の男は驚いたような顔をしたが、松岡は表情を変えなかった。前回の電話で、まともな仕事でないことは聞いていたし、それなのに「簡単な仕事」であれば、違法な詐欺系の仕事の可能性は高いと思っていた。

「これは本当に簡単な仕事だ。相手はおまえらの祖父《じい》ちゃん祖母《ばあ》ちゃんと丁度同じくらいの年齢だ。そんな祖父ちゃん祖母ちゃんたちから金を受け取り、指定されたところに金を置いて来ればいいだけだ。報酬は明日午前中におまえたちの口座に振り込む」

その後も車の中で中根の説明が続くが、松岡を含めた三人の男たちは黙って話を聞くばかりで一言も発しない。大学生のような若者は終始表情が強張っていて、何度も瞬きを繰り返した。

「現金を用意した段階で、相手は一〇〇%俺たちがオレオレ詐欺だとは気付いていない。だからおまえらは、堂々と金を受け取って来ればいいだけだ」

松岡の隣のスーツ姿の男が大きく頷く。

「まあ、オレオレ詐欺だからといって心配するな。もし万が一捕まっても、自分は何も知らなかったと言えば大丈夫だ。バイトに応募したら、荷物を受け取ってくるように頼まれたと言えばいい。封筒の中身も現金だったとは知らなかったと言えば、事情聴取ぐらいはされるだろうがすぐに釈放されるはずだ」

実際は何も知らなかったことを証明できないので、無罪ということにはならない。共謀共同正犯で、最悪の場合詐欺罪が適用される。

「そしてもしも捕まっても、詐欺全体や俺のことは一切言うな。ま、なんか言おうとしても、おまえらは俺がどこの誰だかも知らねえから大丈夫だけどな」

後ろの座席の学生風の男の笑い声が微かに聞こえた。

「しかし間違っても金を持ち逃げしようと思うなよ。さっき免許証をコピーさせてもらったのはそのためだ。もしも持ち逃げなんかをしやがったら、おまえらだけじゃ済まないからな。おまえたちの家族や女も半殺しだ」

再び車内に不穏な空気が漂った。


「ねえ、隆志《たかし》さん。あの後ご両親は私のことを何ておっしゃっていらしたかしら」

ピンクのワンピースを着た小久保由里《こくぼゆり》が、不安げな表情でそう言った。

「ああ。とっても素敵なお嬢さんだって。考え方もしっかりしているし、おまえも最後にいい相手を見つけたなって言われたよ」

机の上には鍔《つば》の部分に金モールが施されたパイロットキャップが置かれている。その民間航空の場合は、機長だけが鍔に金モールが施された帽子を被ることができた。

「本当に？」

由里は心配そうな顔をする。

「ああ、本当だよ」

男がゆっくり頷《うなず》きながらそう言うと、由里は嬉しそうに微笑んだ。由里はけっしてブスではない。むしろ美人の部類に入るだろう。そんな彼女が三八歳まで結婚できなかったのは、結婚相手に求める条件が高すぎたからだった。

「隆志さん、お仕事の時間は大丈夫。今日はどこにフライトするのでしたかしら」

「今日はロンドンだよ」

そう言いながら左手首のブライトリングのパイロットウォッチに目を落とす。

「じゃあ、今夜も眠れないのね」

「そうだね。飛んでしまえば自動操縦だから、寝ていても飛行機は飛んでくれるけど、機長が居眠りしているような飛行機には誰も乗りたくないからね」

男は白い歯を見せて笑うと、由里も手で口元を押さえて微笑んだ。

「それはそうだけど。でもやっぱり、私、隆志さんの体が心配だわ」

由里は優しい女でもあった。

父親は大学教授で母親は資産家の娘だった。そのせいかちょっと世間知らずなところもあったが、いつも男の体調を気遣ってくれた。

「まあ、国際線のパイロットは徹夜勤務は避けられないからね。パイロットって報酬こそいいけれど、責任は重いしやっていることは単調だし、本当はストレスが溜まる仕事なんだよね」

男は軽く溜息を吐いて、目の前のコーヒーを一口飲んだ。

「あ、そうそう。これ例のお金です」

由里はハンドバッグを開けて白い封筒を取り出した。

そして机の上に差し出された封筒の中身を、男はゆっくり確かめる。

中には銀行の帯が巻かれた一〇〇万円の束が二つ入っていた。

「じゃあ、この二〇〇万円と僕の方の二〇〇万円。合計四〇〇万円を、式場と旅行会社に振り込んでおくから」

男はその現金が入った封筒とともに、コーヒー二杯で二六〇〇円もするその喫茶店の伝票を手にして立ち上がった。

「よろしくお願いします」

由里が礼儀正しく頭を下げると、綺麗な黒髪がその美しい顔を隠す。

男はこの喫茶店のコーヒー代は払うつもりだったが、今受け取った二〇〇万円を振り込むつもりはなかった。そもそも結婚式場も旅行会社も予約をしていないので、振り込みようがなかった。

竹崎拓哉《たけざきたくや》は、結婚詐欺を繰り返していた。

昨今の婚活ブームで、仕事自体はやりやすかった。

竹崎はエリート限定の婚活パーティーに出席して、ターゲットを物色した。街中で行われる婚活パーティーは身元のチェックが緩いが、エリート限定の婚活パーティーはさすがにその辺は厳しかった。弁護士だったらバッジ、上場企業だったら社員証、さらに卒業証書のコピー、年収の確認のために源泉徴収票の提出が求められた。

しかしそれらを偽造することが大変かといえば、それなりの金と手間をかければそうでもなかった。弁護士バッジは、そのレプリカがネットで一〇〇〇円もしない値段で売られていたし、社員証も卒業証書もそれを偽造する専門家に頼めば入手できた。

医者、弁護士、若手経営者……、色々な職業を騙ってきたが、最近はパイロットになりますことが多かった。特に国際線のパイロットということにしておけば、勤務が不規則なので何かと都合がよかった。竹崎は由里以外にも三人の女と付き合っていたので、海外にフライトしていると言っておけば、ほかの女ともデートができた。

一番大変なのは、名前を間違えないことだった。

由里には竹中《たけなか》隆志という名前を名乗っていたが、他にも、竹田《たけだ》貴人《たかと》、竹内《たけうち》琢磨《たくま》という名前をよく使い、それぞれの偽造免許証や卒業証書も作ってあった。時々、どの名前がどういう設定の人物になりすましているか混乱してしまうので、かなり細かい部分まで書いたメモをきちんとスマホに保存してあった。

しかし最も重要なことは、相手の女の名前を間違えないことだった。

別に結婚詐欺師でなくとも、別の女の名前をベッドの上で言ってしまえば、修羅場になるのは変わらない。

「由里。愛しているよ」

竹崎は由里の肩を抱いて外に出た。

今回のように現金を受け取るところまで進んだら、後はもう二度と女に会うことはない。

フライトで治安の悪い国に行き、そこで病気やトラブルに巻き込まれたというシナリオにしていた。そして金が必要なので、海外の口座に送金するように連絡する。それが二度三度続くので、さすがに女もおかしいと思い送金しなくなる。または本当に信じている女は、自分がその国に行くと言い出すが、誘拐の危険があるとか何とか言ってそこはなんとか思い止まらせる。

そしていよいよ女が金を送らなくなったら、次に会社を解雇されたと連絡する。この段階で音信不通になる女がほとんどだった。所詮、女たちはパイロットの竹中隆志だから好きになったわけで、その地位を失えば気持ちは萎える。「貸した金を返せ」と言ってくる女もいるが、そういう女には、「今は無職なので日本に帰る金もない。逆に金を送ってもらえないか」とさらに厚かましく金を無心する。

いつか女が航空会社に問い合わせれば、そんな名前の社員がいないことがわかってしまい、それが詐欺だったことに気付くだろう。しかし女にもプライドがあるので、自分が結婚詐欺に遭ったことを言わないことも少なくない。婚期を逃したアラフォー女が結婚詐欺に遭ったと知られたら、親類や友人のいい笑いものにされてしまうからだ。

万が一、警察に被害届を出されたとしても、竹崎拓哉という名前をはじめ本当の身元は一切教えていないので、まず捕まることはない。その時は竹中隆志という名前が、警察の記録に残ってしまうだろうが、それが竹崎拓哉と紐づくことはないだろう。写真だけがネックだったが、「写真は嫌いだ」と言い張って、絶対に自分の写真は撮らせないように気を付けていた。

竹崎は右手を挙げてタクシーを止める。

「じゃあ、隆志さん気を付けて」

「ありがとう。運転手さん、成田空港まで行ってください」

竹崎はタクシーの運転手にそう告げて、由里に向かって手を振った。

この方法で、今までは比較的うまくやって来た。

しかし結婚詐欺は焼き畑農業みたいなもので、一度入会した婚活パーティーには入会できない。違う婚活パーティーに行ったところで、どこかで騙した女と鉢合わせする危険もあった。何より資産家の令嬢が来るような一流の婚活パーティーは、既に竹崎は荒らしてしまっていたので、最近、努力の割にはどんどん収入が減ってきていることをひしひしと感じていた。

事実今手にしている二〇〇万円も、隆志の両親役をしてもらった詐欺仲間のギャラ、パイロットの制服代、そして今まで由里にかけた食事やホテル代を引くと、その内の半分も残らなかった。

竹崎は後ろを振り返り、由里の姿が見えなくなっていることを確認する。

「あ、運転手さん。やっぱり成田空港じゃなくて、最寄りの駅まで行ってください」


「こんにちは。堀江《ほりえ》尚記《なおき》法律事務所のものですが」

松岡は郊外の住宅地の一軒家のチャイムを鳴らした。

門戸から玄関に続く石畳、よく手入れされた庭の木、石の灯籠……、もの凄い金持ちというわけではなかったが、まずまずの資産家であることは松岡にも想像できた。

「はい。今すぐ出ますから」

緊張した声色がインターホン越しに聞こえてきた。

やがて鍵が外れる音がして、白髪だらけの小さなお婆さんが腰を折り曲げながら現れた。

「どうか、これをお願いします」

お婆さんは両手で茶色い封筒を差し出して、何度も何度も頭を下げる。

「確認させていただきます」

松岡は玄関に腰かけて茶封筒の中を見ると、一万円札が何枚も入っていた。銀行の帯はかかっていない。ピン札でもなかったので、きっと自宅の金庫の中に入っていた金だろう。松岡は震える指で、その一万円札を一枚一枚数えていく。

「あ、あの孫は、孫は本当に大丈夫なんでしょうか」

松岡は札を数える指を止めて、白髪のお婆さんの顔を見た。

「お婆さん、すんません。僕は事務所のスタッフからこれを取りに行くよう言われただけで、何も聞かされてへんのです」

何か聞かれたら、中根からそう答えるように言われていた。

「そうなんですか……」

お婆さんの小さな溜息に、松岡の良心がチクリと痛む。

何とか札を数え終え、二〇〇枚あることを確認した。

「確かにお預かりしました」

松岡の胸ポケットにスマホが入っていたが、この家に来る直前から通話状態になっていた。警察のおとり捜査だったら、本物の現金ではなくダミーの札が使われる。そうでないことをスマホを通じて中根に知らせるためだった。

しかし本当におとり捜査だった場合は、中根はここに来て松岡を救《たす》けてくれたりはしないだろう。外で待機しているバンを急発進させて逃げるだけで、松岡のような受け子はここで逮捕されるしかない。

「それじゃあ、僕も急ぎますんで」

松岡は茶封筒を鞄に入れると立ち上がり、お婆さんに一礼して玄関のドアを開ける。すぐに周囲を見回すが、誰かに見張られている気配はない。

「あの……」

突然、お婆さんに後ろから声を掛けられた。

「ど、どないしました」

松岡の心臓が早鐘のように鳴り響く。

「弁護士先生に、よろしくお伝えください」

お婆さんが白い頭を何度も下げる。

「わかりました」

松岡はそう言い捨ててドアを閉めた。

その後足早に駅に向かいつつ、何度も何度も尾行がいないことを確かめる。

ジョギングをするジャージ姿の中年、買い物籠を提げた主婦、スマホを片手に電話をしているサラリーマン……。後ろからついてくる人間が、全て私服刑事のように思えてしまう。

その時だった。

ふと振り返った視界の中で、後ろから白と黒のパトカーがゆっくり迫ってきた。まさか、あのお婆さんに通報されてしまったか。一瞬、全力で走り出そうかとも思ったが、松岡は平静を装いゆっくりと足を前に進める。

パトカーが松岡を追い越そうと並走した時、助手席に乗っていた警察官と目が合った。スーツに金髪という格好が目についたのか、警察官は露骨に松岡を凝視する。

松岡はすぐに視線を逸らし、何事もなかったように足を進める。

最近警察は体に合わないぶかぶかのスーツや、スニーカーにスーツ姿などの若者を駅前などで職質して、オレオレ詐欺の受け子を検挙することがあった。そんなちぐはぐな格好になってしまうのは、自分のスーツを持っていない受け子がリクルーターからスーツを借りて金を受け取りに行くからで、中根が松岡にスーツを持っているか確認をしたのは、それを避けるためだった。

やがてパトカーはゆっくりスピードを上げ、松岡の右を走り去っていった。

駅に着き、松岡はトイレで現金二〇〇万円を用意していた他の封筒に入れ替える。そして不用となった茶封筒をゴミ箱に確実に捨てることも、中根からの指示だった。証拠隠滅のため、そして万が一発信機などがついていた場合の用心なのだそうだ。

松岡はもう一度封筒の中の二〇〇万円を確かめる。

これを持ち逃げしたらどうなるのか。本当に自宅に怖いお兄さんたちが、やってきたりするのだろうか。

金を受け取っても、午後五時までは受け子が金を管理しなければならない決まりだった。警察の尾行を用心してのことだろう。その後松岡は電車を二本乗り継いで、某ターミナル駅内のコインロッカーまで移動する。そして指示された通り、現金の入った封筒をそのコインロッカーに入れ施錠すると、暗証番号が書かれたレシートを受け取った。

「今、金を指示されたコインロッカーの中に入れました」

中根の携帯に仕事が終わった報告をする。

『暗証番号は？』

松岡はレシートに書かれている暗証番号を復唱する。

『ご苦労さん。それじゃあ、明日五万円を入金するから。何なら、明日も受け子をやるか？』

もう一度背後を見回したが、どうやら警察の尾行はなさそうだった。

「ほんまですか。何しろ今金欠でマジでヤバいんで」

第二章　デリヘル嬢の恋

「真奈美さん。急遽《きゆうきよ》、パーティーのコンパニオンで欠員が出たんですが、凄く割のいい仕事だからやってみませんか」

　その日事務所に出勤した真奈美は、いきなり店長からそう声をかけられた。予定していた女の子が急に体調を崩したらしく、今、空いているのは真奈美しかいないのだそうだ。

「私にできるような仕事ですか」

「最初はパーティーのコンパニオンという形で飲み物や食べ物をサーブしたりしますが、最終的にはいつものお仕事と同じです」

　体験入店から数日経って、真奈美は既に何人かの客を相手にしていた。確かに本番こそ強要されなかったが、見知らぬ男の前で裸になって手と口でサービスをするその仕事に、とても慣れることはできなかった。

「上手くすれば朝まで延長料金がもらえますし、特別ボーナスも出ます。とにかくギャラは凄くいいですから、私を助けると思って何とかお願いできませんか」

店長が両手を合わせて頭を下げる。

そこまでされると、真奈美も断るわけにはいかなかった。それに店長がそう言うということは、今日も真奈美には一人の指名客も入っていないということだった。

この業界も決して景気がいいとは言えないらしい。顔出しをしないこの店は、真奈美のような新人に指名は入らない。真奈美がここで稼ぐためには、店長などの男性スタッフがフリーの客をいかに回してくれるかにかかっていた。

「皆さん、大変お待たせしました」

待機していたワゴン車に店長とともに乗り込むと、既に中にはモデルのような美人が何人も乗っていた。真奈美と同じ店の女の子もいたが、大半は知らない顔でみんな高級そうなドレスで着飾っていて眩《まばゆ》いばかりだった。

「これから都内のホテルのスイートルームで、お得意様のパーティーが開かれます。皆さんはそこでコンパニオンとして働いてもらいます」

すぐにワゴン車が出発すると、助手席から店長が振り返って説明する。

「そのパーティーのお客様は、お金持ちの方ばかりです。しかも若い方たちが中心ですから、皆さんとも気が合うかと思います。お酒も入りますので、ちょっと羽目を外すようなこともあるかもしれませんが、今日のところはその辺は大目に見てあげてください」

ＩＴ企業の経営者の集まりとかなのだろうか。そんなパーティーが、夜な夜な六本木ヒルズあたりで開かれているという話を聞いたことはあった。

「これは主催者の社長さんから皆さんへの特別ボーナスです。遠慮せずに受け取ってください」

店長から女の子全員に茶封筒が手渡されると、あちこちで歓声が上がった。中を見ると二〇万円が入っていた。

真奈美はこれから起こることを想像するとちょっとブルーな気分になったが、周りの女性はむしろ嬉しそうだった。

やがてワゴン車は都内の超高級ホテルの玄関に到着した。

ワゴン車のドアが自動で開くと、赤や青の華やかなドレスの美女が飛び出していく。そんな着飾った美女集団がロビーを進むと、周囲の客が振り返った。真奈美はその一番後ろを不安げな顔でついていった。

「真奈美さん、大丈夫ですよ」

店長から小声で話しかけられた。

「ちょっと荒っぽいですが、ノリはいいし面白いパーティーですから。何かあったら、平田さんというお客さんに相談してください」

「平田さん？」

「はい。そのパーティーの主催者です。平田さんには、真奈美さんがヘルプで入ったことや、まだ新人だということも伝えてありますから」

その店長の気遣いは嬉しかったが、荒っぽいパーティーの中でそんな融通が利くだろうか。

「平田さんはああ見えて結構優しい人ですから、きっと上手くやってくれますよ」

店長はにっこり微笑んで、真奈美の髪をさりげなく直してくれた。

檜原貴美子はいつものように出勤すると、モニター上の男性会員のステイタスを確認する。

そのモニターには、男性会員たちがあと何回メールができるかのポイントも表示されている。

可愛い女の子とリアルに会えないままポイントがなくなってしまえば、かなりの確率で会員は利用をやめてしまう。そのポイントがなくなりそうな瞬間が、サクラたちの腕の見せどころだった。

『急に暇になった。今から会えない？』

『LINEのアドレス教えちゃうよ』

『渋谷に安くて美味しい居酒屋を見つけたんだけど』

実に巧妙なメールを送り男たちの興味を引き付け、さらなるポイントを購入させる。

ちなみに一人で何役ものキャラクターを演じ分けるため、パソコンには過去のメールのやり取りが一覧できるようになっている。都会に住む元気な女の子とか、地方在住の読書好きとか、ちょっとしたリアリティを持たせなければならないので、そんな機能がないとサクラもキャラが混乱してしまうのだ。

そして驚くことに、出逢い系のサクラは圧倒的に男が多かった。

割合にすると、八対二ぐらいだろうか。男のユーザーを騙すには、男のサクラの方が適しているらしい。モテない男がメールでどんなことを言われるとその気になるのか、その辺の機微は女性よりも男性の方が各段にわかっているそうだ。利用者にとっては大金を払って口説こうとしている女の子が、実は男のなりすましなのだから、いくら頑張ったって口説けるはずがなかった。

「最近、どんどん成績が落ちているんだよね。俺、そろそろここ辞めようかな」

休憩時間に自動販売機の紅茶を飲んでいると、男のサクラたちの会話が聞こえてきた。最近は良質なマッチングアプリが増えてきたせいで、ここみたいな悪徳出逢い系サイトは、確かに売り上げが落ちてきていた。

「辞めてどうするんだよ」

そう言った男は唇にピアスを三つもしていた。サクラの仕事をやる連中は、役者やバンドなどのアーティスト志望者も多い。時間が自由になることと、その手の人々は何かを演じることが好きなので、結構この仕事が合っているのだとチーフが言っていた。

「むしろ女のふりをして本当に出逢い系に登録して、キャッシュバッカーをやった方がいいんじゃないかな」

一部の出逢い系では、本物の女性会員がキャッシュバックをもらう制度が定着していた。出逢い系のサクラは違法だが、キャッシュバックという制度は違法ではない。そういうサイトでは、キャッシュバッカーと呼ばれる女性たちが、実際にメールを打ってポイントをもらい、それを換金することができた。これは必要悪みたいなもので、キャッシュバッカーがある程度いないと男の会員はふられる前にメールのやり取りが続かず、あっという間にいなくなってしまう。

「いや、でもそれで食べていけるほどは儲からないでしょ。お小遣い程度にしかならないらしいよ。それにキャッシュバック狙いでリアルに会おうとしないと、換金をいきなり中止されることもあるらしい。だから男の俺たちには絶対に無理だよ」

キャッシュバック狙いだけで全然男と会おうとしないと、サイトの方も詐欺行為になるので、そういうキャッシュバッカーはいきなりシャットアウトされてしまうことがあるそうだ。

「最近では、そんなキャッシュバック狙いの女たちは、チャットレディに流れる」

缶コーヒーを飲みながら、ピアスの男はそう言った。

「何そのチャットレディって？」

「ライブチャットとかで、パンツ見せたりしながら男の会員から小金を巻き上げる奴だよ。一分一〇〇円とかなんだけど、なかなか脱いでくれないんでついつい大金を使っちゃうんだ。結構大手の会社もやっているけど、見たことない？」

「ふーん、そんなのがあるんだ。しかしリアルな映像となると、ますます男じゃできないな」

「まあ、そういうことさ」

女でも可愛くなければできないよと、貴美子は心の中で突っ込みを入れた。

サクラの仕事を最初は辞めようかと思っていた貴美子だったが、最近は新たな方法で活路を見出していた。それは相手の電話番号を訊き出す作戦だった。

あまりに会うのを引き延ばすと、相手もさすがにサクラであることに気付いてしまう。男性のサクラだったらそれでメールが返ってこなければ打つ手がないが、女の貴美子は相手の携帯に電話を掛けてしまうという必殺技を使うことができた。この悪徳出逢い系で大金を使ってしまう男たちは、優良なマッチングアプリでは相手にしてもらえない重度のオタクがほとんどだ。女とはもう何年間も話したことがないような連中なので、実際に会わなくても電話だけで引き留めることは十分に可能だった。

貴美子はデブスではあったが、声だけは可愛かった。

高校生の頃に本気で声優を夢見て、いくつかの声優事務所のオーディションを受けたこともあった。しかし既に女性声優のアイドル化が進んでいて、それなりに可愛くなければいくら声が良くても合格することはできなかった。

大量のポイントを使ったのに女の子と会えなくて、いよいよ利用をやめてしまった会員に、貴美子は電話を掛けた。女とまともに話すことが滅多にない彼らにとって、それは十分すぎるサービスだった。

その中でも、特に大金を使うお客には電話でエッチをしてあげた。

そしてエッチな言葉や喘ぎ声を出す代わりに、男にメールをさせてさらなる情報料を毟《むし》り取った。しかも男たちは、貴美子がネットで適当に拾ってきた可愛い画像の女の子が、今自分と電話越しにエッチをしているのだと思っているのだ。たとえリアルに会えなくとも、男たちは出逢い系サイトを退会するわけにはいかなかった。

貴美子の成績が、面白いように上がりだした。


「みんな、この一ヵ月間、本当に良く頑張ってくれた。おかげでノルマも達成し、今回の売り上げも新記録となった」

シャンパングラスを片手にそう語る平田に、部屋にいた若者たちから一斉に歓声が上がった。

「毎日、おまえたちを見てきた俺にはわかる。おまえらはプロ中のプロだ。そして最高の役者だ。俺はおまえたちと一緒に仕事ができて本当に嬉しい。どうもありがとう。本当に感謝している」

平田が経営するオレオレ詐欺グループの中でも、最も売り上げのよい立川の店の新記録達成パーティーが開かれようとしていた。店が仕事を終えて一旦解散する時に、架け子たちを慰労するのも社長の大事な仕事だった。テーブルには超高級ホテルの料理と、ドンペリが注がれたシャンパングラスが置かれている。

「しかし男ばっかりで飲んでも今一つ面白くない。そこで今日もコンパニオンの皆さんをお呼びした。さあ、お嬢さん方、どうぞお入りください」

派手な音楽とともに部屋の扉が開かれて、綺麗なドレスを纏《まと》った美女たちが一気に雪崩《なだ》れ込んできた。

部屋全体に歓声が上がった。

「平田社長。口説いちゃってもいいんですか」

「そこはあくまで自由恋愛だ。しかし失礼はするな。あくまでおまえらが得意のアゴで、口説いて口説いて口説きまくれ」

アゴとはオレオレ詐欺のトーク力のことだった。ここにいる男たちは、下手《へた》な若手俳優よりも演技力は断然上だった。

「それで駄目なら金を払って土下座しろ」

会場からどっと笑いが起こった。

「それじゃあ、みんな、新記録達成おめでとう。乾杯いいいい！」

平田の乾杯の発声に、シャンパングラスが高らかに上がる。

平田は成績のよい店の打ち上げには、高級デリヘル嬢を雇って慰労することにしていた。オレオレ詐欺をやっている期間は、酒も女も禁止だった。その禁欲生活に耐えて大きな成果を挙げた店には、最後の最後に平田の奢《おご》りで精一杯羽目を外させた。この手の打ち上げは、羽振りのいいグループではよく行われ、どこそこが芸能人やＡＶ女優を呼んだらしいなど、噂になることもあった。

「平田社長。ありがとうございます」

「平田社長、最高っす」

「ごちそうさまです」

若い社員が次々とグラスを片手に平田に挨拶にやってくる。一気飲みをする奴が跡を絶たず、新しいシャンパンが開く音も聞こえてくる。開始三分でパーティーは既に最高の盛り上がりを見せていた。

「いやー、君、チョー可愛いね」

「ねえねえ、名前なんて言うの」

そして早くも、部屋のあちらこちらで男たちが美女を口説きだした。

「社長、いつもありがとうございます」

店長の立川が、ドンペリがなみなみと注がれたグラスを片手にやってきた。

「おう立川、今回も本当にご苦労だったな」

平田の持っていたシャンパングラスを立川のそれと合わせると、鈍いガラスの音がした。

「相変わらず、いい飲みっぷりだな」

立川がグラスの液体を一気に飲み干したので、平田は新しいボトルからまたなみなみとドンペリを注いでやった。

「ありがとうございます。だけど平田さんに誘われて、オレオレ詐欺をやるようになって本当に良かったですよ。誘ってもらって、本当にありがとうございます。感謝しています。なにしろ俺、闇金時代は心が病んでいましたから」

「ああ、そうだな。俺も闇金は嫌だったな」

平田は遠い目をしてそう呟いた。

「あれは最低の仕事でしたからね」

オレオレ詐欺は金を持っている老人からその金を騙し取る。

しかし闇金は、もう金が借りられなくなった奴に親切のふりをして金を貸す。そのくせ金を借りた奴が借金を完済しようとするとその金は受け取らず、さらに少額の金を貸す。そうやって借金を返済しないでいると、一〇日に一～五割の利子でいつの間にか借金が膨らんでしまい首が回らなくなる。そして最終的には女だったら風俗を、男だったら違法な仕事を斡旋して回収する。

それでもまだ借金があれば、鬼畜のような方法で金を取り立てる。

その矛先は家族に向かう。家にある金を全部吐き出させて、そして娘や妻をソープに沈めるように説得する。さらには遠い親類まで巻き込ませる。明日までに何が何でも金を借りて来いと、債務者を恫喝《どうかつ》する。

「俺の客で自殺した奴もいましたから」

「俺もだ。催促に行ったら首を吊って死んでいた。あれはショックだったな」

それに比べれば、オレオレ詐欺は可愛いものだった。

金持ちの老人がもう使う予定もない貯金の一部を、若者たちに還流しているようなものだと思った。

「ところで平田さん、今回はいくらぐらいするんですか？」

「そうだな。また二本ぐらいかな」

「二〇〇万ですか。相変わらず気前がいいですね」

平田は儲かった金額の一部を、恵まれない子供たちに寄付していた。それは自分や、ここにいる男たちの罪悪感を取り除くためだった。いくら儲かっているとはいえ、やっていることは罪のない老人を騙して大金を盗む犯罪行為だ。悪党ぶってはいるものの、平田は良心の呵責を感じていた。それはこの立川にしても、そして他の架け子たちも同様だろう。だからこの寄付の話は、立川を通じて他の架け子たちに流れていくことは間違いなかった。

「それもこれも、みんなおまえたちのおかげだよ」

平田はにっこり微笑んだ。

早くも会場は乱痴気騒《らんちきさわ》ぎとなり、女を連れだして別室に向かう男たちの姿も見られはじめた。それもそのはずで、どの女も飛び切りの美人ぞろいの一方で、男たちのポケットには札束が唸っているのだ。

平田は満足そうに笑みを浮かべ、煙草を取り出し火を付けた。

人生なんかわからないものだなと思った。

平田は、東大や京大に多数合格者を出す関東の有名高校を中退していた。もともと地頭がいいタイプで、超一流のその進学校でもそこそこの成績を残していた。さらに弱小とはいえ野球部のエースで、四番でキャプテンでもあった。

しかし高校二年の冬に、父親が事業に失敗して破産して失踪した。

すぐに学費が払えなくなり、平田は静かに学校を去った。

さらに母親が精神的に病んで自殺。

その後妹とともに、鎌倉の父方の親戚に預けられたが、居心地の悪さにその家を飛び出した。なぜならば、父はその親戚からも少なからぬ金額を借金していたからだった。

　食べるために新宿でキャバクラのボーイをしていたら、一人の客と仲良くなった。瀬尾《せお》と名乗ったその客は、当時七〇歳前後だったが、何人ものキャバ嬢を口説き倒して派手に遊んでいた。アウトローな雰囲気の男だったが、平田のようなボーイにも小遣いをくれる気前のいい客だった。

　ある日その瀬尾から、資金を出すからある仕事をやってみないかと誘われた。

　それが闇金だった。

　平田は闇金業ですぐに頭角を現した。しかし平田も立川同様、その仕事がどうしても好きにはなれなかった。平田は瀬尾に闇金の仕事を辞めて、またキャバクラのボーイに戻りたいと相談した。

「おまえキャバクラのボーイなんかに戻ってどうするんだ」

「いや、それでも闇金は無理です。死んだおふくろの顔が浮かぶんです」

　首を吊った母親を、一番最初に発見したのは平田だった。

「そんな甘いこと言ってるから、おまえはダメなんだよ。平田、非情になれ」

「無理です。俺は人を自殺させてまで、金を儲けたいとは思いません。人として間違っていることはできません」

平田がそう言うと瀬尾は唸った。

「しょうがねえなぁ」

「瀬尾さん、すいません。さんざんお世話になっていながら、恩を仇《あだ》で返すようで」

平田が大きく頭を下げると、瀬尾はさらに大きな溜息を吐いた。

「やっぱりおまえは、大したたらしだな」

「たらし？」

その言葉の意味がわからなくて、平田はオウム返しにそう訊ねた。

「女たらし、人たらしのたらしだよ。わしから見ればおまえは本当に甘々だけど、おまえには人の心をつかむ天性の才能がある。なんか、ほっとけない不思議な魅力があるんだよな」

「そうですか。そんなことを言われたのは初めてですが」

「おまえの凄いところはそこだ。人をたらしてかつその自覚がないところだ。おまえは将来、とんでもない詐欺師になるかもしれねえな」

そんなことを言われても、平田にはピンとこなかった。

「おい平田よ。おまえそんなに闇金が嫌ならば、新しい稼業をやってみないか」

その時瀬尾が提案したのが、当時流行《はや》りだしていたオレオレ詐欺だった。

「でもそれって完全な犯罪じゃないですか」

「そうだよ。捕まれば懲役一〇年以下の立派な詐欺罪だ。だけどオレオレは闇金ほど阿漕《あこぎ》じゃねえ。しかも上手くやれば、おまえの高校の同級生たちの年収がたった数ヵ月で手に入る。オレオレをやれば、日本中のどんなエリートサラリーマンよりも稼げるのは確かだ」

高校をドロップアウトした平田には、そのまま大学に進んでエリートサラリーマンになった同級生たちへのコンプレックスがあった。自分もあのまま高校に残っていれば、彼ら並みの、いや彼ら以上のエリートになれたと思っていた。

「何年か根性出して頑張って、一生遊べる金を手にしちまえば、大学なんか出てなくても人生勝ちってことなんじゃねえのか」

キャバクラで色々な人間を見てきた平田は、エリートサラリーマンが必ずしも人生の成功者ではないことに気付いていた。どんなエリートでも、結局誰かに使われている小金持ちに過ぎない。平田が働いていたキャバクラで、本当に羽振りがいいのは瀬尾のような自分で事業をやっているグレーな世界の住人だった。

「所詮人生は勝つか負けるかの二つに一つだ。詐欺で捕まって懲役を食らう奴もいれば、俺みたいにもう警察の手の届かないところにいる奴もいる。おまえのオヤジは負けた。だからおふくろさんは自殺した。そしておまえは逃げ出した」

瀬尾は珍しく真剣な表情で平田を見た。

「男だったらどんな汚い手を使っても、勝たなきゃダメなんだよ」

その一言は平田の心を大きく揺らした。

このままキャバクラのボーイに戻っても、安い金で人に使われるだけだった。どうせなら、人と金を使う立場になりたいとは思っていた。

「いいじゃねえか。幸か不幸か、今のおまえには失うものがないんだから」

確かに瀬尾の言う通りだった。

「しかし闇金と違って詐欺の業界は、おまえの同級生のエリートたちみたいに、法律や常識で守られている世界じゃねえ。ここから先は鉄火場だ。食うか食われるかの弱肉強食の世界だ。それだけは忘れるなよ」

平田は覚悟を決めた。

その後瀬尾に出資してもらい、平田はオレオレ詐欺をやりはじめた。

平田は吸っていた煙草を灰皿に押し付けると、グラスのシャンパンに口をつけた。

ふとその時、部屋の片隅で緊張のあまり固まっている一人の女が目に入った。平田は彼女に歩み寄り、シャンパングラスを手渡した。

「すみません。私、お酒飲めないんです」

そう言われた平田は、今度はテーブルにあったウーロン茶のグラスを手渡した。

「名前は？」

「真奈美です。私、急にこんなパーティーに出させられて、何をどうすればいいかわからなくて」

平田はデリヘル店の店長に、真奈美という新人をヘルプで派遣したので、何かあったら頼むと言われていたのを思い出した。

「歳は？」

「二三です。すみません、私、ここで何をすればいいんですか」

不安げにそう訊く彼女の顔を覗き込むと、驚くほど澄んだ目をしていた。まだデリヘル嬢になって数日だという店長の言葉も、あながち嘘ではないなと平田は思った。

「そうだな。まあ、セックスかな」

「ええ？　そんな話、聞いてません」

真奈美のそんなリアクションが可笑《おか》しくて、平田は思わず笑い声を上げる。

よく見るとかなりの美人だ。くりっとした大きめの二重で笑うと妙な愛嬌があった。亜麻《あま》色《いろ》のセミロングの髪をふんわりとカールし、身長は一六〇センチぐらいだろうか。ヒールを履いているので、小柄な平田よりも今はちょっと背が高い。ドレスの胸元を見ると白い胸の谷間がなかなかそそる。

「なんで、この仕事をしようと思ったの」

「そりゃあ、お金がないからです」

そう言いながら、真奈美はウーロン茶の入ったグラスに口をつける。

「なんでお金がないの。ブランド品でも買いまくったの」

「奨学金ですよ」

真奈美が口を尖らせる。

「奨学金？」

「大学時代に借りた利子付きの奨学金の五〇〇万円がどうしても返せないんですよ」

平田は真奈美と一〇歳ぐらい離れてはいるが、奨学金がそこまで彼女を追い詰めていると
は考えもしなかった。

「それ以外にも、東京で女が一人暮らしをしようと思ったら、昼の仕事だけじゃ足りないん
ですよ」

まあ、それはそうだろうと思った。キャバクラやデリヘルの女は、だいたい地方出身者で、
日々の生活のためにその仕事をしている子も多かった。

「しかし奨学金が、今の学生にそんなに重荷になっているとは知らなかったな」

「このままだと完済できたとしても二〇年以上後ですよ。二三歳の私が四三歳になっちゃう

んですよ。そこから贅沢ができたとしても、もう手遅れですよ」

平田には五つ年下の妹がいた。妹は美人で性格も良く頭も良かったが、平田家が崩壊してからは、平田同様、鎌倉の親戚の家で育てられた。ちなみに妹は、神奈川県の公立大学に進学した。

「それじゃあ、頑張ってデリヘルで稼ぐしかないよね」

「でも、もう無理です。私、デリヘル辞めます」

よく見ると、真奈美は涙を溜めていた。

「え、どうしちゃったの急に」

周囲はますます酒が入り、あちらこちらで男が美女を口説いていた。平気でキスをするカップルや、人目を憚《はばか》らず女の子のドレスを脱がしにかかる輩《やから》もいた。そんな中で平田と真奈美の二人だけが深刻な表情で会話をしている。

「昨日、お客さんに、……言われちゃったんです」

「え、何て、言われたの？」

あまりに周りがうるさくて、真奈美の言った言葉が聞き取れない。

「お客さんに、……って言われたんです。だからもうそれがショックで、もうこれ以上この仕事は続けられないって思ったんです」

彼女の目から、まさに大粒の涙が零《こぼ》れ落ちそうだった。

「え、だから、そのお客さんに何て言われたの？」

真奈美は大きく鼻を啜《すす》った。

「おしっこです」

「おしっこ？」

「おしっこを頭からかけてもいいかって言われたんです」


「中根さん、誰かに尾行されてます」

その日、松岡は三鷹《みたか》の一軒家で三〇〇万円の現金を受け取った。そして駅に向かって足早に歩きながら中根のスマホに電話を掛けた。

『どんな奴だ？』

松岡はちらりと後ろを振り返る。

「黒いトレーニングウェアにスポーツサングラス。ジョギングをしてはるような格好ですわ。

せやけどいつになっても走らへんくて、ずっと俺の後ろをつけてきます。刑事が変装しているのかもしれまへんが、見た感じはヤクザみたいですわ」

『松岡、気をつけろ。実はこの間も、うちの受け子が半殺しの目にあって金を取られた。やった連中の素性はわかっていないが、俺たちの情報がどこかに漏れているのかもしれない』

受け子には警察に捕まるだけでなく、そんなリスクもあるらしい。「簡単な仕事」には、危険がたくさん付きまとうのだと松岡は思った。

「やっぱりヤクザやないんですか」

『まともなヤクザはそんなことはしない。街の愚連隊《ぐれんたい》か、食えなくなったチンピラだ。だけどそういう連中のほうが無茶をするから気をつけろ』

実際に受け子を襲う犯罪もあった。しかしオレオレ詐欺側としても、それで警察に被害届を出すわけにはいかない。

「中根さん、ヤバいっす」

『どうした？』

「さっきの黒いトレーニングウェアの男と一緒に、茶色い革ジャンの男が一緒に歩いてますわ。二人ともむっちゃ背え高いんで、マジでやりあったらひとたまりもありませんわ」

松岡は身長が一七五センチで格闘技の心得もあったので、一対一ならば街の不良に負けることはないだろう。しかし相手が二人でもしも武器を持っていたら、さすがの松岡でも敵わない。

「どないしたらええですかね」

松岡は周囲を見回した。車も通らない細い道で、両脇に民家のブロック塀が続いている。

『どうするもこうするもないだろう。とにかく逃げるんだ。交番に駆け込むわけにはいかねえからな』

「このままダッシュしても、駅までは五分ぐらいはかかりますよ」

『近くにコンビニとかはないのか。そこに逃げ込めば奴らも無茶はしないはずだ』

あと三分も歩けば大通りに出る。そこまで行けばコンビニがあるので、そこに逃げ込むことはできた。

「いやー、コンビニもこの辺には見当たりませんわ」

『松岡。とにかく撒《ま》け。そして何とか逃げ切れ』

中根の指示は単純にして明快だった。

「中根さん、ヤバいです。前からもう一人やってきましたわ。どうやら挟み撃ちにあったみたいやわ」

『松岡、何が何でも逃げろ。そしてここに帰ってこい。上手く撒けたら特別ボーナスを出す』

「わかりました。何とかやってみます」

金の入った鞄を小脇に持ち替えた。

『松岡、今日はいつものコインロッカーに金は置かなくてもいいからな』

「中根さん。警察だったらどないします」

『警察でもチンピラでもどっちでもいい。とにかく絶対に捕まるな。何とか撒いて逃げろ。松岡、最後は気合いだ。おまえ気合いで逃げて来い』

もはや中根の指示は無茶苦茶だった。これ以上、中根と話していても意味がない。

ダッシュするためにスマホを切ろうとした瞬間に、再びスマホから中根の声が聞こえてきた。

『おい、松岡。もしも警察に捕まっても、絶対に俺のことは喋るなよ。喋ったらただじゃすまねえからな』


「それでおしっこかけられちゃったの？」

真奈美は平田にそう訊かれた。

「いや、さすがに無理だって断ったんです」

なんで今日初めて会った男に、こんなことを喋っているのか。しかし昨日のそのおしっこの客と会って以来、真奈美は人生で最大に落ち込んでいた。

「そうなんだ。それでそのお客さんはどうしたの？」

「何も言わずに帰っちゃいました。きっと怒ったんだと思います」

そのお客さんはなんの行為もしないまま、黙ってホテルを後にした。せめて代金を返そうとしたが、真奈美が追いかけた時にはもうチェックアウトをすました後だった。

「まあ、意外とデリヘルって変態客が多いって言うからね」

「そうなんですか」

店長からは、そんな話は聞いていなかった。

「デリヘルに来る客って恋人がいない奴も多いんだけど、実は、恋人や奥さんにできない変態的な行為をしに来る客も多いんだよ。しかも君のお店は高級店でしょう」

真奈美は曖昧に頷いた。

「なまじ金のある奴の方が、アブノーマルな趣味の持ち主が多いからね。おしっこをかけられるなんてましな方だよ」

その一言で真奈美はさらなるショックを受ける。

「やっぱり、そこは我慢してかけられるべきだったんでしょうか」

自分は一体何の相談をしているのか。真奈美は妙な気分だったが、しかしこの平田という男は怖そうに見えるが、店長が言ったようにどこか優しい雰囲気があった。

「まあ君が我慢できなかったんだから、それはそれでしょうがないんじゃないの。きっとデリヘルは向いていないんだよ。だったらさっさと辞めたほうがいいと思うよ」

目の前の男は吐き捨てるようにそう言った。

真奈美はちょっと悲しい気分になった。

「私のこと、軽蔑しましたか？」

「軽蔑。どうして？　おしっこをかけられたから」

「かけられていません。かけられそうになっただけです」

むきになって否定すると、平田は楽しそうに微笑んだ。

「いや、そういう意味じゃなくて、プロ意識のない女だと思われちゃったかなと思って」

「うーん、確かに風俗嬢としてはプロじゃないよね。もっとハードなプレイでも、プロの風俗嬢だったら受け入れるからね」

「そうですよね」

周囲を見回すと、半裸の美人キャストたちが嬌声《きょうせい》を上げて男たちと戯れている。あのモデルのような美女たちは、そんな変態客でも平然と相手ができるのだろうか。

「でも君はプロの風俗嬢になりたいの？」

「わかりません」

真奈美はそんなことは考えたこともなかった。

「だったらいいじゃん。俺としてもそんな澄んだ目をした綺麗な女の子が、変態に蹂躙《じゅうりん》されるところは想像したくないからね」

最近激しく落ち込んでいたので、さりげないその一言に真奈美は完全にやられてしまった。

「平田さんはいい人ですね」

「いい人？　この俺が。まさか」

平田は両手を広げてそう言った。

「だって店長も言ってましたから。平田さんは優しいって」

「受けるねー。ねえ今日のこのパーティー、本当は何の会だかわかる」

今一度周囲を見回すと、相変わらず乱痴気騒ぎが続いていた。

「さあ、お金持ちの乱れたパーティーなのかと思ってましたが」

真奈美のその言葉に、平田は白い歯を見せて笑う。

「これはオレオレ詐欺の打ち上げだよ。ここにいる男たちは、みんなプロの詐欺師だよ」

確かにIT企業の経営者にしては品がないと思っていた。Gパンにパーカーなど、着ているものも安そうだった。

「どいつも警察に捕まれば、懲役は間違いない最悪の犯罪者たちさ」

ちなみに詐欺罪は一〇年以下の懲役だったが、オレオレ詐欺は組織的犯罪処罰法の適用で、懲役二〇年以下のさらに重い刑罰を下される可能性もあった。

「そして何を隠そう、俺がその主犯格さ」

平田が自分を指してそう言った。

「へー、そうだったんですか」

「あれ、あんまり驚かないね」

「まあ、最初っからまともな人たちだとは思ってはいませんでしたからね」

真奈美がそう言うと、平田はまた歯を見せて楽しそうに笑った。

よく笑う男だと真奈美は思った。一見強面《こわもて》のくせに、笑うと妙に可愛い顔になる。そのギャップがこの男の魅力の一つなんだろうなと気が付いた。

「私、もう何が正しくて何が間違っているかわからなくなっちゃったんです。小学生の頃から、親の期待に応えようと真面目にやってきて、大学に入ってからは今度は親の負担にならないようにと四年間バイトばかりやってました。本当に本当に我慢と努力を積み重ねてきて、その挙句の果てがおしっこですからね。もう、オレオレ詐欺ぐらいじゃ全然驚きませんよ」

真奈美が本音を口にすると、平田はさらに大きな声で笑いだした。それを見たらなぜか急に気持ちが軽くなり、なぜか楽しくなってきた。ここ数日笑うことを忘れていたが、今は本気で笑うことができた。

「おまえ、面白いなー」

平田は真奈美の頭をぐしゃぐしゃに撫でまわした。

「やめてください。ヘアが乱れます」

真奈美は大きく頭を振って、平田から逃れようともがく。

「なあ、おまえ。ひょっとして何かのプロになりたいんなら、プロの詐欺師になってみないか」

真奈美はちょっと考える。

「えー、駄目ですよ。いくら私でも、法律に触れることはできません」

「いや、法律に触れない詐欺師だよ」

「えー、そんな詐欺師がいるんですか」

「ああ、もちろんだ。法律に触れる詐欺師より、そっちの詐欺師のほうが世の中にはいっぱいいるんだ。稼いでいる金もそっちの詐欺師のほうがよっぽど多い」

「どんな詐欺師ですか」

本当にそんな詐欺師がいるのだろうか。真奈美はにわかに興味を持った。

「キャバクラ嬢だよ」

新しいシャンパングラスを手に取って、平田は真顔でそう言った。

「キャバクラ嬢は詐欺師ですか？」

「風俗と水商売は似ているけど根本的には全く違う。どちらも疑似恋愛というか、恋人気分で男を騙すが、風俗は必ず肉体という対価がついてくる」

平田はシャンパングラスに口をつけて、美味《うま》そうに炭酸入りの液体を飲み干した。

「だけど水商売は、それをやったら終わりだからなかなか体は開かない。もう少しでエッチができそうなことを言いながら、いつになってもやらせてはくれない。挙句に風俗の何倍もの金を巻き上げる。こんなひどい詐欺師はいないよ」

「なるほど、本物の詐欺師が言うと妙に説得力がありますね」

次の瞬間、平田に思いっきりおでこを小突かれた。

「すいません。マジで痛いんですけど」

「その辺の割り切りができれば、多分おまえはキャバ嬢の方が向いている。俺の知り合いでキャバクラをやっている奴がいるから、良かったらそこで働いてみないか」

いい話だと真奈美は思った。

自分はこの目の前の詐欺師に、騙されかけているのだろうか。

「でも昼間に仕事をしているから駄目なんですよ。それに私お酒も飲めないし」

「酒は飲めなくても問題はない。むしろ多少飲める奴が無理をすると、体を壊して長続きしない。問題は昼間の仕事だな」

真奈美はデリヘルの仕事をやりながらも、昼間のアパレルの仕事の方も一日も休んではいなかった。

「お金が全然ないんです。昼間の仕事を休んじゃうと、途端に暮らせなくなっちゃうんです。家賃も滞納しているし、消費者金融にもすぐにお金を返さないとマズいんです」

だからと言ってデリヘル一本にしたくはなかった。そんなことをしてしまえば、一生風俗嬢として生きていかなければならないような気がしていた。

「一週間だけ昼間の仕事を休めないかな。その間に体験してみて、適性があるかどうか試してみれば」

真奈美は真剣に考える。

一週間ぐらいならば体調不良と嘘をついて会社は休めるだろう。

「どうする？　無理にとは言わないけれど」

「やります。もう、おしっこをかけられるのは嫌ですから」

再び平田が白い歯を見せた。

「おまえ、本名は何て言うの？」

「真奈美です。東島真奈美」

なぜか、あっさり自分の本名を明かしてしまった。

目の前の男は、家族思いのお爺さんやお婆さんから大金を騙し取っている最低の犯罪者だ。しかし真奈美は、この目の前の男を頼もしく感じてしまった。確かに平田は犯罪者には違いないが、それでもこの男は自分で自分の道を切り開いている。

男は強くて逞《たくま》しくなければ意味がない。

どんなことをやってでも、稼いで家族を幸せにしてくれるのが男だと思った。いくら真奈美の父親が優しくても、失業して家でダラダラしているだけならば一家は飢え死にしてしまう。職場も同じだ。右肩下がりの会社で、パワハラとセクハラを繰り返す奴はクズだと思った。世の中には、口先ばかりで何もやらない男が多すぎる。

だけどこの目の前の男は違う。

とてつもなく悪い奴かもしれないが、真奈美にはその存在が眩しかった。

『貴人、三八歳です。独身×《バツ》ナシです。外資系の証券会社にいたんですが、体調を崩して今は休職中です。投資や資産運用、相続のことなんかに興味があれば、アドバイスもしますので気楽にメールください』

竹崎拓哉はマッチングアプリを使って、結婚詐欺を働くことを思いついた。

今、竹崎が利用しているマッチングアプリは、これまでに多くのカップルを誕生させてきた最大手で、サクラや援助交際目的で利用している輩はほとんどいなかった。本人確認もしっかりしていて、そのアプリでは免許証などの公《おおやけ》の証明書の提出を義務づけていた。竹崎はこのサイトでは竹田貴人という名前を名乗っていたが、その名前の偽造免許証はもちろん、外資系証券会社の偽の名刺も持っていた。

「はじめまして。香織《かおり》さんですね?」

竹崎は約束のコーヒーチェーン店で待ち合わせをした。

白川《しらかわ》香織、三八歳。公の証明書を使っているので、その年齢は嘘ではない。プロフィール写真ではそこそこの美人に見えたが、実際に会ってみると実年齢よりだいぶ老けた印象だった。

竹崎は女としての香織には、最初からあまり期待はしていなかった。

『両親が亡くなり都内の一戸建てを相続することになりました。しかし相続税が払えなくて困っています。ちょっと相談に乗ってくれませんか』

香織から送られてきたそのメールは、竹崎に大いなる興味を抱かせていた。

「え、貴人さんですか。何か、写真と印象が全然違うんですけど」

最近、竹崎は顎髭《あごひげ》を伸ばしだしたが、香織がそう言うのは顎髭のせいではなかった。

「すいません。あの写真は友人のものなんです。ほら、こういうサイトって、やっぱり誰が見ているかわからないじゃないですか。だからすいません、友達の写真を使ってしまいました。やっぱり僕じゃだめですかね。その友人も独身ですから、お詫びの印にその友人を紹介してもいいですが」

マッチングアプリは写真が本人である必要はないので、いくらでもなりすますことができた。

「いいえ大丈夫です。むしろご本人の方が素敵なんでびっくりしました」

この手のサイトで他人の写真を使うのはよくある話だが、ポイントは決して自分より格好いい男の写真を使わないことだ。アプリで知り合ったとはいえ、最終的にはリアルに会わなければならない。いくら途中まで上手くいっても、会った時の印象が悪ければそれまでだ。

「貴人さんは、本当に外資系の証券会社で働いていらっしゃったのですか」

竹崎は名刺入れから、竹田貴人の名前が入った有名な外資系証券会社の名刺を取り出して見せた。それは全て英語表記で住所はシンガポールになっていた。

「今は休職中なので、本当はこの部署にはいないんですけどね」

竹崎は白い歯を出して笑いながら、その名刺を自分の名刺入れに戻した。

外資系ではないが、竹崎は大学卒業後本当に証券会社に勤務した。典型的な体育会系の証券会社で、ノルマ達成のためには手段を選ばない会社だった。竹崎は太客に恵まれ成績も良かったが、リーマンショックで環境が一変した。世界的な金融危機が訪れて、勤めていた中堅の証券会社ではどうしようもなくなってしまったのだ。そんな矢先、一番の得意客が大損をして電車に飛び込んで自殺をした。竹崎は、自分も会社ももはやここまでと思い会社を辞めた。

「これからどうしますか？　近くに美味しい生ハムを出す店があるんですが、よかったらこれから行きませんか」

「是非、お願いします」

香織は嬉しそうに微笑んだ。

証券会社を辞めてからは、暫くヒモのような生活をしていた。女好きで平気で嘘をつける性格だったので、気付いたらいつの間にか結婚詐欺師になっていた。

「スペインワインが充実しているお店なんですよ。確か、香織さんはお酒は飲めましたよね」

婚活サイトのプロフィールで、香織のことは事前にチェックしていた。

結婚詐欺のデメリットは、何かと費用と手間がかかり、稼ぎとしては限界があることだった。しかしマッチングアプリを利用するようになり、出逢うまでの費用と手間は大幅に軽減された。

「ハモン・セラーノはスペイン産の生ハムっていう意味なんですが、その中でもイベリア半島のイベリコ豚で作るハモン・イベリコは最高ですよ」

近くのスペインレストランに到着すると、さっそく名物のイベリコ豚の生ハムを注文した。

「貴人さんは、スペインにも行かれたことがあるんですか」

店のカウンターにイベリコ豚の大きな足が置かれている。注文を受けて、店員がその巨大な豚の足から丁寧に生ハムを薄く削り取る。早速サーブされたその生ハムを食べると、舌の上で蕩《とろ》けるような甘みがあり、竹崎は目を細めた。

「サッカーが好きなので、レアル・マドリードの試合なんかを見に時々行きますね。あ、お姉さん。マルケス・デ・リスカルをボトルでください」

竹崎は網タイツワインとして有名なスペインワインを注文した。

網タイツワインとは、中身の詰め替えや偽造、瓶の破損、吹きこぼれの防止などのためにワインボトルに網タイツのような金属の網を掛けたもので、スペインワインによく見られた。フランスワインのように飛びぬけて高価なものはなかったが、そこそこの値段の比較的はずれの少ないワインだった。

「確か、相続のことでお悩みだったんですよね」

「そうなんです。父親が三年前に亡くなったんですが、母も先日……」

「それはご愁傷さまです」

竹崎は沈痛な表情を作って軽く頭を下げる。

「今年中に相続の手続きをしなければならないのですが、身近に相談できる人がいなくて」

「そうだったんですか。それは大変ですね。ところで香織さん、二〇一五年から相続税の税制が変わって、今までなら相続税を支払わなくてもよかった人たちが、結構な金額を払わなくてはいけなくなったことをご存知ですか」

香織は不安げに首を縦に振った。

竹崎は飛びぬけた資産家ではなくても、網タイツワインのようにそこそこの金を持っている女を狙うことにした。貯金をたっぷり貯め込んだ独身ＯＬ、都心に一軒家を持つ小金持ちの一人娘、そんな女性をマッチングアプリの中で探していた。

「全く酷いもんですよ。一度課税した所得には、二度と課税しないのが税務上の基本なんですよ。お金持ちの方々は、そのお金を得た段階でかなり高額な所得税を払っているわけで、それを子供に相続するだけでさらに相続税をかけるのですから、そりゃ日本のお金持ちが資産フライトさせるのもしょうがないですよね」

「資産フライトって何ですか」

「ああ、つまり自分のお金を海外のオフショア、つまり税金が安いタックスヘイブンの国々に移すことですよ」

「そんなことができるんですか」

「大金持ちと言われる人々は、昔からそれをやっています。スイスの銀行の守秘義務の厳しさは知っていますよね」

９・11の同時多発テロ以来、中東のテロリストなどの資金を断つためにスイスの銀行も以前ほどは融通が利かなくなってはいたが、それでも世界の大金持ちは海外のプライベートバンクを頼りにしていた。スイス以外にも香港《ホンコン》やシンガポール、ケイマン諸島など、日本とは比較にならないほど税金の安い国はたくさんあり、そこに資産を移す金持ちは少なくなかった。

「僕に相談していただければ、色々なアドバイスができると思いますよ」

中堅ではあったが竹崎は実際に証券会社で働いていたので、香織のような世間知らずの女たちに、それらしいことを言うのは簡単だった。

「貴人さん。是非、お願いします」

結婚詐欺で、新婚旅行や式場の予約金を騙し取っても大した金額にはならない。しかしこんな風にマッチングアプリで知り合った世間知らずの金持ちの娘に接近すれば、その財産そのものを手にすることができるかもしれない。

「おっとその前に、二人の出逢いに乾杯をしないといけないですね」


「平田社長。最近ではキャッシュカード手交型《しゅこうがた》っていうのが流行っているらしいですよ」

次のオレオレ詐欺の相談をしようと、立川と久しぶりに焼き肉屋で会食した。

「それはどういう手口なんだ」

別料金はかかるが個室を取ったので、この会話を誰かに聞かれる心配はなかった。

「まずは警察とか銀行員とかを騙って、不自然な金の引き出しがあったとか言って、キャッシュカードやクレジットカードが不正に利用されている疑いがあるみたいな電話を掛けるんですよ」

この焼き肉屋は、Ａ５ランクの黒毛和牛だけを提供していた。サシがしっかり入ったカルビやロース、そして希少部位のシャトーブリアンも食べることができた。

「ネットバンキングなんかを使っていたら、普通にありそうな話だな」

酒の持ち込みは自由だったので、平田は二本の赤ワインを持参していた。その内の一本はオーパスワンで、二人の目の前のグラスにたっぷりと注がれている。

「そしてできればその時に、暗証番号を訊き出すんです。すぐに止めるためには暗証番号が必要だとか言って」

平田はシャトーブリアンをひっくり返す。肉汁が網に垂れてじゅっという音とともに食欲をそそる匂いがする。

「この詐欺では、孫や子供が痴漢にあったとか、妊娠をさせてしまったとか、下手な芝居は必要ありません。ただ単にカードが不正利用されているという不安を突くんです」

「そうなると、架け子も少なくてすむな」

平田はオーパスワンを一口飲んだ。ラベルに創業者の二人の顔がデザインされたこのスーパー・カリフォルニアワインは、平田のお気に入りだった。

「そうなんです。テッケンは三人一組が原則でしたが、これならば二人一組、場合によっては一人でもやれます。そして受け子に銀行とか金融庁とかの偽の身分証明書を持たせて、このカードは使えなくなったので一時的にお預かりしますとか言わせて、カードを受け取っちゃうんですよ」

「この方法ならば、まとまった金を相手に用意させる必要がなくていいな。しかもそこにたくさん貯金があれば、現金は引き出し放題だな」

「貯金額も最初に訊いちゃうんですよ。そして一番貯金がある口座のカードを狙うんです」

誰が思いついたかは知らないが、最近は急速にこの方法が流行っていると、肉をひっくり返しながら立川は言った。

「しかし受け子が、ＡＴＭやコンビニで捕まる危険性はあるな」

平田たちが一番恐れているのは、何と言っても警察だった。

「銀行のＡＴＭは避けるべきでしょうね。だけどコンビニならば警察が張っているわけではないから金は引き出せます」

立川はシャトーブリアンを頬張ると、目を細めた。

「うーーーん、やっぱりここの肉は最高ですね」

「だけど監視カメラがあるからな。受け子の顔は写ってしまうな」

平田も程よく焼けた肉片を箸でつまむと、軽くたれをつけて頬張った。舌の上で肉が蕩けてその旨味を堪能《たんのう》する。

「帽子やマスク、そしてサングラスで変装させる必要はあるでしょうね」

「それでも警察が本気になれば受け子は捕まる。街中の監視カメラで撮られた映像をもとに探されたらアウトだろうな」

平田はオーパスワンをがぶりと飲んだ。

「受け子は使い捨てにするしかないですね。中根さん以外にも、信頼できるリクルーターを探しておいたほうがいいかもしれませんね」

立川は新しい二枚の肉片を、炭火の上の銀色の網に置いた。

「司法取引もあるから、絶対に裏切らない奴を探さないとな」

二〇一八年六月から施行された改正刑事訴訟法で、日本で初めて司法取引が認められた。その適用第一号は三菱日立パワーシステムズ社員の贈賄《ぞうわい》事件であり、第二号が日産のカルロス・ゴーン会長の金融商品取引法違反事件だった。もともと司法取引は麻薬の売買や銃刀の不法所持を内部告発させる目的だったが、被害が収まらない特殊詐欺にも適用させて、オレオレ詐欺撲滅のための切り札にしようと警察は考えていた。

「中根さんは信用できますから、僕たちのところまで捜査の手が伸びることはないでしょう。それにあの人はああ見えてなかなか用心深い。受け子のスマホを盗聴器代わりに使うなんて、なかなか思いつきませんからね」

平田はグラスに鼻を近づけて、オーパスワンの香りを堪能する。

「しかしそのキャッシュカード手交型は、もう少しシナリオを磨いた方がいいな」

グラスのオーパスワンを飲み干すと、すかさず立川がボトルから注ぐ。オーパスワンは、重厚かつバランスのとれた味わいでチョコレートみたいな風味を感じさせる。平田はそれ程ワインに詳しくはなかったが、このワインは香り、味、こく、酸味、全てにおいて完璧だと思っていた。しかしそれが焼肉と合うのかどうかは、平田は特に気にしなかった。

「まず最初に、『あなたは昨日、銀行のATMから現金を引き出したりしませんでしたよね？』と架け子に言わせた方がいいな」

「引き出しましたよね？　じゃなくて、引き出したりしませんでしたよね？　ですか」

「そこがミソだ。引き出していれば、そうですよね、昨日引き出しましたよねと続けることができるし、引き出していなければ、そうですよね、引き出していないのに怪しい取引があったんですよと繋げられる。肯定されても否定されても、こちら側は正しい情報を知っていると、相手に錯覚させることができる魔法の言葉だ」

これは詐欺トークの常套手段《じょうとうしゅだん》だった。

「社長、頭いいですね。そう言われたら確かに自分の口座に何かが起こっていると不安になりますよね」

「そして暗証番号も同じように訊くんだ。『あなたの暗証番号は５６１３じゃありませんよね？』とか言って、適当な番号をこっちから先に言うんだ」

「そうなると。当然違いますってことになりますよね」

平田は大きく頷いた。

「そこですかさず、やっぱりあなたの口座の暗証番号が変更されてしまったみたいです。確認ですが以前の暗証番号は何ですか？　と訊けばいい」

「なるほど、そう言われればつい答えてしまいそうですね」

「本当は銀行などの金融機関が電話で暗証番号を訊ねることはないが、いきなり掛かってきた電話だから思わず答えてしまう奴も多いだろう。もしも答えることに躊躇《ちゅうちょ》する奴がいたら、教えてもらえないとカードを止めることができないのですがと脅すんだ」

「社長、よくそんなずる賢いことを思いつきますね」

立川は肉を頬張りながらそう言った。

「なんかそのセリフは素直に喜べないな。ひょっとして、おまえ俺に嫌味を言っているつもりなのか」

「嫌味なんかじゃありませんよ。リスペクトですよ、リスペクト。やっぱり社長は詐欺の天才ですね」

ちなみに銀行のＡＴＭなどで何度も暗証番号を間違えると、その口座はロックされてしまう。その場合はキャッシュカードと銀行届印、そして本人確認書類などを持参して窓口で手続きをしなければならない。だからこの詐欺では、カードを受け取ると同時に暗証番号を訊き出さなければ意味がなかった。

「しかし、なんせキャッシュカードですからね。持っている奴なら一〇〇〇万もいけますよ」

「よし。今度の店ではそれを中心にいこう。アゴのいい架け子は手配できそうか」

「いや、ちょっと足りないですね。でもこの方法ならば、そんなにアゴはいりませんから、意外と早く育てられるかもしれないですね」

「じゃあ、募集するか。そして研修で残った奴でもう一店舗作るか」

オレオレ詐欺の架け子を募集することが時々あった。裏や表の求人サイトで募集をかけて、研修を経て架け子を育てることもよく行われた。

「了解しました」

「それじゃあ景気づけに乾杯するか」

「いいですね」

立川はもう一本のワイン、シャトー・ラフィット・ロートシルトの抜栓《ばっせん》にかかった。


「あれから連絡がなかったから、奴らに拉致られたかと思って心配したぜ」

左目に眼帯をして顔面の青あざの一部を隠した松岡は、一週間ぶりに中根と会った。待ち合わせ場所の新宿の花園神社《はなぞのじんじゃ》の境内で、中根は電子タバコを吸っていた。

「ボコられて拉致されかけましてん。せやけどなんとか撒いて逃げましたわ。ただ怪我が酷かったんで、暫くは外には出られへんかったんです」

「金は？」

「ここにあります」

松岡はリュックの中の札束の入った封筒を手渡した。

「よく戻ってきたな。この金をもってトンズラしようとは思わなかったのか」

「そんなことしたら、中根さんにボコられますやん」

「ははは、おまえ金髪のくせに義理堅い奴だな。ほら、見舞金だ。受け取っておけ」

通常、受け子の報酬は五万円で銀行振込だったが、中根は三〇〇万円の中から二〇枚の一万円札を数えて手渡した。

「おおきに」

松岡はもらった金を裸のままGパンのポケットに突っ込んだ。

「せやけどこんな目におうたんで、もう受け子はこりごりです。五万でここまでのリスクは負えませんわ。今日で辞めさせてもらいます」

松岡は頭をぺこりと下げた。

「もったいないな。おまえは結構見込みがあると見直したんだが」

中根は大きく腕を組んで顔を歪めた。

「確かに簡単に金にはなりますけど、受け子は危険が多すぎますわ。今回やってこんなんやし、警察に捕まったら実刑を食らうこともあるそうやないですか」

松岡は左目の眼帯を指さした。

「最近は警察も厳しくなったからな。昔は受け子はパクられても執行猶予で済んだんだ。俺みたいに詐欺の中心にいる奴はだめだけどな」

オレオレ詐欺の加害者が執行猶予を勝ち取るためには、被害者と示談しなければならなかった。そのためには被害者に金を返済しなければならないわけだが、末端ではした金で使われる受け子には、全く割の合わない話だった。

「中根さん。オレオレの架け子って儲かるんですか」

松岡は、オレオレ詐欺の電話を掛ける架け子のことを知りたかった。

中根は電子タバコを口から離して、松岡の顔をじっと見た。

「ああ、儲かる」

「架け子は捕まらんて聞きますけど、ほんまですか」

参拝客が鳴らす鈴の音が聞こえてきた。

神妙な顔で外国人観光客が何かをお願いしていた。自撮り棒を持ったアジア系の集団が、はしゃぎながらゴールデン街の方向に消えて行った。

「そうだな。受け子と比べて圧倒的に捕まるリスクは低いだろうな」

オレオレ詐欺グループは、徹底してその組織を秘匿する。自分名義のスマホや携帯はお互いに教えないから、誰かが捕まっても組織全体にその捜査の手が及ぶことはない。

「中根さん。オレオレ詐欺の架け子をやらせてもらえませんか」

それが松岡の本当の目的だった。オレオレ詐欺の受け子はただの使い捨てだった。絶対に架け子にならなければ意味がなかった。

「本気か」

中根が松岡の顔を凝視したので、松岡は大きく首を縦に振った。

「まあ、店を紹介してやってもいいが、相当きついぞ」

「でも儲かるんですよね」

「ああ、儲かる」

「しかも捕まらへんのでしょう」

「ああ、滅多に捕まらない」

「じゃあ、架け子をやるしかありまへんわ。受け子なんかやっててもしゃーないし」

中根はもう一度、松岡の顔を凝視した。

「わかった。だけどいきなり詐欺の電話は掛けられないんで、その前に研修を受けないといけない。しかしこれがとにかくヤバイ」

そんな研修があることは初耳だった。

「大の大人が泣き出すぐらいのきつい研修だ。俺も今まで何人か紹介したが、最後までついていけた奴はいなかった。おまえそれに耐えられるか」

今回三〇〇万円を持ち帰ったことで、中根の信頼は得られたはずだ。

アイシャドウで作った顔の青あざもばれていないはずだ。あとはその研修に耐えられれば、念願が叶うはずだと松岡は思った。


パーティーの夜の約束を守り、平田は本当に六本木《ろっぽんぎ》のキャバクラを紹介してくれた。支配人との面接も平田が同席してくれて、真奈美は明日から一週間、昼の仕事は休んでそのキャバクラで働くことになった。

「あの店は高級店だから、衣装とかメイクとかで何かと金がかかる。それに家賃の滞納金や、消費者金融から借りている金は、とりあえず返済しておいた方がいい」

キャバクラ店の近くのバーに入り、平田はラフロイグの水割りを、そして酒の飲めない真奈美はウーロン茶を飲んでいた。

「そんなお金持ってないですけど」

「これを使え」

平田から手渡された封筒の中には、一万円札が二〇〇枚ほど入っていた。

「平田さん。どうしてそんなに親切にしてくれるんですか」

「これは単なるビジネスだ。俺はオレオレ詐欺をやる前に、闇金で金貸しをやっていた。だから人を見る目は確かだと思っている。おまえは借金を踏み倒すような奴ではないし、本気でキャバ嬢をやればこのぐらいの金は簡単に返せる。その代わり暴利ではないが、それなりにきちんと利子はもらう」

ひょっとして自分に気があるのかと思っていたので、そのビジネスライクな口調にちょっと真奈美はがっかりする。

「どうもありがとうございます」

平田の正面を見て大きく頭を下げると、亜麻色の髪の毛が揺れた。

「それにおまえを見ていると、なぜか妹を思い出すんだ」

平田に妹がいたことは初耳だった。

「俺は妹を捨てて東京に出てきた。妹があの居心地の悪い親戚の家でどうやって過ごしていたかは、聞かなくてもわかっている。妹が大学に合格した時に久しぶりに会ったが、もう捨てないでねと泣かれたんだよ」

平田はグラスの液体を苦そうに飲んだ。

「今、妹さんは何をやってるんですか」

「大学在学中に二〇歳も上の男と結婚をした。今じゃ二人の女の子のママさ」

店には古いジャズが流れていた。カウンターに座っている平田と真奈美しか客はおらず、バーテンダーが黙ってグラスを磨いていた。

「妹さんには最近会ってないんですか」

真奈美はウーロン茶を口にしながら平田を見た。

「詐欺師の兄貴が会いに行けるか。姪に小遣いをやったとしても、それはオレオレ詐欺で儲けた金なんだぞ」

「いいじゃないですか、会いに行けば。それに詐欺の金でももらえれば十分に嬉しいですよ。お金に印がついているわけでもないし」

平田は真奈美の言葉をスルーして、眉間《みけん》に皺を寄せながらグラスを傾ける。

「さっきも言ったように、これはあくまでビジネスだ。俺がキャバクラ嬢のおまえに先行投資をしただけの話だ。きちんと返済はしてもらう。まあ利子ぐらいは、体で払ってくれてもいいけどな」

鋭い眼光とは裏腹に平田は下卑《げび》た笑みを浮かべる。

「利子っていくらですか」

「一〇日で一割と言いたいとこだが貸金業法違反になるから、月利一％でいいさ。だから毎月二万円の返済だ」

「月に一％ということは、……えっと、年利にしたら一二％か。確かに消費者金融よりは安いですね」

「おれは闇金時代から、結構良心的だったからな」

平田はグラスを一気に呷り、人差し指を立ててバーテンダーにお代わりを注文する。

「でも私とのエッチが二万円って安すぎませんか。うちのデリヘル店だったら、本番なしで五万円は取りますよ」

平田はちょっと考える。

「確かにそうだな。じゃあ、利子は月二万円の現金でいいから、体で払う分は元本返済に充てるっていうのはどうだ」

「どういう意味ですか？」

「おまえと一回エッチするごとに、借金の元金から五万円を引いてあげよう」

「うーーーーーーーーーーん」

真奈美が眉間に皺を寄せて真剣に考えるので、思わず平田は笑ってしまう。

「冗談だよ、冗談」

「なんだ冗談でしたか。でも平田さん。今の話、一回一〇万円だったらどうですか」

「え、そりゃ高すぎないか。それだと二〇回もエッチをしたら返済できちゃうぞ」

真奈美はちょっと首を傾げて考える。

「なるほど。そういう計算になりますね。それじゃあ、平田さんだけの特別限定企画ということで五万円で手を打ちましょう」

平田はちょっと体を引いて、真奈美の体を眺める。真奈美が大きく胸を反《そ》らしたので、面接用に大きく開けた胸元の谷間に平田の視線が思わず留まる。

「本当に、俺限定か？」

「もちろんです。平田さんだけの一口限定のサービスですよ」

真奈美は平田の耳元でそう囁《ささや》いた。

「俺、限定って言葉に弱いんだよな。まったくキャバ嬢は口が上手いな」

「まだキャバ嬢にはなってませんよ」

平田は顔を顰めて苦く笑った。

「じゃあ利子は月二万でいいんだな。支払いは月末の現金払い。面倒だから複利計算とかはしないぞ」

平田がぶっきら棒にそう言った。

「いいですよ。これで契約成立ですね」

「ちょっと待て。借用書を書いてくれ」

平田は鞄からペンと紙を取り出した。そして真奈美は平田に言われるがままに、借用書を書いた。

「よし、契約の成立を祝して乾杯でもするか」

平田は契約書を鞄にしまうと、軽くグラスを持ち上げる。

「それもいいですが、平田さん。今日この後、何か予定って入っていますか」

もうすぐ日付が変わる時間だった。

「いや、さすがに今夜はもうないけど」

真奈美はにっこり微笑んだ。

「それじゃあ、早速、これから一回目の返済をしませんか」

第三章　受け子と架け子

「すんません。おそなりました」

松岡が都内某所の雑居ビルの会議室に入ると、立っていた二〇人ぐらいの視線が一斉に集中した。

「おい、おまえ。名前は何て言う」

彼らに向かって話をしていた目つきの悪い男にそう言われた。

「松岡佑介です」

「今、何時だ？」

松岡は腕の時計をちらりと見る。

「九時五分です」

目つきの悪いその男はつかつかと松岡の前まで足を進めると、いきなり平手で松岡の頬を殴った。

「てっめえ、研修初日から遅刻っていうのはどういうことだ」

松岡は左頬に衝撃を感じてよろめいた。

その雑居ビルの一室で、オレオレ詐欺の架け子の研修が行われるから参加するように中根に言われた。そして初日はわざと五分遅れるように指示されたが、まさかこんな仕打ちが待っているとは知らされていなかった。

一瞬にして、会議室に緊張が走った。

「俺はおまえたちの教育係の宮崎《みやざき》だ。いいか、おまえら全員肝に銘じろ。親が死んでも時間厳守だ。ここでの仕事は一分一秒を金にするということを忘れるな。おまえら、明日から一秒でも遅刻したら、こいつみたいに殴られるだけじゃすまないからな」

宮崎は松岡の顔を指さした。

「わかったか」

若者たちが返事をするが、みんなの声が揃わない。

「声が小さい。腹の底から声を出せ。わかったか」

「はい！」

今度は全員一斉だったので、軍隊のような声が会議室に響いた。

「よし。じゃあ全員座れ」

若者たちが一斉に青いパイプ椅子に座ったので、ガタゴトと金属音があちこちで鳴っていた。

宮崎は松岡に向かって顎を振り、左端のパイプ椅子に座るように促した。

その部屋にいるのは松岡と同じぐらいの二〇代の男が大半だった。顎髭を生やしストリート系のファッションをした不良っぽい男、肥満体型に眼鏡に長髪のオタク風の男など、タイプは全くバラバラだった。スーツに身を包んだリストラをされたような中年オヤジも二人いて、さらに三〇代後半の水商売風の女も三人いた。

架け子の研修は、ここで一ヵ月近く続くと中根から聞かされていた。

『とにかく研修中はそこで耐えろ。最後まで耐えられれば、架け子になれるようになってい る』

中根はそうも言っていた。

「おまえらこれから注意事項を言うから、耳の穴かっぽじってよーく聞けよ」

宮崎が大きな声で喋りだした。

「働き方改革でブラック企業もだいぶ減ってしまったようだが、おまえらが入社したこの会社は、正真正銘のブラック企業だ。パワハラなんて当たり前だし、順法精神の欠片《かけら》もない。

もう真っ黒黒の黒の黒だ。そこは最初から言っておく。ブラック企業が嫌で辞めたい奴は、いますぐ帰ってもらって構わない」

宮崎は不敵な笑みを浮かべて部屋の若者たちを見渡した。

「しかし、ここがその辺にあるブラック企業と全く違うのは、もらえる金がハンパねえことだ。普通ブラック企業は、残業しても残業代が出ないからブラックと言われる。だけどここは一〇〇%の完全実力主義の会社だから、成績さえ上がれば日本のどんな一流企業よりも、はるかに大きな金がもらえる」

松岡の隣の黒いTシャツを着た男が身を乗り出した。

「これから約一ヵ月、おまえらにはここで研修を受けてもらうが、その研修を受けている間にも、求人誌に出した日給手取り一万円は毎日必ず支給する」

中根によると、今この部屋にいるほとんどは、求人サイトの異常な高給に魅かれてやってきた連中で、松岡のようにこれがオレオレ詐欺をやるための研修だとは知らされていないそうだ。

「そしてその研修が終わり、正式に配属されたら手取り三〇万円は最低保証だ。最低保証なのに、もうそれだけで日本のどこの一流企業の新入社員よりも、高い初任給がもらえるわけだ」

最近では優秀なプログラマーなどに異常に高い初任給を出すところもあるので、必ずしも一番高いとは言えないが、相当な高給であることは間違いない。

「本配属後はさっきも言ったように完全歩合制だ。その時には三〇万円なんて金がばからしく思えてしまうほど儲かるはずだ。年収一〇〇〇万円は間違いない。中には一ヵ月間だけで一〇〇〇万円稼いだ奴もいた」

会議室がざわめいた。今、日本中のどこを探しても、そんな報酬を提示できる会社なんかないだろう。

「俺が知っている限りでも、億の金を手にして今じゃ引退して、悠々自適みたいな生活をしていやがる奴もいる」

そこまで架け子は儲かるのか。受け子をやっていたんじゃ、何年やっても稼げない金額だと松岡は思った。

「その代わり仕事はきつい。いきなりやっても成果は出ねえだろうから、一ヵ月かけて親切丁寧に教えてやろうっていうのがこの研修だ。とにかく言われたことを必死にこなせば何とかなる。大学出だとか、頭がいいとかは関係ねえ。要は気合いと努力と根性だ。俺の言う通りにやれば決してできない仕事ではない。いや、絶対にできる。そうなりゃおまえらも、一億円プレイヤーだ。プロ野球選手と同じぐらい稼げる」

松岡は今一度会議室全体を見渡した。

年齢も性別もバラバラだったが、確かにそこにいる連中は、目が異様なほどにギラついていて負のオーラを発していた。この中の何人かは、実際に臭い飯を食べたことのあるような連中ではないだろうか。

「俺はこれからちょっと煙草を吸ってくる」

宮崎が唐突にそう言ったので、松岡は思わずずっこける。

「五分ぐらいはかかるかもしれねえ。だからその間に決めてくれ。こんなブラック企業じゃやってられない。金儲けなんかよりも平穏な生活がしたい奴には、この会社は絶対に向かない。だからそういう奴は俺が煙草を吸っている間に、とっととこの部屋から出て行ってくれ。誰も引き留めたりはしない。それにこの仕事は、誰にでもできるというものでもない。でも何としてでも大金を手にしたいと思った奴はここに残れ。そして残る決意をした奴は、向こう一ヵ月は地獄に落ちたものと思ってくれ」

『貴人、三八歳です。独身×《バツ》ナシです。外資系の証券会社にいたんですが、体調を崩して今は休職中です。資産運用なんかに興味があればアドバイスしますので、気楽にメールください』

貴美子は個人的に登録していたマッチングアプリで、そんな書き込みを目にした。

この外資系証券会社にいたという男は、あか抜けないが真面目そうな容姿で、なんとなく信用できそうな顔をしていた。もちろんその男にも興味があったが、それ以上にその紹介文の中の資産運用という言葉が気になった。

出逢い系のサクラの仕事は順調だった。

何しろ最後は女の武器を使えば何とかなったので、歩合でも結構稼げるようになっていた。貴美子は実家暮らしで、今まで極めて質素《しっそ》に生活してきた。さらに自分は結婚できないと思っていたので、昔から堅実に貯金をしていて今では二〇〇万円を超していた。せっかく貯まったその二〇〇万円を、何かで運用できないものかと思っていたところだった。

貴美子はこのマッチングアプリで、過去に何回かメッセージのやり取りをしたことがあった。サクラのバイトの経験が生きて、ネット上では簡単に仲良くなれた。しかし写真を送った後に相手の態度が豹変する。何も言わずにいきなりブロックされたことも、一度や二度ではなかった。

しかし、今回はちょっと目的が違う。

『実はまとまった貯金があって、銀行に預けるばかりではもったいないと思っていました。ですから貴人さんに、資産運用のこととかを教えてもらえたら幸いです。しかし正直言って、私はそんなに容姿が良くありません。今回は恋人探しとかではなく純粋に資産運用のご相談でお会いしたいのです。食事代は私が払いますから、一度その辺のことを教えてもらえませんか？』

貴美子は断られるのを覚悟で、そんなメールを送ってみた。

『どのぐらいの貯金をお持ちですか？　金額によっては、いいアドバイスができるかもしれません』

意外なことにすぐに返事がきた。

『二〇〇万円ぐらいなんですが、大丈夫ですか？』

貴美子はすぐに返信したが、その次の返事はなかなか来なかった。

もっと大きな金額にした方がよかっただろうか。

二〇〇万円は貴美子にとっては大金だが、外資系の証券会社に在籍しているこの男にとっては、ほんのはした金に過ぎないのだろう。貴美子はプロフィールに写真を掲出してはいない。なんだかんだ言っても、こんなマッチングアプリに登録しているのだから、この貴人という男の目的も最終的には素敵な女性と出逢うことだろう。二〇〇万円程度の貯金を持つブスの相手をする暇などないのかもしれない。

そんな風に半分諦めかけていた頃、貴人からのメッセージが着信した。

『いいですよ。私で良かったらアドバイスします。貴美子さんは東京にお住まいですよね。お会いするならいつがいいですか』

『来週月曜日の夜とかはどうですか？』

出逢い系のメールは夜に集中するが、月曜日の夜はそこまで盛り上がりはしない。

『一九時に以下のお店を、竹田という名前で予約しました。当日お会いできるのを楽しみにしています』

貴人は貴美子に写真を送ることを要求しなかった。それなのに明確に食事の場所と時間を指定してきた。

貴美子はそのメールを何度も読み返しては頬が緩んだ。

投資のアドバイスをしてもらうだけだと自分に言い聞かせたが、それでも男性と二人だけで食事をするなんてもう何年もしたことがなかった。指定されたお店をネットで調べると、デートに使うようなお洒落《しゃれ》なレストランだった。そこのお金は貴美子が払わなければいけないのだが、それでも自然と心が弾んだ。

しかし同時に貴美子はちょっとブルーになる。

当日自分は、どんな服を着ていけばいいのだろうか。そして会った瞬間に、露骨にがっかりされたりはしないだろうか。


「いらっしゃいませ」

真奈美は六本木の高級キャバクラで働きはじめた。

大きなシャンデリアに大理石のカウンター、クリスタルアート、ふかふかの絨毯《じゅうたん》、その内装を見ただけで真奈美は圧倒されてしまった。六本木には高級キャバクラが多数あったが、中でもその店は超一流で、過去にこの店でテレビドラマが撮影されたこともあったそうだ。キャストと呼ばれる女の子たちも美人揃いで、色とりどりのドレスに身を包んだモデルのような女の子が数多く在籍していた。

夜八時の開店直後は閑散としていたが、一〇時を過ぎると店にどっと客が集まって来た。あちらこちらで嬌声が聞こえ、シャンパンを開ける景気のいい音も聞こえていた。黒服のボーイが、飲み物やフルーツを銀のお盆に載せて忙しそうに動き回っている。

「中込《なかごめ》社長、お久しぶりです」

客の方も一流だった。上場企業の役員はもちろん、医者、弁護士、政治家、文化人、そして稀にテレビで見たことがあるタレントやスポーツ選手も来店することがあった。

「真奈美ちゃん。そんなに緊張しないで、スマイル、スマイル」

真奈美は三つ年上の彩花《あやか》と一緒になることが多かった。ちなみに彩花はなぜか真奈美を気に入ってくれて、なにかと面倒をみてくれた。

「おや、彩花ちゃん、こちら新人さんかい」

仕立ての良いスリーピースに身を包んだ中込が、彩花から手渡されたおしぼりで手を拭きながらそう訊ねる。

「はい。入ったばかりのほやほやの新人さんですよ」

「いいね、いいね。初々しいねー、新人さんは」

お店に入って来てからずっと笑顔の中込が、さらに楽しそうに大きな口を開けて笑った。

「真奈美です。中込社長、どうぞよろしくお願いします」

中込の名刺を受け取ると、テレビCMで有名な健康食品の会社名が書いてあった。

「こっちはうちの広報部長の浜原《はまはら》」

「浜原です。よろしくお願いします」

生真面目そうだが、どことなく暗い瞳をした中年男性が、真奈美に向かって名刺を差し出した。両手でその名刺を受け取っていると、黒服のボーイがバランタインのキープボトルと水割りのセットを持ってきた。

真奈美はぎこちない手付きで水割りを作る。

グラス一杯に氷を入れるが、すぐにそこに酒を注いではいけない。マドラーで氷をかき混ぜることによって、まずはグラスを冷やす。そしてウィスキーを入れるのだが、ボトルのラベルが上に来るように気を付ける。そうすることによってウィスキーの種類を覚えてもらうためでもあるが、何しろそうした方が所作が美しいらしい。

そして水割りならば水を、ソーダ割りならばソーダを入れるが、それを混ぜるためにマドラーを回すときは、反時計回りにしなければならない。時計回りは時間が早く進むということで、お客様に失礼に当たるというのがその理由なのだそうだ。

「真奈美ちゃんも飲んでいいよ」

今日、中込は彩花を指名して来店した。真奈美はヘルプとなるので、自分から飲み物を要求してはいけない。お客様によっては、自分が指名した女の子以外にはお金を使いたくないと思っている人もいる。その点中込は心得ているようで、細やかなところにも気が回るようだ。

「ありがとうございます。じゃあ、私はウーロンハイをいただきます」

やがて真奈美のウーロンハイをボーイが持ってきたが、本当はただのウーロン茶だった。真奈美のような下戸《げこ》のキャストが座を白けさせないように、店はそんな細かいところにも気を遣う。

「乾杯」

「いただきまーす」

中込、浜原、彩花、そして真奈美の四人でグラスを掲げる。この時もキャストは、必ず両手でグラスを持ち、そしてお客様のグラスよりも下の位置でグラスを合わせる。

「真奈美ちゃんは学生さん？」

「いいえ、去年卒業しました」

「へー、どこの大学？」

驚いたことに、真奈美と中込は出身大学が同じだった。

「何を勉強していたの？」

「心理学です」

「へー、俺も心理学科だよ。じゃあ、真奈美ちゃんは俺の直系の後輩ってわけだな」

「そうだったんですか、偶然ですね。じゃあ中込先輩、これからもよろしくお願いします」

その後は中込の大学時代の思い出話、今も残っている教授のこと、すっかりお洒落に建て直された校舎の話などで大いに盛り上がった。

「真奈美ちゃんは大学の成績は良かったの」

「一年生までは良かったんですよ。でも途中からブラックバイトに嵌《はま》ってしまって、そこから先はボロボロでしたね。なんとかお情けで卒業させてもらったようなもんです。中込先輩はどうだったんですか？」

「俺も苦学生でね。学費を稼ぐのに精一杯で勉強する暇なんかなかったよ」

しかしそんな中込も、当時に比べて授業料が三倍も値上がりしていたことを聞かされて、目を丸くして驚いた。


「いいかおまえら、手元に配った書類を穴があくまでよーく見ろ。これは節税対策のマンション投資の勧誘マニュアルだ。そして今から配るこの名簿の電話番号に、そのマニュアルに沿った通りに電話を掛けてもらう」

研修はダミーの電話セールスからはじまった。

『私、○○不動産の○○と申しますが、節税対策のためにマンションの投資にご興味ありませんか。当社で新しく都心の新築マンションをご紹介できることになったのですが、これが極めて優良な物件で……』

渡されたマニュアルはそんな言葉ではじまり、相手の対応で細かく受け答えが分かれるようになっていた。そしてそのマンションの資料を送りつけるために、相手の住所や連絡先を訊き出すというものだった。

「これから携帯電話を配るから、とにかく電話を掛けて掛けて掛けまくれ。当然、そのほとんどが断られるが、それでも電話を掛け続けろ。これから昼休みまでこの部屋から出ることは禁止だ。電話を掛けずに手を休めている奴がいたら、容赦なく鉄拳制裁だから覚悟しろよ」

そしてすぐに電話セールス研修がはじまった。

松岡も名簿とにらめっこしながら、渡された携帯で電話を掛ける。

「私、麻布不動産の松岡と申しますが。節税対策のためにマンションの……」

と言ったあたりで問答無用に切られることが多かった。

『興味ありませんから』

『うちはそんな余裕はありませんから』

『この電話番号をどこで知った』

色んな理由で断られるが、それに対しても答えていくマニュアルにはなっていた。

例えば『結構です』と言われても、その「結構」を好意的な意味と解釈する。「結構良い投資話で興味をもった」と捉えて話を進めるのだ。相手に電話を切るタイミングを与えずに、とにかく喋り続けることがポイントだと宮崎は言う。

しかしどんなにそんな小手先の手段を使ったところで、一億円もするマンションの投資話を電話で真に受ける奴などいない。一〇〇件掛ければ九九件は最後まで行かずに電話を切られる。一分間でも話を聞いてもらえれば、かなりましな方だった。

部屋中の誰もが、名簿の番号に電話をして何度も何度も断られる。別に電話の掛け方とかの問題ではない。そもそも話自体に無理があるのだ。実際にどこかのブラック企業が本当にやっていそうなことだったし、その電話番号が名簿に載っているということは、今までに数限りなくそんな電話が掛かってきているはずだ。

しかし電話を掛けては切られる、掛けては切られるの連続は、次の電話をする気力を萎えさせる。思わずボタンを押す手が止まってしまう。

何度も壁の時計を見るが、時間は一向に進まない。昼休みまで休憩は一切ない。おらそこ、

「電話を切られたら五秒以内に次の電話を掛けろ。

なんで休んでる」

宮崎が持っていた竹刀《しない》を思いっきり床に叩きつける。

いくら無茶苦茶な電話とはいえ、掛ける時には愛想よくしなければならない。投げやりな声で電話をしたら、あっという間に切られてしまう。なんとかモチベーションを上げて愛想のいい声を出すが、その五秒後には電話を切られてテンションが下がる。その感情のアップダウンが少しずつ心を壊していく。何かがずしりと腹に溜まっていくようで、松岡は軽い吐き気さえ覚えていた。

「おらおまえ、誰が休んでいいと言った」

いきなり宮崎が平手で松岡の頭を叩いた。

この野郎と思わず宮崎を睨んだが、まさか歯向かうわけにもいかない。

こんな研修に一ヵ月間も耐えられるだろうか。

稀に長く話をしている奴がいると、そいつがとても優秀そうに見えた。その一方で、簡単に電話を切られる自分を、誰かに見られているようで恥ずかしかった。

そんなことを考えながらも、手を休めるわけにはいかなかった。

『迷惑なんだよ』『バーカ』『死ね』そんな言葉を浴びせられることもあった。松岡は泣きたい気持ちになっていた。

今まで二八年間生きてきて、これ程、人に蔑まれた経験はなかった。顔も見たことがない人間に、電話口で相手にされないということは、まともな神経では耐えられない。だからこそよくできた研修だと松岡は思った。確かにこのぐらいのことに耐えられなければ、オレオレ詐欺の架け子などにはなれないだろう。

気が付くと部屋の隅で学生風の男が泣いていた。

「おまえはバカか。どうせ泣くなら電話口で泣け。泣いて泣いて資料請求を取ってこい」

「絶対に損をしたくないのならば、日本の国債を買うべきです。日本がつぶれない限り国債は元本が保証されていますから。しかし貴美子さんもご存知だとは思いますが、ここ何年も日本は超低金利なので、二〇〇万円分の国債を買っても一年で数千円しか利子は付きません」

竹崎はそう言いながら黒縁の眼鏡越しに檜原貴美子の瞳を見つめた。今回もアプリ上では、竹崎はネットで拾った別人の写真を使っていたが、いつも通りの説明で貴美子はすぐに納得してくれた。

「そ、そうですよね。だから私も、単に銀行にお金を預けていてももったいないと思ったんです」

竹崎が予約した神楽坂《かぐらざか》のシャンパン・バルにやってくると、店員に「お連れ様がお見えになっています」と告げられた。店員が指し示したテーブルを見ると、ボーダーのシャツにフレアスカートの女性がちょこんと座っていた。そのファッションのせいで、ただでさえぽっちゃりとしている体型が見事に強調されている。今時珍しい黒くて太い眉、やる気満々な真っ赤なリップ、さらにまるで酒でも飲んでいるのかと思えるぐらいの赤いチーク、髪は黒くてべったりとしていた。

「もう少しリスクを取れるのならば、アメリカの国債を買うべきです。それでも為替差損《かわせさそん》がありますから、損をする可能性はあります」

しかし容姿がいいだけの女なら、竹崎は両手に余るほど知っていた。

「僕は証券会社では色々な投資をしてきましたが、結局、勝ったり負けたりです。だけどアメリカの国債ならば、まず国が破綻《はたん》することはないですから心配ありません。為替が円高に動くと損してしまいますが、長い目で見れば日本は少子高齢化で国力が落ちていきますから、円が下がって儲けが出るものと僕は思っています。あ、そうだ。すいません、つい話に熱中してしまって、何か食べたいものはありますか」

竹崎はメニューを貴美子の前に広げて見せた。

「私はよくわからないので、貴人さんにお任せします」

すぐに店員を呼んで、店の名物の林檎のジンジャービネガーマリネと鶏もも肉のシャンパーニュ風煮込みを頼んだ。ここは徹底的にシャンパンに拘《こだわ》った店で、高級なシャンパンを安い値段で出していた。

「もっと儲けたいと思うのならば株式ということになります。日本株以外にもアメリカ株もありますし、何を買ったらいいかわからないのならば、日経平均に連動するタイプのものとかもあります」

「いや、いきなり株とか言われても、そこまで詳しくないもので。貴人さんのお薦めは何ですか」

「そうですねー。やっぱり僕だったらアメリカの国債ですかね」

竹崎は顎髭を撫でながらそう答えた。

「じゃあ、それにします」

「いずれにせよ、ネット系の証券会社に口座を開いた方がいいですね。昔は証券会社といえば、自分たちの売りたい株をお客に薦めて高い手数料を取っていたんですが、ネット証券ができてからは、だいぶその辺の事情も変わりました」

竹崎のそんな説明に、貴美子は素直に聞き入っていた。そもそも貴美子は会った瞬間から夢見心地で、これならばどんなことを言っても信用するだろうと思った。

「今日はそういうことになるんじゃないかと思って、パソコンを持ってきました」

鞄の中からノートパソコンを取り出しテーブルの上で開くと、各ネット証券の比較サイトを開いて見せた。

「どこか口座を持ちたい証券会社とかありますか」

そこには取引手数料や、各ネット証券会社のメリット・デメリットが掲載されている。

「貴人さんにお任せします」

「じゃあ、私が手続きを代行しますね」

これが竹崎の手口だった。

ＦＸやネット証券会社の口座を開くためには、口座開設申込書にはじまり、様々な個人情報を登録しなければならなかった。貴美子のような投資初心者は、そこに書かれた難解な用語に気後れしてしまうが、竹崎にしてみればそんなことは朝飯前だった。

「口座を開くのって、大変なんですね」

「それでもだいぶ簡単になりましたよ。昔は本人確認書類なんかは郵送するしかありませんでしたからね」

最近では免許証などの本人確認書類やマイナンバーカードは、スマホで撮影して送れるようになっていた。

「これで準備は完了です。後は証券会社が承認してくれれば、すぐにでも取引が可能です」

「何から何までやっていただいてありがとうございます」

素直に頭を下げる貴美子だったが、今作業した時に扱った大事な個人情報が、貴美子のではなく竹崎のパソコンの中に入力されたことに気付いていない。

「今、投資は自己判断、自己責任でする時代なんです。自分できちんと金融商品を理解して自分の判断で何を買うかを決める。だからもしも損をしても、何が悪かったかを自分で反省して次のために生かすんですよ。遠回りのように思えても、それが賢い投資家になるための一番の近道なんです」

そんな言葉に、貴美子は自信なげに肯いていた。

「ところで貴美子さんって、彼氏とかはいないんですか」

ネット証券の手続きが終わると、竹崎はすぐにパソコンを鞄にしまった。そして残り少なくなった貴美子のグラスにシャンパンを注ぎ足した。

「私なんか、こんなですからとても彼氏なんか……」

貴美子は肩をすぼめて俯いた。

「そうですかね。まあこう言ったら失礼かもしれませんが、貴美子さんは誰もが振り返るというタイプではないとは思いますが、しかし僕みたいな男から見ると結構魅力的ですよ」

「本当ですか」

竹崎みたいな詐欺師から見ると、貴美子はなかなか魅力的な女だったので、そのセリフに嘘はなかった。

「まあ、こう言ってしまっては厭《いや》らしいですが、僕は今までかなりの数の女性と付き合ってきました。もちろん美しい女性もいましたが、女性の容姿と性格はきれいに反比例するものだと気付きました」

そう言いながら竹崎がシャンパングラスに口を付けると、貴美子も同じくシャンパンを飲んだ。

「それにきれいな女性って、自分を磨くことばかりに関心がいってしまって、経済観念が破綻している人が多いんですよね。金があればあるだけブランド品や洋服に使ってしまう。それじゃあ、結婚相手としては失格ですよね」

それは竹崎がいつも思っていることだった。できれば美人のお金持ちに関わりたかったが、そんな女はいなかった。下手に美人に手を出すと金ばっかりかかってしまい、まるで自分が詐欺にあっているような気分がした。

「むしろ僕から見ると、貴美子さんみたいにきっちり貯金ができることこそ、結婚相手の必須条件だと思いますよ」

真奈美が思っていた以上に、キャバクラの仕事は大変だった。

午前三時に店が終わっても、必ずしも帰れるというわけではなかった。

店が終わった後に、お客さんと食事をするアフターという制度があることも、店に入ってから初めて知った。真奈美にはまだ指名客はいなかったが、他のキャストと一緒にアフターをすると、タクシーに乗って家に帰る頃にはすっかり夜が明けていた。

すぐに眠って昼過ぎに起きると、営業用のメールやＬＩＮＥを入れてから美容院に向かう。六本木の高級店だけあって、髪は毎日ヘアメイクしなければならなかった。しかもその費用は給料から天引きされる。ちなみに六本木中のキャバ嬢が出勤前に一斉にヘアメイクするので、夕方の美容院は大変な混雑となる。しかし午後六時のミーティングに遅れればすぐに罰金が科されてしまう。

真奈美は一日仕事をすると、二万五〇〇〇円もらえることになっていた。

しかし遅刻をするとその半分が罰金として徴収され、休んだ場合は日給と同額の二万五〇〇〇円の罰金を店に払わなければならなかった。高級キャバクラ店は日給も高いが出費も多く、今はレンタルで勘弁してもらっているが、いずれはドレスも買わなければならないそうだ。

その一方で指名が入れば客が店で使った金額の一〇％、同伴の場合はその二〇％がもらえることになっていた。同伴すれば確実に指名はされるので、営業用のメールやＬＩＮＥは欠かせなかった。

店内はシャンデリアや豪華な革のソファーなど優雅な雰囲気が漂っているが、店の裏にはキャストの名前が書かれた表が張り出され、その週の売り上げが一目瞭然でわかるようになっていた。同時に売り上げが日給より悪い赤字のキャストは、「赤文字」と呼ばれる赤い字で名前を書かれてしまう。華やかな世界の裏側では、そんな嫌でも張り合うようなシステムができあがっていた。そのせいもあってキャスト同士は微妙に仲が悪く、気を付けていないと変な噂を立てられた。

『真奈美ちゃん、今夜アフターできる？』

『お休みの日に会いたいんだけど』

『今度、温泉に行かない？』

新人のせいか真奈美は結構人気があったが、露骨に体の関係を迫ってくる客も少なくなかった。真奈美も男たちが単に会話をするためだけに、高い金を払って店にやって来ていると思ってはいない。この店はなんだかんだで、一人五万円は最低でもかかってしまい、ちょっと長居をすればすぐに一〇万円だ。そんな大金を使うのに、いつまでも素っ気ない態度でいれば、当然他の女の子を指名するようになる。

「みんなどうしてるんですか」

真奈美は思い切って一番親しい彩花に訊いてみた。

「枕は人それぞれ考え方が違うからね」

体を使って客を取ることを枕営業と呼ぶことも、この世界に入って初めて知った。

「だけど売れっ子になればなるほど、枕はしなくなるわね」

「どうしてですか？」

真奈美には理解ができなかった。売り上げと枕営業は比例するものと思っていた。

「体以外に売るものがあるからよ。そうじゃなければ売れっ子にはなれないからね」

売れっ子になるためには、一週間で数十万も使うような太客を持っていなければならなかった。そういう客は金を唸るほど持っているから、ケチな枕営業には興味がないらしい。そんな太客が特定のキャストを好きになるのは、破天荒《はてんこう》に面白いキャラだったり、真面目で優しい女の子だったりと、その太客の琴線《きんせん》に触れる何かがあるらしかった。

「結局、いくら枕で繋ぎとめても、そういうことが好きな客はすぐに若い他のキャストに目が行っちゃうからね。やれそうでやれないと思うから、客は限界までその子にお金を使うよ。簡単にできちゃったらその程度の女だったとすぐに飽きられちゃうんだと思うよ」

キャバ嬢は法律に触れない詐欺師だという平田の言葉を思い出した。

「私はねー、枕をするとかしないとかを考えるのは、あまり意味がないことだと思っているの」

彩花は醒めた目をしてそう言った。

「結局のところ、その客が必要か必要でないかの問題だと思うのよね。好きだろうと好きじゃなかろうと、体を使ってでも繋ぎとめたい男だと思えばそうするし、いくら太客でも生理的に無理だったら寝れないしね。まあこればっかりは、学校の勉強と違って正解はないから」

「でもその結果、成績が落ちて店にいられなくなったらどうするんですか」

「その時は潔《いさぎよ》くこの業界から足を洗って地道に働くのよ。それが嫌ならば、いっそ風俗にでも行けばいいのよ」

「風俗にですか」

短い期間だったが真奈美はデリヘルをやっていた経験で、風俗よりは水商売の方が数倍いいと思っていた。

「突き詰めると水商売でも風俗でも、この業界はお金のためにどれだけ自分を犠牲にできるかの問題だと思うの。生理的に嫌いな男とも平気でエッチができるようになったら、風俗の方がよっぽど効率よく稼げるからね」

地獄のような研修の二日目がはじまった。

朝九時に研修がスタートした時に、松岡は昨日から五人減っているのに気が付いた。

「今日からはノルマを設定する。今から午前中の三時間の内に、必ず一件の資料請求を取れ。もしもそれができないのならば、一時間で三〇本。三時間で九〇本の電話を掛けろ。わかったな」

　とてもじゃないが、松岡は資料請求まで辿り着けるとは思えなかった。

　そうなると一時間で三〇本の営業電話ノルマとなるが、それだと一本にかけられる時間は二分しかない。実際一分もしないで切られることも多いから、次から次に掛けていけばできないことではなかったが、はたしてそれを三時間も続けられるか。

「携帯の履歴を見れば、おまえらが何本電話を掛けたかはわかるからな。もしできなかったら、午後からは椅子なしだ。立ったままで電話だ。わかったな」

　返事をする奴はいなかった。右隣の学生風の男が露骨に嫌な顔をした。

「おい、返事は！」

「はい！」

　カラ元気でそう答えると、早速、午前の電話営業研修がはじまった。

　昨日と同様に、電話を掛ける、そして切られる。

　電話を掛ける、そして切られる。

　電話を掛ける、そして切られる。

　電話を掛ける、そして切られる。

　二日目も、またその繰り返しだった。

「一時間で三〇本。今日のノルマは低い方だぞ。できなきゃ午後からは椅子なしだからな」

椅子に座っていてもこんなに消耗するのに、立ったまま電話などさせられたら堪らない。そんな恐怖からか、電話番号をプッシュする指にも力が入る。

この研修はメンタル的にも相当堪えるが、思った以上に体力も使った。

ただ電話を掛けるだけなのだが、すぐに喉がカラカラになり、汗が滝のように流れていく。目の前に用意されたペットボトルの水がみるみるうちに少なくなる。

「バカ野郎！　電話切られたら、五秒以内ですぐ電話しろって言ってるだろ」

宮崎は竹刀を床に叩きつけて、隣の学生風の男を怒鳴りつける。

「休むな！　呼び出し音が五回鳴っても出なけりゃ留守だ。すぐに次の番号に掛けろ」

「嘘も一〇〇回言えば本当になる。おまえらが今売っているのは、明日にでも値段が倍になる夢のようなマンションだ」

「気の弱そうな奴が出たらチャンスだ。押して押して押しまくれ」

「爺さん婆さんが電話に出たら食らい付け。泣き落としてでも資料請求を取れ！」

昼の一二時に休憩となった時は、全員疲れ切っていて動くことすらできなかった。

支給された仕出し弁当を食べ、一服して席に戻った。午前中のノルマはなんとか達成できたので、松岡は午後も椅子に座ることができたが、右隣に座っていたはずの学生風の男がいなかった。

「午前中に二人、辞めさせてくれと言ってきた。俺は全然引き留めないから、辞めたい奴は言ってくれ。じゃあ、午後の研修スタートだ。おまえら、さっさと電話を掛けろ。そして今日中に、何とか資料請求まで辿り着け！」

午後の研修がスタートすると、立ったまま電話をしている奴が三人いた。

「てめえ、そんな格好で電話してっからダメなんだよ。背筋伸ばして、お辞儀しながら電話掛けろ」

片肘をつきながら電話をしていた長髪の男が、そんな宮崎の罵声《ばせい》を浴びる。

「いいか。相手が話し終わる前に、次のセリフをかぶせろよ。絶対に相手に切らせるタイミングを与えるな」

そんな具体的なアドバイスをくれたりもする。しかしすぐに電話を切られてしまえば、言葉のかぶせようもなかった。

一人だけ人の好さそうなお婆さんが、松岡の話を最後まで聞いてくれた。最後は、『うちはお金がないんでごめんなさいね』と逆に謝られてしまった。きっとこういうお婆さんが、オレオレ詐欺に引っかかるのだろうと思い良心が疼《うず》いた。

やがて松岡は、感情を持つのを止めようと思った。

この電話は必ず切られる。

この電話は必ず切られる。

この電話は必ず切られる。

そう思いながら電話をすることにした。

これは、電話を何回も切られる研修だ。だから電話を切られてもなんら問題はない。むしろ電話を切られたらミッション成功と考えよう。自分で勝手にそう思い込んで電話をすると、意外と耐えられるようになってきた。

「やった！　資料請求取れました」

急に背後からそんな声が聞こえて、松岡をはじめ部屋中の視線が集中する。

黒い眼鏡に無地の紺のTシャツ男が、右手を挙げていた。

「よっしゃー。資料請求第一号、おめでとう」

宮崎が拍手をしながらその男に歩み寄り、内ポケットから現金一万円を取り出して男の机に叩きつけた。

「資料請求までこぎつけた奴には、一万円の特別ボーナスだ。この研修は一億円のマンションを売ることが目的ではない。これはおまえらがその名簿の中の奴らの住所を訊き出すための研修だ。上手く訊き出せさえすれば、それだけで一万円をもらえるんだぞ」

電話を片手に宮崎の言葉に耳を澄ませていた連中が、急に元気になって電話をしはじめた。松岡もすかさず電話番号をプッシュする。

しかし電話を掛けても、また切られる。

さらに電話を掛けても、やはり切られる。

松岡は微かな焦りを感じていた。

紺のTシャツ男と同じように電話を掛けているのに、なぜあいつは住所を訊き出せて自分はできないのか。自分には何か致命的な欠点があるのではないか。

「とにかく電話を掛けて掛けて掛けまくれ。そして一万円をゲットしろ。ほら手を休めるな。今日の営業時間終了まで、あと一時間しかないぞ」

その時、左隣のパーカー姿の男が手を挙げた。

「資料請求取れました」

貴美子は相変わらず出逢い系のサクラを続けていた。

『都内に住む七二歳の男です。東京で一人暮らしをしていますが、あまりに寂しくなったのでメールしてしまいました。私の悩みを聞いてもらえますか』

ある日、そんなメールが舞い込んだ。

『何がそんなに寂しいんですか？　私でよかったら相談してください』

貴美子はちょっと気になって、そんなメールを返信した。

ちなみにこの手の悪徳出逢い系サイトは、完全無料という謳《うた》い文句で大量のネット広告を出していた。無料ならばと思い登録すると、細かい文字で注意事項が書いてあり、無料でそのサイトに入ると同時に、そこの提携サイトにも自動的に登録されてそこでは情報料が発生すると書いてある。

もちろん誰もそんな小さな文字の注意事項は読んでいないので、「承諾」のボタンを押してしまう。そして会員が無料だと思ってアクセスしているのは、実はその提携サイトの方なので、実際には安くない情報料が取られてしまう仕組みになっている。いくつになっても異性との出逢いは欲しいらしく、このサイトの中でも老人の会員は結構いた。本当はきちんとしたマッチングアプリに行けばいいのだろうが、ネットに疎《うと》い老人は安くない情報料を取られても、そんなものなのかと納得してしまうことが多い。

『長年連れ添った妻が半年前に他界しました。お葬式を挙げたんですが、来てくれた人はたったの三人でした。しかもその中の二人が立て続けに亡くなり、残りの一人も老人ホームに入居しました。私には娘がいたんですが、海外での事故で死んでしまいました。娘はあなたと同じくらいの年齢の時に死んでしまったので、思わずメールしてしまいました』

しかしこのお爺さんは、本当に心の孤独をこのサイトで埋めたいようだった。

貴美子はそのメールにちょっと興味を持った。

サイトに届くメールを調べてみると、同じような出逢いを求めているものもあった。そしてそれは、必ずしも同世代のお年寄りを求めているわけでもなかった。

これは何かに利用できるかもしれない。

『わたしの祖父は数年前に他界してしまったので、新しくおじいちゃんができたみたいで嬉しいです』

若いユーザーは、可愛い女の子とのリアルな出逢いを求めてこのサイトにやってくる。だからあの手この手で引き延ばしても、最終的にそんな女の子に出逢えなければ、いつかはここから去っていく。

しかしこの老人たちは、ネットで心の穴を埋めてあげればいいはずだ。

『体に気を付けてね』

『また何かあったらメールしてね』

『おじいちゃんの話は勉強になるなー』

そんなことを書くだけで、いつまでもこのサイトに留まってくれる。料金のかからないLINEのようなSNSで直接やり取りしようとも言ってこないし、むしろ安定して情報料が稼げる上顧客であることに気が付いた。

それにもしも本当に会いたいと言ってきても、貴美子が会えばいいだけのことだった。

貴美子は老人の会員たちに、積極的にメールを送った。

しかもその時は、差出人をほぼ自分と同じ設定にした。この老人たちのメル友は、決して美人である必要はなかった。むしろ美人過ぎると怪しまれる。貴美子のようなデブスでも、お年寄りに優しくて孫の代わりをしてくれる女が良いはずだ。

『あなたは大学生ですか？　卒業したらどんな職業に就きたいのですか』

事故で子供と死別したそのお爺さんから、新しいメールが届いた。

『語学系の学部に在籍しているのですが、将来は海外で活躍できるような仕事に就きたいと思っています』

貴美子は五年前に大学を卒業していたが、そんな軽い嘘を書いた。

『それは素晴らしいですね。きっと英語とかもペラペラなんでしょうね。私の子供も英語が得意で、大学を卒業して商社に勤めていました』

本当に子供が商社に勤めていたなら、下手な嘘はばれてしまう。貴美子はメールの内容を少しだけ修正する。

『実はあまり頭のいい大学じゃないのです。でもこれから卒業するまで、頑張って勉強して、英語が生かせる仕事に就けたら嬉しいです』

比較的英語は得意だった。就職活動でいくつか英語が生かせそうな企業も受けた。しかし企業は中途半端な英語力よりも、誰にでも好かれそうなルックスを重視した。

『それは大変ですね。あなたは留学とかは考えていないんですか？』

『もちろん、留学したいとは思っていますが、なかなかお金と時間がなくて難しそうです。毎日、アルバイトはやっているのですが、日々の生活費で消えてしまい、とても留学するようなお金は貯まりそうもありません』

大学生の時、真剣に留学を考えた時期があった。しかし特別な留学制度がない貴美子の大学では、留学費用を全額自分で稼がなければならず、現実的ではないと思いあっさりその夢を諦めた。

『それは可哀《かわい》そうですね。私みたいな老い先短い身からすると、若くて有望な方がお金がないだけでチャンスを失ってしまうのは残念です。ちなみに留学には、いくらぐらいお金が必要なんですか？』

「朝ご飯できたけど食べるよね」

真奈美がそう言うと、平田は眠たそうに眼をこすった。

キャバクラが休みの日曜は、平田は真奈美のアパートを訪れた。外食をしようと言う平田に「お金がもったいないから」と、真奈美は手料理でもてなした。そしてそのままアパートで借金の返済行為を楽しむと、二人はベッドで眠りこけた。

一夜を過ごした次の月曜日の朝も、真奈美は簡単な朝食を用意する。

鮭の塩焼きにご飯とみそ汁というごく簡単なものだったが、さらに平田は生卵をご飯にかけて食べるのが好きだった。

「焼肉とか寿司とかさんざん美味いものを食ってきたけど、やっぱりこの卵かけご飯に勝てる料理はないんじゃないかな」

「そう言われちゃうと、料理を作る私の立場がないわよね」

ちょっと拗《す》ねてみせるが、平田は生卵を割って醤油をかけてかき混ぜる。

「おまえ、俺を餌付《えづ》けしようとしているだろう」

一瞬ぎくりとする。

真奈美はどこかに遊びに行くよりも、こうして二人でアパートにいるのが好きだった。有り余るほどの金を持ち、ひょっとしたら他に女がいるかもしれない平田に、いつまでも自分の部屋にいて欲しかった。

「そうよ。私の青い鳥はほっとくとどっかに飛んでっちゃうから、一生懸命美味しい手料理を食べさせないとね」

「だとするとおまえはなかなかの策略家だな。卵かけご飯なんか、なかなか外では食えないからな。このもやしのみそ汁も、なんかとっても懐かしいよ」

平田はみそ汁を一口飲んで、もやしを咥えながらそう言った。

「もやしはとにかく安いからね。今でもスーパーに行くと必ず買っちゃうの。私、将来もやし料理のお店をやれないかと思っているの」

少しでも食費を切り詰めるために、真奈美は色んなもやし料理を試してきた。

「シャキシャキの食感、ビタミン豊富で栄養もたっぷり、しかももやしはヘルシーで美容にも良いから、それでお店をやれば意外と流行るんじゃないかと思ってるんだけど」

「うーーーん、それはどうだろう」

「まあ、オレオレ詐欺に比べたら、微々たる儲けにすぎないけどね」

真奈美がそう言うと、平田はニヤリと笑ってみせた。

「おまえと一緒にいると、なんだか楽だな」

平田は溶いた卵をあつあつのご飯の上にかける。

「どういうこと?」

「いや、俺、自分がオレオレ詐欺をやっていることを白状して、女と付き合ったことがなかったんだよ。でもおまえの前では、身分を偽《いつわ》らなくてすむから楽なんだ」

そう言われてみると、自分も平田と一緒にいる時が一番楽だった。

「そうかもしれない。私も風俗嬢をやっていたことを平田さんに知られちゃったから、妙にカッコつけなくていいし」

自分がその仕事をやっていたことは、親はもちろん友人にも話せない。もしも今後誰かと結婚するようなことになっても、死んでもその秘密だけは隠し通さなければならないだろう。

「つまり、似た者同士ってことなのかな」

平田は美味そうに黄色いご飯を頬張った。

お互いに後ろめたいところがあるから、二人は魅かれ合って今ここにいるのかもしれない。ならば将来そのバランスが崩れたら、この男はどこかに消えてしまうのだろうか。

「まあでも、おまえの手料理はマジで感動したよ。どれだけ金を出しても、食べられない味があることを思い出したよ」

　手料理を褒められるなんて久しぶりだった。そもそも誰か人のために料理をするのも久しぶりだった。

「男心をガッチリつかむのは、胃袋と堪忍袋となんとか袋の三つの袋って言うからね。私はとりあえず、平田さんの胃袋をつかむことには成功したってわけね」

　一瞬平田が、悪戯な笑みを浮かべる。

「真奈美、それって胃袋と堪忍袋と何袋だっけ？」

　とぼけた顔で平田が言った。

「え、それ私に言わせる？」

　平田は嬉しそうに頷いた。

「えーーーーと、給料袋だっけ？」

「それは結婚をしてからだよ。男心をガッチリつかむのに必要な大事な袋だよ」

「じゃあ、お袋！」

　平田は首を大きく左右に振った。

「それを私に言わせて面白い？」

　今度は嬉しそうな顔をして、大きく縦に首を振る。

ちょっと腹が立ってきた真奈美は、平田の股間《こかん》を鷲《わし》づかみにする。

「ここよここ。このキンタマ袋よ」

平田は一瞬驚いて大きく腰を引いたが、すぐに大きく笑うと股間をつかまれたままで真奈美の唇にキスをする。

「ねえ、真奈美、エッチしようか」

真奈美は思わず手を離す。

「え、起きたばっかりなのに」

「嫌？」

ちょっと意地悪な平田の目を見て顔を逸らした。

「別に、嫌じゃないけど」


研修の最終日は突然やって来た。

「おまえら、今日は電話研修はやらない。その代わり大事な話があるので、心して聞いて欲しい」

研修スタートから二週間。結局、最初の四分の一に減ってしまった。最初は女性も数名いたが、かなり早い段階で脱落していった。そして今ここに残っている連中は、松岡から見ても性根が据わったなかなかの男たちだった。

「岩崎紘一《いわさきこういち》。葛飾区立石《かつしかくたていし》二丁目。父、友和《ともかず》六七歳、母美里《みさと》六四歳。茨城県《いばらきけん》つくば市吾妻《しあづま》四丁目在住。姉聡子《さとこ》が結婚して、つくば市天久保《あまくぼ》一丁目に在住。姪の美由紀《みゆき》一五歳と香苗《かなえ》一三歳が同じ市内の中学校に在学中」

「小池清隆《こいけきよたか》。神奈川県綾瀬市《かながわけんあやせし》出身。北区王子本町《きたくおうじほんちょう》三丁目。父、雅氏《まさし》は二年前に病死……」

「松岡佑介。北区赤羽二丁目。父、信弘《のぶひろ》二〇年前に事故死。母親が大阪で一人暮らし」

いきなり宮崎は、残ったメンバー一人一人の個人情報を口にした。

「おまえたちには悪いが、それぞれの家族状況を調べさせてもらった。いちいち発表はしないが、それぞれの借金や女関係の情報もある」

会議室がざわついた。

「別にこれを使っておまえらを脅迫しようってわけじゃねえ。しかしこれから俺が言うことは、この場限りの秘密にして欲しい。もしもそれを外でペラペラ喋った奴には、俺たちにも考えがあるということをわかって欲しい」

その時は喋った本人以外にも、この調べ上げたところに制裁が行くという脅しだった。受け子をはじめる時も同様だったので、松岡にはその意図が容易に想像できた。

「おまえたちが就職したと思っている会社は、実はオレオレ詐欺グループだ」

会議室が静まり返り、周囲の四人の顔が引きつった。

松岡はそれを知ってはいたが、その四人は未だに知らされていなかった。今までの研修の過程で相当ダークな仕事であるとは感じていたが、さすがに犯罪者の集団だったとは想像していなかったようだ。

「今まで騙していたことは素直に謝る。すまん。この通りだ」

宮崎は頭を下げる。

「しかしそれ以外は本当だ。研修が終わり完全成果報酬になれば、一〇〇〇万円ぐらいはすぐに手に入る。億単位の金も夢ではないとも言ったが、それも全部本当だ」

四人の若者の誰かの唾を飲み込む音が聞こえてきた。

「オレオレ詐欺は、詐欺の中でも捕まる可能性が極めて低い。なぜだかわかるか」

男たちは首を捻って考えたが、答えようとする奴はいなかった。

「普通の詐欺の場合、騙す奴は騙される奴に何度も何度も接触する。一度会っただけで人を信用する奴なんかいないから、何度か会って騙される奴の信用を得る。結婚詐欺師に至っては、そのターゲットの前で素っ裸になって一緒に寝たりもする」

その通りだと松岡は思った。

「だから騙された奴が警察に行けば、騙した奴の顔や個人情報がばれてしまう。警察が本気で捜査をすれば、犯人が逮捕されるのは時間の問題だ。しかしオレオレ詐欺は違う。俺たちは金を巻き上げる奴らと面識は一切ない。電話を掛けるだけだから、顔はもちろん俺らの個人情報は知られない。しかも俺らが詐欺に使う携帯は、今、おまえらが持っているプリペイド式などの身元がばれない電話だ」

研修の最初から、同じタイプの携帯電話が使われていた。事前に料金を払う代わりに、個人情報を問われないタイプの携帯だった。だから万が一この携帯番号を警察がとことん調べたとしても、せいぜいその購入者がわかる程度で、絶対に架け子の個人情報には繋がらない。

「金を受け取る受け子は、警察に捕まるかもしれない。しかし受け子が何人捕まろうとも、俺たちの身元がばれることは絶対にない。なぜなら受け子は、俺たちがどこでどうやってオレオレ詐欺の電話をしているかを全く知らないからだ。受け子が知っているのは、彼らを雇ったリクルーターの連絡先だけだ。しかしそのリクルーターの電話も、今おまえたちが持っているのと同じプリペイド式の携帯だ」

不安そうな顔をしていた四人の若者の表情に、徐々に変化が現れた。

「さらにオレオレ詐欺の凄いところは、かなりの数の被害者が警察に届けを出さないところだ。オレオレ詐欺に遭ったということは、知人はもちろん家族にも知られたくない屈辱だ。特に見栄っぱりな親は、子供に叱責されることを恐れて黙ってしまう。オレオレ詐欺などの特殊詐欺の被害総額はピーク時で年間六〇〇億円、今でも三六〇億円と言われているが、本当に被害に遭った金額はその程度のもんじゃない。実際はその何倍、いや何十倍もあるはずだ」

宮崎の説明には説得力があった。確かにオレオレ詐欺は捕まるリスクは低いのだろう。

「さっきも言った通り、求人した時と同じ条件で必ず給料は払う。だけどそんなの雀の涙だ。基本給にプラスして成功報酬を出す。つまり実際にオレオレ詐欺でおまえらが稼いだ金額に比例してその成功報酬は支払われる。後はおまえらの腕次第で、成功報酬は何千万にも何億にもなる」

松岡は頭の中で素早く計算をする。

一回の詐欺の金額が二〇〇万円だとしても、一人当たり五〇件成功すれば一億円だ。それが全額もらえるわけではないだろうが、宮崎が言っていることもあながち嘘ではないような気がした。

「詐欺グループによっては研修費とか言って金を取るところもあるが、うちはその経費は全部我々が払う。使う電話も完全支給だ。名簿もシナリオも全てこちらが用意するから、おまえらは金を用意する必要はない。住むところがなくて、今、我々のアパートを使っている奴はそのまま使ってくれても結構だ。もっともあまりに儲かるんで、あんなボロアパートさっさとみんな出て行っちまうがな」

この四人の中には、住むところがなくて店が所有するアパートに住んでいる多重債務者もいた。彼らはそこまで追い詰められていたからこそ、あの地獄のような研修にも耐えられたのだろう。

「そして何より、オレオレ詐欺で儲けた金には、税金も社会保険料もかからない。……おい、ここは笑うところだぞ」

宮崎が笑顔を見せると、会場にやっと笑いが起こった。

「さすがに俺も、強制でオレオレ詐欺をやれとは言わない。嫌なら辞めてもらって結構だ。もちろん今日までの給料はきちんと払う。だからやっぱり俺にはできないという奴は、今からここを出て行ってもらっても構わない」

宮崎は松岡たち五人の若者の顔を、一人一人見つめていく。

「いいか、今一度訊く。オレオレ詐欺ができないという奴はいるか」

手を挙げる者はいなかった。

第四章　枯れないサクラ

「貴人さんの言うとおりに、昨日口座に入金しました」

貴美子が竹田貴人と名乗る顎髭を生やしたこのイケメンと会うのは、一〇日ぶりのことだった。男は貴美子のスマホからも取引ができるように、証券会社のアプリをダウンロードしてくれた。貴美子は自分でパスワードを入れてログインした後に、スマホを目の前の男に手渡した。

「アメリカ国債を本当に買ってよろしければ、ここをタップしてください」

すぐに貴美子のスマホを操作して、アメリカ国債の購入ページを表示させる。貴美子はスマホを受け取ると、『購入』ボタンをタップした。

「残りの一〇〇万円で何を買うかですね」

貴美子はピリ辛のエビのチリソースを頬張りながら、その言葉を聞いていた。一回目の神楽坂のシャンパン・バルも美味しかったが、今日の新宿の四川《しせん》料理のお店も格別だった。しかも目玉が飛び出るほど高いというわけではなく、この味だったら十分にリーズナブルと言えるのではないだろうか。

「一つのかごに卵を入れるなという有名な投資のことわざがあるんですよ」

どういう意味だろうか。貴美子は小首を傾げて考える。

「別に難しいことではありません。資産は分散して投資しましょうっていうことなんです。正直、外資系証券にいた僕だって、リーマンショック級の大事件になると何がどうなるのか予測はできませんでしたから」

「外資系にいた貴人さんでもそうなんですか」

貴美子は意外に思った。外資系証券会社にいたほどの男ならば、連戦連勝なのだと思っていた。

「実際、僕だけじゃなくてそういう時は、他のディーラーもかなりやられました。全く投資の世界は一寸先は闇なんですよ」

海外のヘッジファンドの魑魅魍魎《ちみもうりょう》が相場を引っ掻き回して、思いもよらないことが起きるらしい。

「だからリスクの高い資産、特に株式を持つのはあまりお勧めしません。やはり債券、特に海外の先進国の国債を長期で持つのをお勧めします」

顎髭の男が言う投資法は本当に堅実だった。

「なんだかんだ言ったって、日本はこれから確実に衰退します。そうなれば円の価値は下がりますから、海外の資産を持っている方が絶対に得です。例えばヨーロッパの国々の債券だとすれば……」

貴人は各国の国債の利回りを丁寧に説明してくれた。しかし先進国の国債は確かに安全なのだが、一年で数万円しか儲からなかった。それでも日本の国債よりは断然良かったが、今一つ面白味がない。

「ならばトルコの国債を買うというのはどうですかね。トルコは若者人口も多いし、今後成長していく国の一つと言われています。しかしアメリカとの関係が悪化して為替が暴落して、まだ戻り切っていません。金利も非常に高いですから、うまくいけば償還《しょうかん》時には今の倍ぐらいになっているかもしれませんよ」

貴美子は貴人の薦めるトルコの国債を購入した。

「だけど貴美子さん一つだけ約束してください。海外の債券は長期保有が基本です。株式みたいに売り買いするものではないし、ちょっと円高で価値が下がってしまったとしても慌てて売ったりしないでください」

短期で売買して儲けるのはプロでも難しいとのことだった。むしろ海外の国債を買ったことは暫くの間忘れてしまって、ある日気が付いたらいつの間にか上がっていたというのが理想なのだそうだ。

「こちら、当店の名物の四川風北京《ペキン》ダックです」

二人のテーブルに、飴色に焼き上げられた美味しそうな家鴨《あひる》肉が運ばれてきた。

皮が甘辛くカリカリに焼けていて、その歯ごたえはまるでスイーツのようだった。その下の肉の部分はジューシーで、オンザロックの紹興酒《しょうこうしゅ》との相性もばっちりだった。

「この店は本場中国の料理人がやっていて、四川料理を忠実に再現しているんですよ。だから辛い物が苦手な人はご招待できないのですが、貴美子さんはお好きなようで良かったです」

辛い物は大好物だった。マッチングアプリのプロフィールにも、そのようなことを書いたはずだ。

「ところで貴人さんは、今後はどんなお仕事をするつもりなんですか」

今は休養中の身なのだろうが、これだけ優秀な人物がこのままで終わるはずがない。きっと将来は、何か自分でビジネスを起こすのではないかと貴美子は思っていた。

「そうですねー。まだ具体的ではないんですけど、やっぱり日本はお年寄りが多いから、介護ビジネスとかをやってみようかなと思っています」

こんなお洒落でカッコいい男が、介護に興味を持っているとは意外だった。

「実際に老人ホームとかをやったりすると大変ですけど、東南アジアあたりで若い優秀な女性を集めて、それを日本の高級老人ホームなんかに斡旋するような仕事をやろうかなと思っています。日本の介護現場って、これからますます人手不足になるじゃないですか。だからこれが上手くいけば、介護を受ける人も、する人も、そして介護から解放される人もみんな幸せになれると思うんですよね」

「貴人さん、それ、素敵ですね。私も仕事柄、お年寄りの方とはよく接するんですが、彼らは本当は若い人と接したいと思っているんですよ。老々介護《ろうろうかいご》とかになっちゃうと、どうしても後ろ向きな気分になってしまいますからね」

貴美子は出逢い系サイトに届く老人たちのメールを思い出していた。

「マーボー豆腐でございます」

赤いチャイナドレスを着たウェイトレスが、マーボー豆腐と白飯を運んできた。豆腐にひき肉の赤い透明なソースがかけられていて、見ているだけで食欲がそそられる。

「四川料理って言うと辛いというイメージがありますが、ここの料理は辛さと同時に旨味もあるんです。辛い辛いと言いながら、なぜか箸《はし》が止まらない不思議な味です。どうぞ熱いうちに食べちゃって下さい」

レンゲで掬《すく》って一口頬張ると、確かにそのとおりだった。ピリリとする刺激が舌を痺れさせるのに、すぐに次の一口が食べたくなる。まさに麻薬のようなマーボー豆腐だった。

「中国料理の辛さは、主に唐辛子と中国山椒《さんしょう》の二つで作るんですよ。辛いのになぜか止まらないこの不思議な味は、多分、中国山椒に秘密があるんじゃないかと僕は思っているんです」

顎髭のイケメンは金融商品だけでなく、色んなことを知っていた。やはり外資系の証券会社にいた人間は違うなと感心する。

「さっきの介護ビジネスは、いつぐらいから始めるんですか」

目の前の男は首を傾げて考える。

「そうですね。もう現地とパイプもあるので今すぐにでも始めたいんですが、何しろ先立つものがないですからね」

「貴人さんは外資系の証券会社にいらしたんですから、相当いいお給料をもらっていたんじゃないんですか。貯金とかはないんですか」

「いや、激務からくるストレスで色々無駄遣いしちゃったから、僕、実は意外と貯金はないんですよ。貴美子ちゃん、誰かお金出してくれそうな人いないかな」

貴美子さんから貴美子ちゃんへと呼び方が変わった。思わず頬が緩むが、だからと言ってそんな資金を出せるはずもなかった。

「それっていくらぐらい必要なんですか？」

「そうだなー。本格的に始めるとしたら何億円も必要だけど、ちょっとした現地調査とモデルパターンを作るだけならば、二〇〇万円もあればできるんじゃないかな」

マーボー豆腐を白いレンゲで掬いながら貴人は言った。

一〇〇〇万円とか言われたら話にならないが、そのぐらいの金額だったら何とかなるのではないだろうか。出逢い系サイトのお爺ちゃんたちのことが、貴美子の脳裏をよぎった。

「貴人さん。ちょっと知り合いに相談してみますね」

貴美子がそう言うと、目の前の男の目が怪しく光った。

「結局、残ったのは五人か」

控え室で煙草を吸っていた平田は、入ってきた立川にそう言った。

「はい。でもなかなかの精鋭揃いです。宮崎が頑張ってくれました」

「その後の研修はどうだった」

「ばっちりです。奴らはきっといいチームになりますよ」

オレオレ詐欺をやるという全員の意思を確認したところで、仕上げにチーム研修を行った。これはカルト宗教や一部のセミナーがよく使う方法でもあった。

チーム研修では、最初に全員の前で自分がやってしまった多くの失敗を自己批判させる。しかも言い訳は一切してはいけない。そしてその後に、「おまえは酷い」「最低だ」「反省しろ」など、周りの人間が徹底的に批判する。ただただ自分が過去にやった悪事を反省し謝るのだが、これが精神的に驚くほどきつくて、いかつい男たちが声を上げて泣き崩れてしまうほどだった。

そしてその後に、正反対のことをやらせる。さっきはあれほどきついことを言っていた仲間が、それぞれが気付いたその人物の長所を挙げて、みんなで徹底的に褒めあげるのだ。すると意外なほど周りが自分のことを見てくれていることに驚き、心底感動してしまう。学校でも家庭でも褒められたことのない若者ならば、本当に号泣してしまうほど効果があった。これで詐欺が上手くなることはないのだが、お互いの理解が驚くほど深まり、戦友のようにチームが一つに結束する。

「立川、シナリオは出来上がったのか」

「ばっちりです。クレジットカードやキャッシュカードの不正利用は、日々いくらでも起こっていますから、だいぶ騙しやすいです。それに金を用意させるまでもなく、カードを受け取ってしまえばいいのですから、今までよりだいぶ効率よくやれそうです」

オレオレ詐欺などの特殊詐欺のネタは、日々のニュースにヒントがあった。

年金の未払いがあったと報道されれば、未払い金の年金を振り込むからと電話をかけ、ふるさと納税が流行っているとなれば、それをネタに詐欺の方法を考える。元号が「令和」になると発表になった直後に、カードが使えなくなるという詐欺をやり始めた奴もいて、すぐにニュースに取り上げられた。だから平田も立川も、新聞の社会面は隅々まで目を通すようにしていた。

「それはそうと、中根さんが逮捕されたそうですね」

ここ数日、中根と連絡が取れなくなっていたが、警察に逮捕されてしまっていたことが判明した。

「そうなんだよ。新しい店を開店する前に、急いで受け子のリクルーターを探さないといけないな」

口の堅い中根だから、さすがに平田たちのことは喋らないと思ったが、中根のように信頼できてかつ機転が利くリクルーターは、そんな簡単には見つからない。

「しかしどうして捕まったんですかね。受け子の誰かが警察にチクったんですかね」

立川にそう言われたが、平田は首を傾げたままだった。

受け子が警察に捕まることは確かにあったが、リクルーターまで捕まることは滅多になかった。平田にもその原因がわからなかった。

「平田社長。そろそろなんでよろしくお願いします」

控え室に宮崎が入ってきた。

平田は煙草を灰皿に押し付けて立ち上がる。今日は特別な日だったので、お気に入りの黒いアルマーニのスーツを着て、青いエルメスのネクタイを締めていた。胸ポケットから覗いている青いチーフもエルメスだ。

扉を開けると、そこは研修会場の会議室だった。地獄の研修の最後の最後に、社長として平田が初めて研修生の前に姿を現すことになっていた。

「全員起立！」

宮崎が大声でそう言うと、そこにいた五人の若者が跳ねるように立ち上がった。

「こちらが我が社の社長の平田さんだ。今日はおまえらにありがたーいお話をして下さるそうだから、心して聞くように」

平田は五人の男たちの顔を見る。

年齢やファッションはバラバラだが、地獄のような研修に耐えてきただけあって、どれもいい面構えをしていた。特にその目には、狂犬のようなギラギラとした強い力があった。

「社長の平田だ。今日まで本当にお疲れさま、そしておめでとうと言わせてくれ」

そう言った直後、「ありがとうございます」と五人の男たちが一斉に頭を下げた。

「ところで、おまえらの中で就職したことのある奴はいるか」

平田は五人に着席するように促すと、そんな質問を発した。

一番左の長身の男が手を挙げた。

「何の仕事だ」

「居酒屋です」

「どうして辞めた」

「すぐに店長を任されたんですけど、とにかく残業が酷くて朝から晩まで働かされ続けたんです。そのくせ残業代はちょっとしか出ないし、会社にいいように利用されてるだけだなと思って辞めました」

社員を店長に抜擢《ばってき》し他の店長と競わせる。真面目な奴ほど何とかしようと無理をして、自ら率先してサービス残業をするようになる。やがて部下やバイトにもサービス残業を強いるようになり、店全体があっという間にブラック化する。

「典型的なブラック企業だな。しかし俺たちがやるオレオレ詐欺の店も、とんでもない真っ黒黒のブラック企業だ」

平田はそう言い切った。

会議室がしーんと静まった。そして平田の発する次の言葉を待っていた。

「しかし俺たちは、そのブラック居酒屋と根本的に違うところが一つある。俺たちは金はきちんと払う。しかも十分すぎるほどの大金を払う。残業代カットなんていうせこい話とは無縁だ。なにしろ成功報酬によっては、同い年のサラリーマンが一生かけても稼げないような大金が、たった数年で手に入る」

平田は両手で大きく机を叩くと、ぐっと半身を乗り出した。

「オレオレ詐欺などの特殊詐欺で儲ける金は、警察に被害届が出されている金額の何倍もある。これを少数精鋭で稼ぐのだから、儲からないはずがない。そしてその儲かった金を、俺はおまえたちにきちんと還元する。嘘は言わない。俺はこれだけは命を懸けておまえらに約束する。金はきちんと払う」

その迫力に、五人の男たちが唾を飲み込む。

「俺は昔、闇金をやっていた」

体を倒して少し間を置く。

「一〇日で一割の利子でトイチ、一〇日で三割の利子でトサン、法定金利なんか無視のあくどい闇金だ。そういう金貸しは、世の中の底辺の貧乏人に金を貸す。最初は優しいふりをしてどんどんどん借金をさせて、利子で首が回らなくなったら態度を豹変させて襲い掛かる。本人に金がなければ、まずは親ときょうだいだ。それでも駄目なら、遠い親戚にも追い込みを掛ける。当然その家庭は崩壊し親戚にも迷惑が掛かる。そして最後は必ず弱い子供に皺寄せがいく」

平田は自分の過去を思い出しながらそう言った。

「オレオレ詐欺は犯罪だ」

再び体を前に倒して五人の顔を見る。

「しかし最悪の犯罪ではない。闇金が貧乏人に金を貸して、その家族や親戚までも不幸にしてしまうのに比べれば、オレオレ詐欺は実に優しい犯罪だ。なぜならば、金をたくさん持っている奴らから、払える範囲内の金を奪うだけだからだ」

テーブルの上のペットボトルの水を一口飲んだ。

「しかもよく考えてほしい。違法でなくても、人を騙して金を巻き上げる商売は世の中にはいっぱいある。おまえらに電話セールスの研修をやってもらったが、実際にあんな電話が掛かってきたことがあるだろう。金融商品、不動産、癌に効くとかいう健康食品、あとは占いや宗教まで、人を騙して儲けている奴らは世の中にはごまんといる。俺に言わせれば、海外の高級バッグに目玉が飛び出るほどの金額が付くのも、詐欺みたいなもんだと思っているがな」

会議室に微かな笑いが起こった。

「やってることは大して変わらないのに、それらは合法で俺たちは違法だ。だけど誰がそんなことを決めたんだ。そこのメガネのあんちゃんわかるか」

紺のTシャツ姿の男にそう訊ねた。

「やっぱりそれは、騙されたと思って文句を言う奴がいるからじゃないですか。カスの金融商品や不動産をつかまされても、いつか上がると思っていれば文句は出ないし、宗教だって納得して入っているから、進んで寄付をするんじゃないんですか。でもオレオレ詐欺は騙されたってことがすぐにわかりますから」

平田は大きく頷いた。

「そういうことだ。エルメスのバッグを予約待ちで女が買うのも、やれもしない高級クラブでオヤジが何十万も使うのも、ホストクラブでバカ女が一〇〇万円のリシャールを入れるのも、全部金を払う奴が納得してやっているから犯罪にはならない。どれだけ暴利を貪《むさぼ》っても、文句が出ないんだから問題になるはずがない」

平田はもう一度、五人の男たちの顔を見渡した。

「俺たちはこれから人を騙してオレオレ詐欺をする。だけど本当に騙されているのは、実は俺たちの方だったんだ」

　さすがにその言葉の意味を、理解できたものはいなかった。

「おまえたち、最近の日本はどこかおかしいと思わないか」

　五人の男たちはお互いに視線を交差させる。

「さっきブラック企業の話が出たが、おまえ別に普通に就活をしただけだっただろう」

　平田に指さされた長身の男は、黙って首を縦に振った。

「普通に学校を出て普通に就職したのにその就職先が普通にブラックだった。まだブラックでも正社員になれた奴は運がいい方かもしれない。いくら就活しても採用されず、契約やバイトで食いつないでいる奴もたくさんいる。地方で生まれた奴なんかはそれだけで悲惨だ。地元じゃパッとしないんでと東京に出てきても、物価の高さに押し潰される。もうただ毎日を食いつなぐために、日夜休みなく働くだけだ」

　目の前の連中には、今の自分の言葉が突き刺さっているはずだ。なんでこうなってしまったのか。いつから俺たちはこうなったのか。どこで道を間違えたのか。それぞれの人生を反芻しているはずだ。

「俺なんか高校中退だし、おまえらも出てたとしても大した大学じゃねえだろう。だけど俺たちの上の世代だって、似たようなもんだったんじゃねえのか。いやむしろ、俺たちの方が、バブルも経験しないでずっと慎ましくやって来た。それなのに爺さん婆さんは大金を持っていて、なぜ俺たちには金がないんだ」

平田はここで暫く黙った。

一人また一人と、次の言葉を聞き逃すまいと顔を上げる。

「おまえら、昼間に病院に行ったことがあるか」

もう一口水を飲んだ。

「今、病院は爺さん婆さんのレジャーランドだ。消費税が上がっても、その分は年寄りの医療費や介護費で消えてしまう。年金だってそうだ。年寄りは払った以上にもらえるのに、俺らの世代はよほど長生きをしない限り元が取れない」

七五歳以上の後期高齢者になると、医療費の自己負担は一割に減る。年金は年寄り世代を働いている若い世代が支えるシステムだから、今後もますます苦しくなる。

「そしてその一方でどんどん減らされているのが、若い世代への給付、例えば教育費だ。大学の授業料は上がる一方だし、真面目な女子大生が風俗勤めすることも、今では全然珍しいことではない」

実際、現役女子大生風俗嬢はいっぱいいた。遊ぶ金欲しさでやっている子もいなくはないが、本当に学費や生活費のために働いている子がほとんどだった。

「だけど日本に金がないわけではない。日本には一〇〇〇兆円の預金がある。そんな預金を貯め込んでいるのが年寄りだ。それなのに年寄りは金を使わない。だから金が世の中に回らない。そして死んだらその金は、その年寄りの子供と孫にだけ相続される」

日本の中流層は消滅し、今や一部の富裕層と大多数の下流の二極化社会になったと言われている。さらにそこに追い打ちをかけるこの少子高齢化だった。

「なあ、いつから日本は、こんなに夢のない国になってしまったんだ」

平田は誰に言うともなくそう嘆いた。

「おい、そこのアロハのあんちゃんよ。フランス革命って知ってるか」

平田は金髪の男を指さした。

「あのマリー・アントワネットがギロチンで殺されてしもた奴ですか」

「そうだ。おまえ見かけによらずインテリだな」

金髪男は苦笑いをしながら頭を下げる。

「フランス革命、ロシア革命、明治維新、いつの時代も貧乏人の不満が爆発すると革命が起こった。今の若者は絶望的なまでに搾取されている。そしてブラック企業とブラックバイトで、時間という若者の唯一の財産までもが取り上げられた。このままでは、今の日本の若者は一生安い金で奴隷のように働かされるだけだ」

ここまで話せば、目の前のこいつらも今まで漫然と受け入れてきた生き方が、大きく歪んでいたことに気が付くはずだ。世の中の常識が全て正しいとは限らない。

「俺はオレオレ詐欺っていうのは、革命だと思っている」

ここでの平田の役割は、これからオレオレ詐欺をはじめる連中の罪悪感を拭い去ることと、最後の最後に気合いをいれることだった。平田も今言っていることが、かなり飛躍していると思ってはいる。

しかし、それが全て間違っているとも思わない。

「おまえらだってわかるだろう。俺たちの今までの人生に、チャンスらしいチャンスがあったか。もしも反省することがあるとすれば、せいぜい受験勉強を一生懸命やらなかったことぐらいだろう。しかし今や東大を出たって、貧乏な奴はいっぱいいる。一流企業に入ったところで、驚くような給料がもらえるのは出世できたほんの僅かな連中だけだ。今の日本じゃプロ野球選手や芸能人にでもならない限り、一発逆転の道などない」

平田が大きく机を叩くと、テーブルの上のペットボトルが大きく踊った。

「だけど今、おまえたちの前に一本だけ道が開けた。どうだ。俺に、おまえたちの明日を、賭けてみてはくれないか」

会議室は異様な空気に包まれた。

貴美子は出逢い系サイトのメル友の老人たちに、竹田貴人プロデュースの新しい介護ビジネス事業のことを相談した。

『それは面白いビジネスですね。きっと成功すると思いますよ』

『介護の現場の人材不足は深刻です。是非、そのお友達に頑張ってもらいたいです』

その後も地道なメールのやり取りで、貴美子はお年寄りのメル友会員たちを、順調に増やしていた。竹田貴人のビジネス構想は彼らには極めて受けが良かった。

『そのビジネスは、きっと成功すると思いますよ。私ももう少し余裕があれば、その事業に出資したかったんですけどね』

『私が今住んでいる老人ホームにも、その制度を導入して欲しいですね。もっと早く知っていたら、色々できたんだけど』

しかし、さすがに金の話になると言葉を濁した。

『あなたが留学をするというならば、餞別《せんべつ》代わりに多少のお小遣いをあげようかと思っていましたが、その金額は大きすぎますね』

不思議なことに、老人たちは留学に関しては好意的だった。自分も留学したかったという若いころの夢を忘れられないからだろうか。このまま小口の餞別をかき集めれば、本当に留学ができてしまいそうだと貴美子は思った。

半ば諦めかけていた頃、一通のメールが飛び込んできた。

『私は長年会社経営をやっていたもうすぐ八〇歳の男です。今は未公開のベンチャー企業などに投資する仕事をしています。これからは高齢化社会がますます進みますから、そのビジネスには興味があります』

貴美子はすぐに返信のメールを打った。

『興味を持っていただいて、ありがとうございます。私もこのビジネスは上手くいきそうな気がするんです。しかもその知り合いは外資系証券会社にいた優秀な人物なので、事業計画などもしっかりしているんです』

『ちなみにその男性は、あなたの恋人ですか』

あの顎髭のイケメンは、会う度に貴美子との距離を縮めてきた。

しかしだからと言って、愛の言葉を囁いたり、ましてやホテルに誘うような素振りは見せなかった。もしもそんなことになれば二つ返事でＯＫするだろうが、過度な期待をしないように心掛けていた。なにしろルックスも頭の良さも違い過ぎる。貴美子は長年の辛い経験から、自分を好きになる男がいたとしても、そのレベルはよく心得ていた。

『別にそういう関係ではありません。敢えて言うならば、ビジネスパートナーみたいな関係です』

ネット証券でアメリカとトルコの国債を買ってしまったので、もうこれ以上あの男と会う口実はなかった。しかしこの事業が具現化すれば、何か一緒にお手伝いをすることぐらいはできるのではと思っていた。

『とりあえず、いくらぐらいの出資が必要ですか』

『当面の調査費用などで二〇〇万円ぐらいです』

『一度お会いしてもう少し詳しく話を聞かせてもらえませんか。場合によっては出資ができるかもしれません』


「もしもし。丸菱銀行のものですが、酒井《さかい》さん、あなたのキャッシュカードが不正利用されている可能性があります。昨日、銀行のＡＴＭから預金を引き出したりしませんでしたよね」

平田が店を訪れると、架け子たちが携帯を片手に詐欺の電話を掛けまくっていた。

「昨日の午後一時二五分に、飯田橋《いいだばし》支店から五〇万円が引き落とされていますが、心当たりはありますか」

店舗はウィークリーマンションのような短期の賃貸物件を偽名で借りることが多かったが、マンションは他の住民の目もあるので、最近では大きめの戸建てを丸ごと借りるようにしていた。

「すぐにカードを止めることをお勧めしますが、酒井さんの口座の暗証番号は３７８２じゃありませんよね」

平田はその部屋にいた金髪の男に目が行った。研修の最終日に見かけた男で、松岡という名前だったことを覚えていた。

「平田社長、お疲れさまです」

店長の立川から声を掛けられた。

「どうだ、調子は」

詐欺電話の邪魔をしないように、平田は小声で立川に話しかける。

「やっぱりキャッシュカード手交型は正解でしたね。他の店でも順調に売り上げを伸ばしています。この店はまだリハーサルを兼ねてのお試しですが、本格的にやれば軽くノルマは達成できるでしょう」

本格的な店のオープンは一週間後を予定していた。今日は三日間行ってきたリハーサルの最終日で、本当に詐欺電話を掛けて騙せるかどうかを試しているところだった。

「やっぱりターゲットに金を用意させる必要がないのは楽ですね。上手く暗証番号を訊き出して、受け子がカードを受け取りさえすればOKですから」

今までは数百万円の金を相手に用意させる必要があった。電話が掛かってきた直後は騙せても、金を用意している間に冷静になってしまい、詐欺がばれてしまうことがあった。

「ところで立川、あの松岡っていう金髪の新人はなかなか使えそうだな」

「ええ、あいつはいいアゴをしていますよ」

平田はオレオレ詐欺の架け子を何人も見てきたので、ちょっと聞いただけでもその金髪の男のセンスが良いのがわかった。おそらく詐欺電話の話術だけでなく、もともと頭がいいのだろう。しかしそう思いながらも、平田はその金髪の男の目付きに違和感を覚えた。

「松岡は、昔、どこかの堅い会社にいたらしく、今回のシナリオにはばっちり嵌ってますね。脅したりすかしたりする今までの三役系の詐欺とは違って、今回は淡々と危機感を煽《あお》る話し方をした方が騙せますからね。警察や真面目な銀行員になりすまさなきゃいけないんで、街の不良上がりよりも、ある程度の社会人経験がある奴の方が向いてるんですよ」

それだからなのか。

その金髪の男の目には、今までに見たことのない色があった。

平田はポケットから煙草を取り出してその中の一本を咥えながら、松岡の詐欺の様子を眺めていた。

「名簿もいいんで売り上げは行くと思いますが、平田社長、実は一つ問題が起こりまして」

立川が持っていたライターで平田の煙草に火を付けながら、浮かない顔でそう言った。

「どうした。何かあったのか」

「ここは別の店なんですが、受け子が金とカードを持ち逃げしました」

「またか」

中根が逮捕されて立川は新しいリクルーターを雇った。しかしそのリクルーターが手配した受け子が、昨日今日と二日続けて飛んでいた。

「キャッシュカード手交型だからですかね。そこにいくら入っているかは、受け子もわかりますから。全額を引き出したいって欲が出ちゃうんですかね」

ATMから一日で引き落とせる金は、その限度額が決まっていた。

「それもあるかもしれないが、あのリクルーターは本当に信用できると思うか」

「どういう意味ですか」

立川が心配そうにそう訊いた。

「いや、そのリクルーターが、受け子とグルになってるんじゃないかと思ってな」

平田は紫煙《しえん》を吐き出した。

「そうなんですか。でもあのリクルーターは平田社長の紹介ですよ」

「だからと言って、俺がそのリクルーターをよく知っているわけじゃない。俺だって、ある人物から紹介されただけだからな」

そのリクルーターは金主の瀬尾からの紹介で、平田も一度しか会っていなかった。よく喋る男だったが、おどおどとした自信のない表情が気になっていた。しかもその目は、決して平田を正面から見ようとはしなかった。

「なんか嫌なことが続くな」

「他にもなんかあったんですか」

「昨日、道具屋から電話が掛かってきて、いきなり料金アップを要求されたんだ」

「珍しいですね」

プリペイド携帯や多重債務者に作らせた架空の銀行口座を用意する道具屋が、料金アップを要求するのは初めてのことだった。最近、飛ばしのプリペイド携帯の需要が急増して、作業が追い付かないとのことだった。そのため調達コストが上がってしまって、料金アップに応じないとオーダーした数が揃わないと言われてしまった。

「良くないことが起きないといいんだけどな」

平田の心がざわめいていた。


「じゃあ、彩花の貯金も倍になったりするの」

「倍になるかどうかはわからないけど、銀行預金に入れっぱなしにしておくよりは良いと思うよ」

竹崎がこのキャバクラにやって来たのは、本当はただの息抜きのつもりだった。

「彩花ちゃんは、この仕事をはじめてもう何年？」

「今年で三年目です」

「年齢は？」

「二六です。竹田さんはどんな仕事をやってるんですか」

「今は休職中」

そう言いながら、竹崎は「竹田貴人」と書かれた外資系証券会社の名刺を見せた。

「ちょっと前に体調を崩して、もうすぐ会社は辞めてしまうと思うけど、携帯やメールの連絡先はそこにあるとおりだから」

「えー、すっごーい。じゃあ、竹田さんは英語もペラペラなの」

いつのまにか話の流れで、ここでも竹田貴人になりすましてしまった。

「ペラペラってわけじゃないけど、ニューヨークに三年行っていたからね。まあ、それなりには話せるよ」

竹崎は高校時代に留学していたことがあったので、英会話は得意だった。

「外資系の証券会社ってお給料が凄くいいんでしょ。何億円って稼ぐんだよね」

「うーん、まあ、そういう人もいたけどね。それよりこの仕事を三年もやっていれば、彩花ちゃんこそ、結構お金が貯まったんじゃないの？　一〇〇〇万円ぐらいはあるでしょ」

一晩で一〇万円以上使いかねないこの高級キャバクラ店の女だったら、その給料だけでかなりの金額があるはずだ。さらに客からのプレゼント、愛人関係の男からのお手当てなどがあれば、年間で数千万円を稼いでいても不思議ではない。

「大したものには使ってないんだけど、エステとかネイルとか、ちょこちょこブランド品なんかも買っちゃうし、あとストレスたまるとホストクラブなんかにもいっちゃうから、貯金はあんまりないんです」

鼻にかかった声で彩花は言った。

「じゃあ、僕が彩花ちゃんのお金を運用してあげようか」

ひょっとして貴美子のような地味な女を狙うより、こういうお店の女をカモにした方がいいのではないか。竹崎は話の流れでそんなことを考えていた。

「でも私、損するのは絶対に嫌なんですけど」

さすがに金にシビアな水商売の女だ。儲かる話には乗ってくるが、損することにも敏感だった。

「じゃあ、最悪の場合は僕が補塡《ほてん》してあげようか」

竹崎は小声でそっと囁いた。

「本当ですか」

我ながら咄嗟《とっさ》に出る自分の嘘に感心する。

「もっともそんな心配をする必要もないけどね。僕の投資法は派手に儲かるものじゃないけれど、まず損はしないからね」

「竹田さんって凄いんですね」

彩花の竹崎を見る目が変わった。竹崎は彩花の白くて大きな胸の谷間に目をやった。ひょっとすると本当に、この女の金と体を両方手に入れられるかもしれない。

「彩花ちゃんもいつまでもこの仕事ができるわけじゃないから、そろそろ投資とか財テクを考えた方がいいと思うよ」

その一言は、彩花の心に刺さったようだ。

風俗嬢もそうだが、キャバクラ嬢もその末路は悲惨になることが少なくない。

自分で店を経営したり、ママとして他店に雇われるということもなくはないが、それはほんの一握りで相当な努力と幸運が必要だった。

そうでなければ三〇歳を過ぎて人気が落ちてくるまでに、結婚するか昼間の地味な仕事に戻って、この世界から引退する女が多かった。そのどちらかで我慢できて、地味でも幸せな生活を手に入れられれば良い方だ。稀に物凄い金持ちと結婚する女もいるが、それはまさにキャバ嬢のサクセスストーリーだった。しかし普通のサラリーマンの妻や地味なＯＬに戻るには、身についてしまった金銭感覚が仇となる。

大金持ちの愛人になるという道もあるが、なんの保証もない愛人という立場はいつ捨てられてしまうかもわからないので不安定だった。

業界から抜けられないキャバ嬢は、やがて高級店を追われ一般的な安い店に流れていく。

さらにもっと手っ取り早く稼げる風俗に落ちるというのもよくあるパターンだが、風俗は風俗で「四〇歳の壁」と言われるものがあった。四〇歳を過ぎると、風俗嬢は一気に稼げなくなってしまうのだ。そしてどんどん風俗の下層に向かって落ちていき、最後は生活保護に頼るしかなくなってしまう。

「財テクっていうのはある程度元手がないと意味がないんだ。だから彩花ちゃんぐらいの収入で、大きな金をタイミングよく動かせば結構な儲けになると思うよ」

いつまでもこの業界にはいられない。だけど今の生活レベルは落としたくない。そんなキャバ嬢にとって財テクや投資という言葉は聞こえが良かった。

「じゃあお願い。彩花のお金を預けるから、なんとか大きくしてくれない」

竹崎の膝の内側に彩花の白い手が滑り込んだ。

「儲けてくれたら、何でも竹田さんの言うことを聞いてあげるから」

耳元でそう囁かれると、何ともいい匂いがした。

その時黒服のボーイがやって来て、彩花の耳元に手をやって何事かを囁いた。おそらくほかのテーブルから指名が入ったのだろう。

「じゃあ、竹田さん失礼します。例の件は、またあとでＬＩＮＥします」

今度、同伴で会った時に、彩花名義のネット証券を開くことにしよう。

やることは貴美子たちと同じだが、ここにいる女たちの方が比較にならないほど綺麗だし、動かす金額も大きいはずだ。これは思わぬ金脈を掘り当ててしまったかもしれない。

グラスを傾けてそう思っていると、そこに新しく亜麻色のセミロングの美女がやってきた。

「こちら竹田さん。外資系の証券会社に勤めているんですって。だから真奈美ちゃんも、色々教えてもらったらいいかもよ」

彩花がその美女を紹介してくれた。

透き通るような白い肌、上品な顔立ち。彩花よりもこの真奈美という女の方が、自分の好みだと竹崎は思った。


「真奈美ちゃん、今、仕事終わったの。これからどこか飲みに行こうか」

午前三時。仕事が終わり店を出て来た真奈美に、後ろから声を掛ける男がいたので驚いた。

「あ、浜原さん」

振り返ると、真奈美の常連客の浜原がすぐ後ろに立っていた。

「今日はどうもありがとうございました。だけど今夜はちょっと用事があって、アフターはできないんです」

真奈美は丁寧に頭を下げた。こんなストーカー紛《まが》いのことをされても、店に落としてくれる金額を考えれば浜原を無下《むげ》にはできない。

浜原は真奈美に入れ込んでいて、プレゼントも入れれば、一ヵ月に三〇万円ぐらいは使ってくれているはずだ。上場企業とはいえ部長にすぎない浜原にしてみれば、それは大きすぎる金額だろう。

「そう言わずにちょっとだけ付き合ってよ。さっきお店の中でも、僕に会えて嬉しいって言ってくれたじゃないか」

吐く息が酒臭かった。真奈美の店を出たのが一時間以上前だったから、おそらくその後もどこかで飲んでいたのだろう。

「ごめんなさい。今日は本当に約束があるんです」

「こんな時間に約束があるはずないじゃん。そんなこと言わないで、ちょっとだけ行こうよ。ね、真奈美ちゃん」

真奈美の手を引いて浜原は強引に歩き出す。そしてタクシーに向けて手を挙げた。

「やめてください」

きつい言葉でそう言うと、浜原の目つきが変わった。

浜原を紹介してくれた中込社長が、「この男は時々泥酔して性格が変わることがある」と言っていたことを思い出した。

「店の中ではさんざん気のあるようなことを言っておきながら、外で会ったらその態度かよ。てめえ、今まで俺がおまえにいくらつぎ込んだかわかってんのか」

それがキャバクラ嬢という職業の宿命だが、そう言われると良心が疼いた。「キャバクラ嬢は法律に触れない詐欺師」。平田に言われていたが、真奈美はまだそう割り切れるほどの心構えができてはいなかった。

「浜原さん。ちょっと飲みすぎですよ。いいから今日は帰りましょう」

真奈美は浜原の腕を振りほどきながらそう言った。

その瞬間、浜原が真奈美の唇めがけて襲いかかってきた。

「え、浜原さん。や、やめてください。こんな路上で人が見てます」

浜原は真奈美を抱きすくめるが、真奈美は必死になって体を捩《よじ》り逃げようとする。それでも浜原は強引に唇を奪おうと顔を近づけ抱きすくめる。

「女の子が嫌がっているじゃないですか」

背後からそんな声を掛けられて、浜原の力が弱まった。

「警察、呼びましょうか」

その一言で浜原は真奈美を突き放し、怯えた表情で逃げるように立ち去った。

「営業妨害しちゃったかな」

平田だった。

実はこの日は、店が終わってから平田と会う約束をしていた。

「ううん。あのお客さんとは、遅かれ早かれああなるかなと思っていたから」

「ならいいけど」

平田は浜原が逃げて行った方向に目をやった。

「会いたかった」

真奈美は横から思いっきり平田に抱きついた。驚いて振り返った平田の唇を強引に奪う。

真奈美のキスを路上で受けたままで、平田は大きく片手を挙げた。

目の前に滑り込んできたオレンジ色のタクシーに乗り込むと、平田は真奈美のアパートの住所を告げた。ブレザーを着た初老の運転手は、不慣れな動作でその住所をカーナビに登録してから、ゆっくりと車を走らせた。

午前三時を過ぎても、六本木界隈はネオンが煌々と輝いていた。真奈美は平田の右腕を抱いて、シートの上で体をぴったりとくっつける。

「真奈美、誕生日プレゼントは何がいいか考えてる？」

平田がそう訊ねてきた。真奈美の誕生日は一一月二五日で、まだ一ヵ月半ぐらいあったが、平田から何がいいか訊かれていた。

「やっぱり指輪かな。この間、可愛いデザインのを見つけたから」

「ダイヤ付きでもいいよ」

「本当に？　ねえ、予算の上限はいくらぐらい」

上目使いに平田を見た。

「そうだなー、マックスで二〇〇万円ぐらいかな」

その金額を聞いて、真奈美は嬉しくなるどころか、なぜか急に悲しい気分になってしまった。

「そんな高いのもらえないよ」

真奈美は平田の顔を覗き込んだ。少なからずアルコールが入っているようで、ちょっと眠そうだった。

「いいよいいよ、遠慮するなよ。俺にとってはそのぐらいの金は屁でもないから」

確かに平田の稼ぎからすれば、二〇〇万円という金額はその程度のものなのだろう。しかし二〇〇万円あったら、今、平田から借りている金が完済できてしまう。

「前に、平田さんが姪にお小遣いをあげられないって話をした時、詐欺の金でももらえれば嬉しいって私が言ったことを覚えている？」

「ああ、覚えてるよ」

「あの時はああ言ったけど、詐欺のお金だと知っていたら、やっぱり嬉しくないかもね」

平田は眉間に皺を寄せた。

「ねえ平田さんは、いつまで詐欺を続けるの」

六本木の交差点でタクシーを止めた平田は、女とともに乗り込んだ。

女の名前が東島真奈美ということは、既に調べがついていた。

二人を乗せたオレンジ色のタクシーは、青山霊園《あおやまれいえん》を突っ切った後、表参道《おもてさんどう》を抜け、さらに富ケ谷《とみがや》の交差点を右折した。そして西新宿方面に向かっていた。

そのタクシーを一台の黒いミニバンが尾行しているのを、平田はもちろんタクシーの運転手も気が付かないようだった。後部座席を窺《うかが》うと、男の肩に女の頭がしな垂れかかっているのが見えた。

さらにタクシーは西参道《にしさんどう》から甲州街道《こうしゅうかいどう》に入り、京王線《けいおう》の幡ヶ谷《はたがや》駅を少し過ぎたところで、ハザードランプを点滅させながら停車した。先にタクシーから降りた亜麻色のセミロングの美人が、降りてきた平田の腕に抱きついた。平田は周囲を気にしながらも、そんな彼女をしっかりと抱き寄せる。

東島真奈美は六本木の高級店のキャバ嬢なので、てっきりどこかのタワーマンションにでも住んでいるのかと思ったが、二人が質素なアパートに入っていくので驚いた。

車のエンジンを止めて、二人が入っていったアパートの様子を窺う。

二階の一番手前の部屋の電気が灯った。

そこで初めて車を降りて、注意深くそのアパートの玄関に足を進めた。そしてたった今電気が灯った部屋の住人が、『東島真奈美』であることを郵便受けのプレートで確認する。ゆっくりとポケットからスマホを取り出して、部屋の様子を窺いながらも、リダイヤルで電話を掛ける。

「もしもし、松岡です。こんな夜分にすんません。やっと、オレオレ詐欺の社長の愛人のヤサがわかりましたわ」

松岡佑介は、警視庁刑事部の捜査第二課の刑事だった。

しかも松岡が所属する捜査第二課には、「特殊詐欺特別捜査室」が設置されていて、松岡はそこの捜査官だった。

警視庁をはじめ全国の警察にとって、オレオレ詐欺などの特殊詐欺の撲滅は、喫緊《きっきん》の最重要課題となっていた。その挙句に考え出された「オレオレ詐欺に騙されたふり作戦」は、すぐに詐欺グループに利用され、被害を拡大する一役を買ってしまった。

このままでは、警察の面子《メンツ》が立たなかった。

止まらぬ特殊詐欺の撲滅を目指して、警視庁は極秘裏に内偵調査を実施していた。いくら受け子を逮捕しても、その組織全体に捜査の手は及ばない。ならば協力者や捜査官を詐欺組織に潜入させ、特殊詐欺の組織全体を検挙することを目指した。

リクルーターの中根が逮捕されたのも、松岡のその内偵情報がきっかけだった。しかし特別捜査室の山崎《やまざき》室長からは、オレオレ詐欺の店長や、社長クラスの大物の犯人を挙げろと厳命されていた。

そのためならば、違法行為にも目を瞑《つぶ》るとまで山崎は明言した。だから松岡は、自ら受け子をやって信頼を得て、さらに地獄のような研修に耐え抜いて架け子となり、オレオレ詐欺の中枢《ちゅうすう》に迫った。

『社長のヤサもわかったのか』

「もちろんです」

『じゃあ、令状を取る準備をする。そしてすぐにでもガサ入れをしよう』

しかし松岡はそれには答えず、ちょっと頭を働かせる。

『どうした。マツ、おまえに何か考えがあるのか』

松岡は研修を受ける過程で、オレオレ詐欺グループが鉄壁な秘密保持体制を敷いていることを知った。果たして平田ともあろう男が、自宅に決定的な証拠となるようなものを隠しているだろうか。

「そこにガサ入れをかけても、用心深い連中やから何も出てこないんとちゃいますかね」

確かにそこには、オレオレ詐欺で儲けた大金があるかもしれないが、それはただの金だから、詐欺で儲けたことを証明できるものではない。身元がばれない飛ばしの携帯や名簿があったとしても、詐欺の電話を掛けていなければ、それらは状況証拠にすぎず起訴には持ち込めないだろう。

その時、真奈美の部屋の明かりが消えた。

むしろ決定的な証拠ならば、愛人の家に隠している可能性が高いと思った。

『じゃあ、どうしたらいい』

しかし、それ以上に確かな情報を松岡はつかんでいた。

「新しい店は一週間後に開店します。ガサ入れをするんやったら、その店を直撃するほうがええんとちゃいますか。そこで詐欺行為をやってれば、それが何よりの動かぬ証拠になります。現行犯逮捕もいけると思いますわ」

「今日はちょっと体調が悪くて、上の部屋で休んでいたんですよ」

貴美子の介護ビジネスに興味があるといった老人は、名刺を差し出しながらそう言った。

詳しいことが訊きたいと言われて呼び出されたのは、日比谷《ひびや》にある外資系の高級ホテルのラウンジだった。

名刺には、『投資家　上島剛太郎《うえしまごうたろう》』と書かれていて、そこには田園調布《でんえんちょうふ》の自宅の住所と電話番号が書かれていた。

「体調がよくないんですか」

貴美子は就職活動の時に買った黒のスーツを着ていた。最近またちょっと太ったので、胸のボタンが悲鳴をあげている。

「この年になると色々なところが悪くなってしまってね。しかも先月足を骨折してしまって、今は歩くだけでも一苦労だ」

上島は軽く咳き込みながらそう答えた。

「大丈夫ですか。でも上島さんはお若く見えますから、きっと大丈夫ですよ」

仕立ての良さそうな黄色のジャケットと、茶色のチノパンを穿いていた。左足には白い包帯が巻かれていて、椅子の横には松葉杖が置かれていた。しかし顔色自体は悪くなく、白髪とはいえ頭髪もまだちゃんとあるので、とてももうすぐ八〇歳には見えなかった。

「どうもありがとうございます。ところで部屋に薬を置いてきてしまいまして、例のお話は部屋の方で聞かせてもらってもいいですか」

それに同意すると、上島は松葉杖を取って立ち上がろうとした。すかさず貴美子が体を支えるように肩を貸す。

「どうもすいません」

上島は軽く頭を下げると、貴美子の肩に摑まった。

貴美子は片方の松葉杖を手に持って、上島とゆっくりエレベーターに向かって移動した。

「無理なさらないで下さいね」

何しろ相手は二〇〇万円を出資してくれるかもしれない人物なのだ。気に入られておいて損はない。足に怪我こそしているが上島は歩く力はあるようで、支える貴美子もそれほど大変ではなかった。

エレベーターを一二階で降りて上島の部屋に移動する。

「コーヒー飲みますよね？」

部屋に入ると、すぐに上島にそう訊かれた。

「私が自分で淹《い》れます」

「いいです、いいです。立ち上がったままならば、結構自由に動けるんです。ホットコーヒーでいいですよね」

立って作業をする分には足の怪我は問題ないらしい。座ったり、立ち上がったりするのだけが大変なのだそうだ。上島は貴美子に背を向けて素早くコーヒーを淹れてくれた。

「運ぶのは手伝ってくれますか」

「あ、もちろんです」

貴美子は白いカップに入ったコーヒーとグラスに注がれた水を、ベッドの横の狭いテーブルの上に置いた。先にベッドルームに戻っていた上島は、茶色い鞄の中に手を突っ込み薬局名の書かれた白い袋を取り出し、カプセルの錠剤二粒をコップの水とともに飲み込んだ。そして貴美子に支えられながら、ゆっくりとベッドに腰を下ろした。

「これが企画書で、こちらが事業計画書です」

貴人に作ってもらったパワーポイントの企画書を手渡した。上島は老眼鏡を掛けてその書類に目を通す。テーブルの横に小さな椅子があったので、貴美子はそこに腰を下ろして上島の様子を窺った。

「東南アジアの女性たちの渡航費用を会社が肩代わりして、そのお金を日本の高級老人ホームから回収するビジネススキームです。ここにきてやっと日本も外国人労働者の受け入れに積極的になりましたが、日本で働くためにはある程度の日本語ができないといけないので、結構なお金がかかるんです。最近では中国や韓国に行きたがる東南アジアの若者も多くて、先にこちらが援助してあげないと優秀な人材が集まらないんです」

事前の打ち合わせで言われたことをそのまま説明する。

「そしてこれが、今回お借りする二〇〇万円の使用明細です。人件費などに充てるのではなく、全ては竹田の渡航費用や、現地のスタッフとの交渉のために使うつもりです」

さらにもう一枚の紙を上島に手渡した。

「冷めないうちにどうぞ」

上島はテーブルの上にあったホットコーヒーを貴美子に勧める。

「あ、どうも」

貴美子はその黒い液体を口にする。

「そのコーヒー不味《まず》かったですか？」

上島は申し訳なさそうに訊ねた。

「いえそんなことありません。美味しいです」

特に美味しいとも思わなかったが、そう言いながらコーヒーを飲むと、上島は再び手元の書類に目を落とした。

「この二〇〇万円に対するリターンはどう考えればいいですか」

やはりそれを訊かれると思った。この計画は悪いものではなかったが、実際に金が儲かるのはだいぶ先の話だった。

「まずは竹田の借入金《かりいれきん》とさせてください。しかし二年後に株式会社にする予定なので、その段階で株式に転換します。もしも株式会社化されなかったら、その時は上島さんに利子を付けてお返しします」

そう説明するように言われていた。

「私はこんな体ですし、実は今回の投資でリターンを得ようだなんて思っていないんですよ。

ですから今回の二〇〇万円は若い方々の夢に投資するということで、ただでお貸しします。つまり返済の必要はありません」

「本当ですか」

上島はにっこり微笑んだ。

「貴美子さんは、エンジェル投資家というのを知っていますか」

「はあ、名前ぐらいは聞いたことがありますが」

そうは言ったものの、それが何だかよくわからなかった。

「まだ生まれてほやほやの会社に出資する個人の投資家なんですが、まあ私もその一人だと思ってください。エンジェルはアメリカでは二〇〇万人ぐらいいるんですが、まだ日本では浸透していませんかね。目先の利益よりも、将来世の中の役に立ちそうなことに投資をするのがそのエンジェル投資家なんです」

そんな夢のような投資家が、日本にもいるとは知らなかった。

「しかし一つだけお約束して下さい。このお金を、貴美子さんやそのお知り合いの竹田さんが私的にお使いになるのだけはやめて下さい」

「もちろんです。それはお約束します」

「そうですか。その言葉を聞いて安心しました。なにしろこんな老人の最後の夢を、そんなことで汚して欲しくないのです。ここに誓約書があります。これに貴美子さんのサインをお願いします」

計画書通りに二〇〇万円を使い、後日報告書も提出するという文面だった。その代わりにその二〇〇万円に関しては、利子も付けず返済の催促もしないとも書かれていた。

貴美子は住所や電話番号とともに、檜原貴美子と大きく自分の名前をサインした。

「じゃあ二〇〇万円の方は、明日口座の方に振り込んでおきますね」

「ありがとうございます」

上島が握手を求めてきたので、貴美子もその手を強く握った。

なんていい人なのだろう。まさに本物のエンジェルのようだ。

「ところで貴美子さんは、こんなプレゼンみたいなことをするのは初めてだったんじゃないですか」

「まあ、そうですね。社会人経験が少ないもので、今日は本当に緊張しました」

あまりに緊張し過ぎたせいで、かなりの疲れを感じていた。

「そうでしょう、そうでしょう。結構、お疲れのようにも見えます。そこのベッドでちょっとだけ横になってもいいですよ」

本当に随分疲れているなと貴美子は思った。さらに眠気すら感じていた。

「いやいや、そんな……」

断りの言葉を口にはしたが、上島が言うようにそのベッドで横になってしまいたい気分だった。

第五章　結婚詐欺師の憂鬱

「それで寝ている間にエッチをされて、結局、お金はもらえなかったわけだ」

竹崎は泣きじゃくる貴美子を慰めながら、こんな女でもエッチをしたがる男がいることに驚いていた。

新橋《しんばし》のその創作和食のお店は、日本酒が充実していることで有名だった。「十四代《じゅうよんだい》」「獺祭《だっさい》」「飛露喜《ひろき》」「黒龍《こくりゅう》」「鳳凰美田《ほうおうびでん》」などの一升瓶が壁にずらりと並んでいる。貴美子は日本酒が好きなのか、それともやけ酒のつもりなのか、既にかなりの量の日本酒を飲んでいた。

「財布とか、カードとかは大丈夫だったの？」

貴美子の飲んだホットコーヒーに睡眠薬が入っていて、熟睡している間に貴美子は体を奪われた挙句、さらに財布とカードも盗まれた。カードは案の定不正利用されていた。当然、もらった名刺の住所は嘘で、電話番号も赤の他人のものだった。

「警察に届けたほうがいいですよね」

目を真っ赤にした貴美子を見ながら、竹崎はちょっと考える。

「まあ、届けたほうがいいと思うけど、そうなると強姦されたことも根掘り葉掘り訊かれるらしいよ」

貴美子はグラスに注がれた「獺祭」を一気に飲みほすと、再び泣き出した。

騒々しい居酒屋の半個室だったが、連れの女が泣いているのはバツが悪い。店内を行き来する客や店員からは、まるで竹崎が貴美子に別れ話を切り出しているように見えているはずだ。これがまだ美人だったら違うのだろうが、こんなブスを泣かせていると思われるのは竹崎にとっては心外だった。

貴美子の知り合いの投資家が、二〇〇万円を融資するかもと聞かされた時は期待した。しかしそれが若い女の体が目当ての強姦魔だったと聞かされると、自分のことは棚に上げて、酷い奴がいるものだと思った。

だがこうなると、もうこれ以上貴美子に付き合っている時間がもったいない。

「ところであのネット証券で、フィッシング詐欺が急増していると聞いたんだけど、貴美子ちゃんのところに変なメールとか届いていなかった」

貴美子はちょっと泣くのをやめて、自分のスマホをチェックする。

「特にそんなメールは来ていませんけど」

「それはよかった。最近パスワードの流出事件があったらしく、資産を全部売却されちゃった人もいるらしいよ」

竹崎がそう言うと、貴美子は急に不安そうな顔になった。

「え、本当に？　私の口座は大丈夫かな」

「ちょっと確認してみれば」

貴美子は急いでスマホのアプリを立ち上げて、口座の残高をチェックする。

「あ、大丈夫です。特におかしい様子はありません」

「ならば一安心だ。パスワードの流出事件は二週間ほど前だったから、今、口座に問題がなければきっと大丈夫だよ」

「あー、よかった。これでこのお金が無くなっちゃったりしたら、本当に泣きっ面《つら》に蜂ですからね」

化粧の崩れた顔の貴美子がやっと笑みを見せた。

「ねえ、貴人さん。貴美子、最近、ショックなことが続いたから、今夜はずっと貴人さんに慰めて欲しいんだけど」

最近会う度に、貴美子のアプローチが露骨になってきていた。今までは例の投資家のこともあったので傷つかないように丁寧にいなしていたが、こうなった以上貴美子に気を遣う必要はない。

「いやー、ごめん、ちょっと無理だ。僕はノーマルな性癖《せいへき》だから、ちょっと貴美子ちゃんとはそういうことはできないよ」

　このデブスを裸にしたところで、自分が欲情するとは思えなかった。

「貴美子ちゃん。二〇〇万円は手に入らなかったけど、とりあえず来週から、ベトナムとカンボジアに行くことになったんだ。現地の病院関係者と打ち合わせすることが、急遽決まったからね。そして今日もこの後、その関係者と打ち合わせしなくちゃならないから、悪いけど今日はもう失礼するよ」

　彩花と真奈美の店に飲み直しに行こうと思った。今の貴美子を相手にするより、あの二人を相手にした方がメリットもあるし格段に楽しい。

「暫くは日本から離れるから、貴美子ちゃんとは会えなくなっちゃうかもしれないな」

早朝まで彩花のアフターに付き合わされたので、目覚ましが鳴っても真奈美は布団から出るのが辛かった。しかし今日こそ生ゴミを出さないと、いよいよ部屋の中で悪臭を放ちかねない。

ゴミ出しもそうだが、キャバクラ嬢は意外と不衛生な環境に住んでいる子が多い。安いキャバクラには、何日も風呂に入らない汚ギャルと言われる女の子もいた。しかしそれはキャバ嬢という特殊な仕事に原因があった。

キャバクラ嬢は店が終わっても、アフターなどで帰ってくるのは早朝だった。アルコールも入っているから、家に着いたらメイクも落とさずベッドに直行してしまう。翌日も夜の時間は一切使えないので、日中に全ての用事をこなした上で遅刻しないように店に行かなくてはならない。

真奈美はさっさと昼の仕事を辞めてしまったのでよかったが、両方を兼ねていたら大変だっただろう。客を朝まで酒で猛接待する営業マンのような生活を、毎日続けているようなものだった。そんな生活を続けていれば、いつかは体を壊す。

眠い目を擦りながら、透明な二つのゴミ袋を持って部屋を出る。

共用通路を歩いていくと、なんとなく視線を感じたような気がした。ふと階下を見ると、角の電信柱の後ろに立っていたジャージ姿の男と目が合った。真奈美の視線に気づいたその男は、すぐに目を逸らして走り去った。

真奈美はその男を、どこかで見かけたような気がした。

階段を下りながら、それがいつどこでのことだったか思い出そうとする。

キャバクラに勤め出してから人の顔を覚える能力が飛躍的に上がった。客の顔と名前を覚える。これはキャバ嬢の基本中の基本だった。だからさっきのジャージの男が、店の客であるはずがなかった。

ゴミ置き場は、既に先に出した人たちのゴミでいっぱいだった。

真奈美はそこに置かれていたいくつかのゴミ袋を動かして、何とか自分の二つのゴミ袋を置いた。そしてカラス除けの緑色のネットを掛ける。

その瞬間、真奈美の記憶が蘇った。

先週、店の前で常連客の浜原に襲われそうになった時、さっきの男が店の近くに立っていたのを思い出した。あの時は平田に救われたが、一瞬、あの男に助けを求めようかと思ったのだ。

しかしどうしてあの男が、自分の家の近くにいたのだろうか。

ひょっとしてストーカーかと思い背筋を冷やした。しかしそうだったら、一度ぐらいは店に顔を出すなり、もう少し自分に接触して来るのではないか。

ジャージ姿だったということは、この辺に住んでいる住人なのだろうか。しかしそうなると、六本木の路上に立っていたのは不可解だ。やっぱり男はストーカーで、自分のことが好き過ぎて近所に引っ越してきてしまったのだろうか。

部屋に戻る途中、路上に黒いワゴン車が駐車していた。

そんなに広い道じゃないので、迷惑だなと思いながら通り過ぎる。ふと中を覗いてみたくなったが、スモークで何も見えなかった。

この黒い車は、昨日もここに停まっていたような気がする。

いや昨日だけではない。最近ここで、よく黒や灰色のワゴン車を見かける。

こんなところに駐車して、一体何をやっているのか。運転席にはスモークが貼れないので、前からさりげなく中を覗くと、運転席に座っていたスーツ姿の中年男と目が合った。男が慌てて目を逸らした。

真奈美は違和感を覚えながらも、部屋に戻ろうと階段を上る。そしてなぜあの男が、ジャージ姿であそこにいたのかを考える。さっきの車の中年男も含めて、まるで誰かに監視されているような気分だった。

自分は何か悪いことをしただろうか。

確かにキャバ嬢などという人に褒められない仕事はしているが、自分は他人に迷惑をかけるようなことはしていない。

部屋のドアの前でもう一度下を見ると、さっき運転席を覗いた黒いワゴン車からスーツ姿の男が降りてきた。部屋に戻り窓を少しだけ開けてそっと外の様子を窺うと、さっき走り去ったはずのジャージ姿の男が、ジョギングをしながら戻ってきた。そしてスーツ姿の中年男に、小声で何かを囁いた。

真奈美は慌てて窓を閉めた。

確かに自分は悪いことをやってはいない。しかし、悪いことをやっている男が、時々、この部屋にやって来ているのを思い出した。

真奈美はスマホを手に取って、すぐに平田の番号をタップする。

貴美子と別れてタクシーに乗ると、竹崎はすぐに鞄からタブレットを取り出した。そしてその電源を入れて、貴美子が利用しているネット証券のページを表示させる。

メモしておいた貴美子のパスワードを入力する。

何事もなく承認され、画面は貴美子の個人ページに切り替わった。そして今度は「お客様情報変更・保存」のページに進み、「パスワードの変更」ページで新たなパスワードを入力する。

これでもう、貴美子はこのページにアクセスできない。

揺れるタクシーの車内で、竹崎は貴美子の口座にあった二〇〇万円ほどのアメリカとトルコの国債を全て現金に換えてしまった。そしてそれを事前に用意しておいた他人名義の詐欺用の口座に出金する。

たったこれだけで二〇〇万円も稼げるのだから、確かに効率はよい。

結婚詐欺をやっていた頃は、好きでもない女と何回もセックスをして、せいぜい結婚式場代と新婚旅行代を騙し取ることしかできなかった。

しかもこのネット証券を使った詐欺は、ばれない可能性もあった。

やがて貴美子はネット証券の自分のページにアクセスできないことを不審に思って、竹崎にメールを寄こすだろう。しかし、『僕も君のパスワードはわからないから、どうしようもない』と返信すればいい。さらに『他のパスワードと勘違いしているんじゃないの』とか、『大文字と小文字を間違わないように入力すれば、きっとアクセスできるはず』と返信するのもいいだろう。

何かと気にかけて心配するふりをすることは重要だ。いきなり返信しなくなったら、真っ先に疑われるのは自分だからだ。

きっと貴美子は竹崎のアドバイスを信じて、何回かパスワードを入力することだろう。しかしどうやっても正しいパスワードを入力できるはずがないので、最終的にこの口座はロックされてしまう。証券会社に連絡すれば、やがては再発行された新しいパスワードが郵便によって届くのだが、それは相当後のことになる。その頃には、竹崎は東南アジアでの仕事が長引いて、貴美子とは連絡がつかなくなったことにしてしまえばよかった。

もしも貴美子が警察に相談しても、自分の個人情報は何一つ教えていない。マッチングアプリのプロフィールは全部出鱈目《でたらめ》だし、LINEは使っていないからと言い張ってきた。もちろん一緒に写真を撮ったことなどない。後は竹崎がマッチングアプリの自分のページを削除すれば、貴美子は二度と自分に接触できない。

それとも貴美子に代わって、ネット証券会社に問い合わせをするというアイデアも悪くない。『残念ながら、今、流行りのフィッシング詐欺に遭ってしまった』という嘘の情報を信じ込ませることもできるかもしれない。さらにそれが上手くいくようならば、貴美子に代わって警察に被害届を出したことにしよう。

そうすれば警察に事件の記録すら残らない。

最近竹崎は同じような投資アドバイス詐欺を、キャバクラ嬢相手にやれないものかと思っていた。

彼女たちの場合はもっと簡単で、儲けを出しているように見せかければ、進んで自らのパスワードを教えてくれた。自分の資産運用を竹崎に丸投げしてくるような女もいるだろう。キャバ嬢は、昼夜逆転な上に忙しい。日本のマーケットが開いている昼間の時間は寝ていることが多いし、夜は夜で接客で忙しいからとても自分の口座をチェックする余裕などない。

さらに金銭感覚が緩いので、それも好都合だと思っていた。

『平田の動きが怪しい。マツ、そっちの様子はどうだ』

松岡の携帯に、室長の山崎から電話が入った。

「どういうことですか？ こっちは特に目立った動きはないですわ」

松岡は、東島真奈美のアパートの様子を窺いながらそう答えた。

『ひょっとすると、我々の張り込みがばれたのかもしれない』

「店の方はどうですか。例の潮見《しおみ》の一戸建てに何か動きはありましたか」

『今のところ動きはない。あの家には今日も一〇人ぐらいの男が集まっている。店長の立川もいるから、今まさに詐欺電話をかけている真っ最中だろう』

松岡はリハーサルの最終日までその店に通った。そして詐欺の店がはじまることをつかむと、店を辞めて今度は髪の毛を黒く戻して平田や真奈美の行動確認を行っていた。

「令状はまだ取れてないんですか」

『既に取った。あとはガサ入れをして決定的な証拠が見つかれば、詐欺罪で現行犯逮捕もできるかもしれない』

平田はその不動産を借りるうえで、ほんの些細な書類上のミスをした。捜査本部では、そのミスを口実に逮捕状を請求していた。

詐欺をやっている真っ最中にガサ入れすれば、携帯、名簿、マニュアルなど、山のような証拠が出てくるはずだ。特に携帯の履歴は、そこから掛けた電話番号の相手と照らし合わせれば、何よりの証拠となる。その電話番号のところに詐欺の電話がかかっていれば、すぐに詐欺罪で逮捕ができる。

「今すぐにでも踏み込んだ方がええんとちゃいますか」

『そうしたいところだが、まだ十分な人員が現場に確保できていない』

腕の時計を見ると、午前一〇時を示していた。

詐欺電話は午前中に掛けはじめ夕方までは続く。こっちの動きがばれていなければ、何も焦る時間ではなかった。

「平田はどう怪しいんですか」

『車で出掛けたんだが、我々の尾行に気付いたようだ。今はどこを走っているかわからない。高速にでも乗られたら厄介だ。おまえどこか平田が行きそうな場所に心当たりはないか』

「潮見の店じゃないんですか」

『最初はそんなルートだった。しかし尾行に気付いたせいなのか、まだ店には現れていない。松岡、おまえ他に平田が行きそうなところを思いつかないか』

ちょっと頭を捻って考える。しかし松岡といえども平田と会ったのは数回だけで、とてもその行先はわからない。

「ひょっとすると、逃亡しようとしているんじゃないですかね」

『もちろん、その可能性は否定できない』

「スピード違反とか、別件で身柄だけでも押さえたほうがよかったんとちゃいますか。何か証拠になるものを持っていたかもしれませんよ」

『今となってはしょうがない。だからそっちも怪しい動きがないか気を付けてくれ』

「わかっています。さっき東島真奈美がゴミを出しましたから、そのゴミ袋もしっかり押収しました」

『ゴミ袋からは何か出たか』

二つのゴミ袋は、黒のワゴン車の中に回収して既に中身を調べてあった。

「生ゴミとか、いらなくなった衣服や下着、それと使用済みの生理用品とかで、オレオレ詐欺の証拠になりそうなものはありませんでした。あ、敢えて言えば使用済みのコンドームが出てきたので、平田のＤＮＡを特定できるかもしれませんわ」

電話口から山﨑の苦笑が聞こえてきたのと同時に、真奈美の部屋のドアが開くのが見えた。キャバクラに出勤するにはまだだいぶ早い。

「東島が出てきました」

松岡には、足早に階段を駆け下りる真奈美が、何かとても慌てているように見えた。

「これから東島を尾行します」

松岡はスマホを切ってズボンのポケットに突っ込んだ。

真奈美から電話が掛かってきた時、平田は愛車のＢＭＷのハンドルを握っていた。

今日から潮見の店の営業がはじまったので、様子を見に行くつもりだった。

『お店の近くで見かけたことのある男が、ジャージ姿で家の周辺をうろついていたの。そして怪しい黒いワゴン車も駐車している。ひょっとしたら警察かもしれない』

「ありがとう。真奈美も周りに気を付けて」

電話を切って、平田はバックミラーを覗き見た。

すぐ後ろは若い女が運転する軽自動車だった。その一台後ろは小型のトラックだ。

平田は次の交差点を右折しようとウィンカーを出した。直進する対向車が通り過ぎるのを待っていると、後ろに銀色のワゴン車が停車した。バックミラーで確認すると、後ろの車の運転席から若い男がちらりとこちらを窺っているのが見えた。

平田はスマホを取り出した。

「立川、店の周りに怪しい車とかいないか」

『何かあったんですか』

「警察が俺のことを嗅ぎつけたかもしれない」

自分と真奈美を警察がマークしているのならば、店の場所が把握されている可能性もある。もしもそれがばれているのならば、ガサ入れされるのは間違いなく店だろう。

『確かに変な連中が店の前をうろついていますね』

潮見の一軒家は、借りた段階で防犯カメラを四台増設した。立川はその映像をチェックしたはずだった。

どうして店の場所までばれたのか。

中根が逮捕された件といい、どこかで警察に自分たちの情報が漏れている。平田は五年間オレオレ詐欺をやっていたが、こんなことは初めてだった。

信号が青に変わり平田がハンドルを右に切ると、後ろの銀のワゴン車も続いて曲がった。平田はゆっくりスピードを上げながら、バックミラーで後ろの車の様子を探る。

「立川。風呂に水を溜めて携帯を水没させろ。それから名簿も風呂場でゴミ箱に入れて全部燃やせ。あとすぐには逃げるな。携帯と名簿の処分ができたら、一人ずつ水没させた携帯を持たせて一〇分おきにバラバラの方角に逃げろ」

平田はわざと細い路地にＢＭＷを突っ込ませた。さすがに後続のワゴン車はついて来なかった。

『平田社長はどうするんですか』

スマホから緊迫した立川の声が聞こえてくる。

尾行の車を撒いたことを確認すると、平田は大通りに出てマンションに戻るべくＢＭＷを加速させる。

自分の部屋に、詐欺の帳簿とグループの連絡先がそっくり入っているパソコンがあった。あれを警察に押収されたら、自分ばかりか金主や他の詐欺仲間も一網打尽《いちもうだじん》で逮捕されてしまう。

「一回、自宅に戻る。そして証拠になりそうなものを持ち出してどこかに逃げる。暫く姿を消すつもりだ。おまえとも当分連絡は絶つ。だからおまえも、どこかに逃げてほとぼりが冷めるまで、大人しくしていた方がいいだろう」

マンションの駐車場にBMWを駐車させると、平田は大急ぎで部屋に戻った。貴重なデータが入っているパソコンをリュックに詰め込んで、さらに押入れを開けてスーツケースを運び出した。そのスーツケースの中には、今までオレオレ詐欺で稼いだ三億円ほどの現金が入っていた。

窓のカーテンの間から、外の様子をそっと窺う。マンションの前に黒いワゴン車が止まっていた。そしてもう一度、スマホのリダイヤルを使って真奈美に電話を掛ける。

「真奈美。さっきはありがとう。そっちは変わりはないか」

『うん。ちょっと早めだけど出勤することにした』

「いいか。おまえはこれから普段通りに生活しろ。店にも毎日出勤した方がいい」

『私のところにも警察は来るの？』

「わからない。しかし、もし事情聴取されたら、俺は客の一人でもう俺との関係は終わったと言え」

『平田さんはどうするの』

「暫く姿を消す。おまえとも当分の間は会えないと思う」

『そんな……』

真奈美の悲しそうな声がした。

「こっちに余裕ができたら携帯に連絡する。それまでは借金の取り立てもしないから安心しろ」

ジョークのつもりで言ったのだったが、真奈美はクスリともしなかった。

『この携帯に電話をしてもいい？』

「いいけど、多分、使えなくなる。じゃあな」

平田は電話を切ると、トイレに行って便器の蓋を上げた。

そしてついさっきまで真奈美と喋っていたそのスマホを便器の中に投げ入れて、小のレバーを三回続けて引き上げる。

水没したスマホを拾い上げ、リュックを肩に担いでスーツケースとともに部屋を出る。鍵を閉めながら階下を窺うと、相変わらず黒いワゴン車が停まっている。平田はエレベーターに乗り込むと、Ｂ１のボタンを押した。

どこに逃げるか。そしてこのパソコンとスーツケースの金をどこに隠すか。

エレベーターを降りながら平田はそのことを考えたが、妙案は浮かばなかった。

再び駐車場に戻り、平田はまっすぐにＢＭＷに直行した。ここまではマンションの施設内だから、警察も令状がない限り平田の行動を止めることはできない。しかし店にまで内偵が来ているということは、令状が発行されるのは時間の問題だろう。

スーツケースをトランクに入れて、肩に引っ掛けていたリュックを助手席に投げる。素早く運転席に乗り込みエンジンをかけた。

逃げ切れるだろうか。

そんな不安が脳裏をちらりと過《よぎ》る。ゆっくりとアクセルを踏み、ウィンカーを右に出してＢＭＷを駐車場から公道に滑り込ませる。

バックミラーに目をやると、黒のワゴンがゆっくりと動き出した。


『実は留学をするために、風俗でアルバイトをすることにしました。そのために彼氏とも別れました。今はとにかくお金を貯めて、子供のころからの夢を実現させます』

貴美子がそんな嘘話を送信すると、お年寄りのメル友たちから、実に多くの反響があった。

『そんなことまでして留学しなくちゃいけないの』

『将来を考えて、そのアルバイトだけはやめなさい。結婚する時に後悔するわよ』

『ご両親が知ったら悲しむわよ。他にいいアルバイトとかないの』

そんな風に本気で心配してくれるお爺ちゃんお婆ちゃんは多かった。

『私は母子家庭なので、これ以上母親に負担をかけるわけにはいきません。今までだって、母は身を粉《こ》にして働いて、私の学費を出してくれました。しかしその母が、先日過労で倒れてしまいました。このままだと、学費も払えません。だからしょうがないんです。でも風俗で働けば学費も稼げて留学するお金も貯まりそうです』

実際、そうやって風俗で働く女子大生も少なくはないので、そのメールにはかなりの信憑《しんぴょう》性《せい》があった。健気で可哀そうな女子大生。そんな女の子のために援助を申し出てくれる人のいいお爺ちゃんお婆ちゃんが現れるのを期待した。

以前の貴美子だったらさすがにそんなメールをするのは躊躇《ためら》ったが、虎の子の二〇〇万円が忽然《こつぜん》と消えてしまえば別だった。

東南アジアに行ってしまった竹田とは、あれ以来会えていなかった。

メールで惨状を訴えると、竹田はネット証券に問い合わせてくれた。しかし竹田はいつの間にか今まで利用していたマッチングアプリを抜けてしまっていたので、その後は連絡の取りようがなかった。

ひょっとしたら、竹田に騙されていたのかもしれない。

貴美子はそうも思ったが、警察に被害届を出すぐらいしかやりようがなかった。警察は被害届を受理してくれて、貴美子の金が最終的に引き出された口座の持ち主がわかったら連絡するとは言ってくれた。

『そこまで苦労して留学して、あなたが本当にやりたいことは何ですか？』

ある日、そんなメールが飛び込んできた。

『将来は、語学を生かせる職業に就きたいと思っています。高校の頃から英語だけはよくできて、都内の語学系の大学に現役で合格することができました。私の大学はクラスの半分ぐらいは留学をするような学校です。今までは喫茶店と居酒屋のバイトを掛け持ちでやっていたのですが、何時間働いても生活費を稼ぐのがやっとで授業料も払えません。もうどうしようもなくなって、風俗のバイトをしようと思ったのですが、私の考えは間違っているでしょうか』

『何不自由なく生活している若者がいる中で、それはお辛いでしょうね』

確かに極貧に苦しむ学生がいる一方で、東京在住の付属中高出身の学生などは、何不自由なくキャンパスライフを楽しんでいた。

『正直、なんで私ばかりがと思うことはあります。でもそんなことを言っていても、現実は何も変わりません。だから私は精一杯、どんなことをしようとも、自分の人生を全うしようと思っています』

貴美子はその嘘メールを書きながら、これは自分の本心なのではと思っていた。

思えば今まで、自分はこの身に起こる不幸を人のせいにばかりしてきた。自分が醜く生まれたのは親のせいだと思っていた。だから別に綺麗になるために努力をしたこともなかった。異性と付き合うことを諦めてからは、惰性《だせい》で間食をし過ぎて醜く太っても、ダサい安物の服を着ていても別に気にもしなかった。

勉強だってそうだった。やればそこそこできたのに、受験で猛勉強をしたわけではない。確かに恵まれた容姿も才能もなかったが、自分は何もかもが中途半端で本気で何かに取り組んだことはなかった。

しかしホテルで強姦されさらに二〇〇万円を失って、貴美子は明確に思い知らされたことが一つだけあった。

人生は自己責任だ。

親のせい、社会のせい、時代のせい、どんな理由を付けようとも、この人生を歩んでいかなければならないのは、他ならぬ自分なのだ。まだ二〇代だから何とかなってはいるが、このまま独身で貧乏な老人になってしまえば、自分は一体どうなってしまうのだろうか。

弱肉強食。

自分が二〇〇万円損すれば、どこかの誰かが二〇〇万円得をしている。

騙す奴は確かに酷いが、どうせなら騙す側に回ってやろう。貴美子はサクラのバイトに精を出す一方で、詐欺まがいのことをしてでも、金を儲けられないものかと思うようになった。

『少しだけならば応援できます。何かの足しに使ってください』

お爺さんから、そんなメールが舞い込んだ。

「そんな暗い顔をしてどうしたんですか」

珍しく彩花が浮かない顔をしていたので気になった。

「いや、先月ちょっとお金を使いすぎちゃってね」

開店前の控え室で、彩花はペットボトルの紅茶を飲んでいた。真奈美はその隣に座って鏡を見ながらメイクを直していた。

「何に使っちゃったんですか。またブランド品ですか」

「いや、先月は誠也《せいや》の誕生日だったから、ちょっと散財しちゃってね」

誠也とは彩花のお気に入りのホストだった。

「いくら使ったんですか」

「一五〇万」

真奈美はメイクする手を止めて彩花を見た。

「そんなに。彩花さん、それはさすがにマズくないですか」

「そうなのよ。私もそう思っているから。さすがにこれはヤバいなーと」

真奈美は一度だけ、彩花の奢りでホストクラブに行ったことがあった。しかしどうしてあんな嘘くさい男たちに、彩花をはじめ女たちが夢中になるのか理解できなかった。

「まあ、彩花さんのお金ですからとやかくは言いませんが、もう少し将来のことを考えて貯金とかした方がいいんじゃないですか」

「私もそうは思っているのよ。だけどホストクラブに行って、彩花も苦労してきたんだねとか、彩花はよく頑張っているよとか褒められると、本当に泣いちゃうぐらいに嬉しいのよね。だから誠也が喜ぶならばと、ついつい高いお酒を入れちゃったの」

彩花は軽く溜息を漏らした。

「こんなこと言っちゃ身も蓋もないですけど、誠也さん私にも同じようなことを言っていましたよ」

真奈美も奨学金地獄で相当な苦労をしたので、誠也にそう言われた時は嬉しかった。しかしだからといって、口先だけの男のために大事なお金を差し出したりはしない。

「そうなのよ。他の女にもそんなことを言っているかと思うと悔しくて悔しくて、だからその女には負けたくないと思ってさらにお金を使っちゃうのよ。ホストクラブで大金が使えるってことは、それだけ商品価値のあるいい女っていうことだからね」

「いやいや、彩花さん。それ完全にホストクラブの術中に嵌ってますよ」

「私もそう思う。全くもって真奈美ちゃんの言う通りなのよ」

そう言いながらも、彩花は明るく笑って見せた。

まだ彩花に救いがあるのは、自分を客観的に見ることができているところだった。本当にホストにのめり込むと周りの忠告などは耳に入らず、とことん破滅の道を突き進むしかなかった。

「彩花さんのご両親って、凄く忙しかったり凄く厳しかったりするタイプの人だったんじゃないですか」

彩花は怪訝《けげん》な表情で真奈美を見た。

「え、真奈美ちゃんなんでそんなことがわかるの」

「私、大学で心理学を勉強していたから、ホストに嵌る人のタイプがわかるんです」

真奈美は本当に心理学が大好きで、バイトで忙しいながらも心理学の授業だけは欠かさず出席していた。

「どういうこと？　どういうタイプがホストに嵌るの。ちょっと詳しく教えてよ」

「まあ、キャバクラもそうなんですが、ホストに嵌る人っていうのは依存性パーソナリティ障害の人が多いんです」

「依存性？　一人じゃ生きていけないってこと」

「生きていけないっていうか、一人でいると不安になっちゃうタイプですね」

「そんなの誰でもそうなんじゃないの」

彩花が首を傾げてそう訊ねる。

「もちろん誰でもある程度は人に依存して生きているわけですが、依存性パーソナリティの人はその度合いが激しいんです。だからＤＶ男やヒモみたいな男でも、どっぷり依存してしまって別れられないんです」

彩花は真剣な表情で頷いた。

「そういう人は承認欲求に飢えているんです。他人から褒められたり、誰かに当てにされたりしないと不安で不安でしょうがないんです」

「確かにそうかも」

「子供の時に愛情不足で育てられると、承認欲求が強くなってしまうんです。別に虐待されていたとかいうわけではありませんよ。親が仕事で忙しくて十分に構ってもらえなかったり、逆に厳しすぎて甘えられなかったりでもそうなっちゃうんです」

「うちは一家で事業をやってたんだけど、子供の頃はすごく忙しくて、当時はあまり構ってもらったことがなかった」

彩花は遠い目をしてそう言った。

彩花のようなケースでなくとも、例えばきょうだいの片方が病弱でその子ばかりに手間がかかり過ぎて、もう片方の健康な子供に世話が焼けなかっただけでも、依存性パーソナリティになることがあった。それ自体は病気でも何でもないのだが、極端にホストに嵌ってしまう人などは、依存性パーソナリティ障害と言われている。

「確かに私、今までもＤＶの彼氏とばかり付き合ってきたような気がする。そんな彼氏たちの無理な要求を断れなかったし、ホスト通いもその延長線上なのかもしれない。ねえ、真奈美ちゃん、私どうすればいいの」

彩花は真奈美の手を握ってそう訊ねた。

「ホスト通いをやめる一番の方法は、自分で自分を褒めることです」

「なんかマラソン選手みたいね」

「そうです。他人に褒められなくても、自分で自分を褒められるようになれば、寂しくなくなるのでホストクラブに行く必要がなくなります」

自分で自分を褒める「自己承認」は、他人に褒められる「他者承認」よりも高い満足度が得られるとされている。そうなれば、他人に依存しなくても生きていけるはずだった。

「しかし私にそんなことができるかしら。誰かに褒めてもらいたくてホストに行くようなものだから」

彩花は不安そうに呟いた。

「その時は私に電話してください」

「どうして」

「私が彩花さんを褒めてあげますから」

「真奈美ちゃん、またねー。愛しているよ」

「中込社長。今日はどうもありがとうございました。お気を付けてお帰り下さい」

白い肩紐のないドレスを着た真奈美が、社長と呼ばれる中年男性を店の外に見送りに出てきた。深夜二時を回ったが、相変わらずこの街は眠りにつく気配を見せない。タクシーのクラクションや酔っ払い客の叫び声を聞きながら、松岡はそのキャバクラ店の出入り口を窺っていた。

松岡は、今夜も東島真奈美が勤める六本木のキャバクラの前で張り込みをしていた。

あの日潮見のオレオレ詐欺の店舗をガサ入れしたが、店には誰もいなかった。一〇人近くいたはずの男たちは、捜査官が集まってくる間に、三々五々逃げだした。捜査官は無人の現場を徹底的に調べたが、肝心の携帯や名簿など証拠になりそうなものは何一つ見つからなかった。

平田のマンションもガサ入れしたが、そこにも詐欺の証拠になりそうなものは出てこなかった。平田が乗ったＢＭＷは、その後近くの駅ビルの地下駐車場に入ったそうだ。尾行していた黒いワゴン車は地上に待機して、捜査官が車を降りて追ったが、平田はすぐに車を残して駅の改札から電車に乗って逃走した。

一方で、真奈美の部屋のガサ入れと事情聴取は見送られた。今回のガサ入れは失敗に終わったが、いつか平田は真奈美と接触するのではと考えたからだった。そして松岡をはじめ、何人かの捜査官がその後の真奈美の行動を監視していた。

オレオレ詐欺の捜査方法も、最近はだいぶ変わってきていた。従来は詐欺の電話が掛かってきた市民の通報から、受け子を検挙するのが主だったが、最近では被害者宅に掛かってきた電話の解析にも力を入れるようになった。

二〇一六年一二月に、改正通信傍受法《かいせいつうしんぼうじゅほう》が施行され、今までは、違法な薬物、銃器の売買、集団密航、組織的殺人にしか認められていなかった傍受の対象が、オレオレ詐欺のような犯罪にも適用されるようになった。

さらにオレオレ詐欺の店から、犯人を炙り出す方法も採用していた。

オレオレ詐欺の店は、マンションならば管理人がいなく、さらに防犯カメラの設置されていないところが必須条件だった。そんな不動産を、高額な仲介手数料を取って詐欺グループに提供していた悪徳ブローカーがいた。そこで警察は、そんなブローカーから詐欺グループに迫ることもあった。しかしそうなると詐欺グループも考えて、今度は韓国や中国にアジトを移す連中が出てきた。その事実が判明すると、警察は海外の捜査機関に協力を求めてそのアジトを急襲した。最近タイでオレオレ詐欺グループが店ごと検挙されたが、まさに警察と詐欺グループとの戦いは、一進一退の攻防が続いていた。

スーツの内ポケットから煙草を取り出すと、松岡は手で覆ってライターで火を付けた。

松岡は高校を卒業後、不動産会社の営業職に就いた。それなりの成績を残し給料も悪くなかったが、仕事にやりがいを感じられず思い切って警察官の試験を受けた。市民の安全を守る仕事は、頭を下げながらマンションを売る仕事よりも、松岡の性格には合っていた。だから警察官になって以来、ワーカホリックなぐらい仕事にのめり込んだが、特に不満は感じなかった。不満があるとすれば、警察の捜査が法律に縛られ過ぎていて、いつも後手に回りがちなことぐらいだった。

大きく紫煙を吐き出して、店の様子を窺うと一人の男が店内に入っていった。一瞬、平田かと期待したが、背格好がかなり違うし顎に髭を生やしていた。あれから二週間も経つのに、平田は真奈美と接触をしていなかった。電話もしていないかどうかはわからなかったが、少なくともこの店と真奈美のアパートの近くに平田が出没したことはなかった。

平田と真奈美はそこまでの関係ではなかったのだろうか。

ガサ入れの前までは、平田は真奈美のアパートを頻繁に訪れていたので、すっかり二人は愛人関係にあるものと思っていた。しかし真奈美は平田が贔屓《ひいき》にするキャバ嬢の一人に過ぎず、自らが姿を消すと同時に二人の関係が終わってしまった可能性もあった。

　そうだとすれば、こんなところで張り込んでいても時間の無駄でしかなかった。


　封筒を確認すると、一万円札がきっちり五〇枚入っていた。

「本当にいただいてもいいんですか」

　指定された新宿のホテルのロビーに貴美子がやってくると、頭が禿げ上がったお爺さんが一人で待っていた。貴美子が嘘の留学計画を話し終えると、お爺さんは黙ってその封筒を差しだした。

「最近の学生はんがそないに苦労をしてるとは知らへんかったな。メールを読んで、思わず同情してもうた」

　恰幅《かっぷく》のいいお爺さんでシンプルな白いシャツを着ていたが、グレーのズボンを吊っているサスペンダーがお洒落だと思った。関西の資産家で、名前は金澤久洋《かなざわひさひろ》、年齢は七五歳だと言う。

「大学の授業料が上がる一方ですから」

「そうやな。国の教育関係の予算も削られる一方やさかいな」

世界で一番大学の授業料が高いのはアメリカだが、日本は先進国ではその次に高い。所得制限付きの大学の無償化なども現実的にはなってきたが、その恩恵を受けられるのは、一部の学生に限られる。

「本当に、どうもありがとうございました」

「あの世に金は持っていけへんさかいね。このまま相続税で持っていかれるぐらいやったら、あんたみたいな夢のある若者につこうてもろうた方が、お金も生きるちゅうことさ。もっとも税務署に知られたら贈与税を取られてまうけど」

金澤が実に楽しそうに笑うので貴美子の頬も思わず緩む。

「やっぱし金は回していかな、景気も良くならへんさかいね。ところで貴美子はん、もうご飯は食べてもうたかいな？」

一人で飯を食うのも味気ないと、貴美子はそのホテル内の有名な鉄板料理の店に連れてこられた。カウンターに鉄板があり、その前でベテランシェフが腕を振るう。シェフの向こう側には緑の庭園が美しく広がっている。

金澤は長らく不動産会社を経営していたそうだが、大阪万博の招致を見込んで関西で大量の物件を購入した。買った時は大阪で万博が行われるかどうかは決まっていなかったが、読みは当たり万博が決定するとそれらの物件がものの見事に値上がりした。そしてそれを機会に事業は息子に譲って、全国各地を悠々自適に旅行して残りの人生を楽しんでいるとのことだった。

「どうしてあんな出逢い系サイトに会員登録したんですか」

「ある日、突然入会しいひんかっていうメールが届いたんやで。まあ、昼間はやることもあらへんし、大した金もかからへんさかい暇つぶしやで」

聞けば三年前に長年連れ添った奥さんを、癌で亡くしたらしかった。

「仕事に遊びにやりたい放題やったさかい、酷い旦那やった思うで。せやけど生きてる時はわからへんかったけど、いーひんようになるとその有難さがわかるんやなあ。なかなかこの年では、一人で生きていくのんは寂しいもんやで」

貴美子の前に黒毛和牛のサーロインステーキが置かれた。

一口それを頬張ると、肉汁が口の中いっぱいに溢れ出た。グラスに注がれた赤ワインも最高で、それだけでこのお爺さんが大金持ちであることが確信できた。

「ご家族と同居される気はないんですか」

これだけの金持ちなのだから、二世帯住宅でも作ればいいのにと貴美子は言った。

「まあ自宅は二世帯住宅やけどなぁ。せやけど近《ちこ》う住んどっても用もあらへんのにちょくちょく顔を出しても煙たがられるだけやで。時々、ええお祖父ちゃんとして孫に小遣いをやっておつむでも撫ぜたるぐらいが丁度ええんや。もっとも孫言うても、もう貴美子はんより年上かもしれへんけどなぁ」

金澤は大きな笑い声を上げた。金澤ぐらいの大金持ちになっても、人はなんでも手に入れられるものではないらしい。

「貴美子はんは恋人やらはいーひんの」

「今はいません。でもその方が、留学をする時に下手な未練がないからいいんです」

貴美子が小さな嘘をつくと、目の前で炎が上がった。

シェフがデザート用のクレープに、鉄板の上でオレンジリキュールを垂らしたのだった。甘い香りとともに青白い炎がその席を照らし、ちょっと幻想的な気分になった。

その店は、最初から最後まで全ての料理がスペシャルだった。竹田貴人に連れていかれた店も良かったが、それはどちらかというと安くて美味しいという感じだった。素材、シェフの腕、店の演出、ここはどれもこれも貴美子が経験したことのないものばかりだった。

「留学はどこに行くつもりなん」

「カナダです」

貴美子は昔、カナダに留学したかった。

「やっぱし風俗の仕事はやるの」

そんな嘘をついていたことを思い出す。

「そうですね。五〇万円いただいたのは本当に有難いですが、まだ向こうでの生活費とか、授業料とかのことを考えると、やっぱり」

「貴美子はんは、どないなお店で働くつもりやの」

一瞬、言葉に詰まった。

風俗で働くという設定にしていたが、その先の細かいことまでは考えていなかった。ソープ、デリヘル、ヘルス……、貴美子はそこでどんなサービスが行われているか知らなかった。しかしここで上手く説明ができないと、嘘をついていることがばれてしまう。

「貴美子はん、お金よりも大事なものがあるって知ってる」

思わず貴美子は口籠《くちご》もった。

こんな展開も予想はしていた。

どんなに金に困っても、自分の体を売るようなことをやってはいけない。大事に育ててくれたご両親、今後出逢うであろう結婚相手、そして子供が生まれてきた時に、あなたはきっと後悔をする。そんな説教が始まるのかと思い貴美子は身を固くする。

「金なんか何とでもなる。だけど人間、時間だけはどうしようもない」

「時間……、ですか」

思わず訊き返してしまった。

「この年齢になると、毎朝目覚めると、あとどれぐらい生きられるのかと考えるもんなんやで。貴美子はんみたいな若い人にはわからへんやろうが、人間、ほんまに大事なのは、限られた時間内でどないな人生を送るかちゅうことなんや」

金澤は大きく腕を組んでそう言った。

「もう五〇万円援助しまひょか」

意外な言葉に貴美子は顔を上げた。

「わしにしてみれば、風俗でお金を稼いでる時間こそが勿体あらへん。ほんまにやりたいことがあれば、何よりもそれを優先するべきや」

金澤が真剣な表情で貴美子を見つめていた。

「その代わり、今夜一晩付き合《お》うてくれまへんかな」

一瞬、耳を疑った。

それはどういう意味だろうか。

一晩中、酒を飲むのに付き合ってくれという意味ではないだろう。このお爺ちゃんが貴美子の体を求めているということなのか。自分は風俗でアルバイトをしようと言っているのだから、そう言われてもおかしくはないのかもしれない。

「わしも、もうええ年や。人生の最後に、もういっぺん若いお嬢はんとそないなことをしてみたい」

しかしその対価が一〇〇万円というのはあり得ない。騙されているのではないか。上島に睡眠薬を飲まされて強姦されたことも思い出した。

「もしもできひんでも、金を返せとは言わへんさかい」

金澤は笑ったが、貴美子はそのジョークに反応できなかった。

やはりこのお爺ちゃんは、本気で自分の体を一〇〇万円で買うつもりなのだ。

男という生き物は、老いたからといって性的に終わってしまうものではないらしい。認知症のお爺ちゃんが、介護ヘルパーを襲おうとした事件なんかも聞いたことがある。男はいくつになっても、メスを求める動物なのか。

「実は貴美子はん。こないだ、健康診断の結果が出ましてな。半年前に治療した大腸癌が再発してもうた」

「真奈美ちゃん。お誕生日おめでとう」

真奈美が席に着くなり、竹田からリボンが付いた大きな箱を手渡された。箱を開けるとセリーヌのラゲージバッグだった。日本で買ったとすれば、五〇万円ぐらいはするはずだ。

「うわぁ、竹田さん。どうもありがとう」

真奈美は竹田の腕に体を寄せる。キャバクラに勤めるようになって三ヵ月。最初はぎこちなかったそんな仕草も、今では勝手に体が反応するようになっていた。

黒服のボーイが水割りのセットを持ってきたので、慣れた手つきで竹田にマッカランの水割りを作る。

「他の誰かに買われちゃうと困るからね。先週、マカオに行った時に、真奈美ちゃんがこれが欲しいって言っていたのを思い出したんだよ」

「でもいいんですか。まだ私の誕生日まで一ヵ月近くありますよ」

女の子の誕生日は、その店にとっても一大イベントだった。その月は真奈美に、今までで一番高い売り上げが期待されていた。

「大丈夫。その時もちゃんと買ってあげるから。だから真奈美ちゃん、本当の誕生日プレゼントには何が欲しい？」

「えー、ずるい。私にも何か買ってくださいよ」

彩花が隣で口を尖らせる。

竹田の気持ちが、彩花から真奈美に移っているのは明らかだった。

「彩花ちゃんにはこの間、買ってあげたじゃないか」

彩花の誕生日は一ヵ月ほど前だった。

「彩花ちゃんは投資で儲かっているんだから、自分のお金で買えるんじゃないの」

彩花は竹田に自分のネット証券口座を預けていた。

「え、彩花さん、本当に株やっていたんですか」

「ちょっとだけどね。実は竹田さんが、彩花の証券口座を管理してくれているのよ。親切すぎるよね、竹田さん」

「そう思うんだったら、むしろ僕に彩花ちゃんがプレゼントを買ってくれよ」

テーブルに笑いの花が咲いた。こんな風に彩花と自然と笑えるようになって、ほっとしていた。その後、彩花のホストクラブ通いは、真奈美の電話カウンセリングの効果もあって収まっていた。

その時、ボーイがやってきて彩花の耳元で囁いた。

「すいませーん。ちょっと指名が入っちゃったんで、行ってきまーす」

竹田は彩花に軽く手を振った後に、襟元のネクタイを少し緩める。

「そうだ。今日は真奈美ちゃんの誕生祝いも兼ねて、シャンパンを開けようか」

「いいんですか、竹田さん。随分景気がいいですね」

最近三日に一回は、竹田は店に顔を出していた。着ているスーツも高級そうだし、腕時計はダイヤ付きのロレックスになった。投資で儲けたのかどうかはわからないが、竹田の金回りがいいのは確かだった。いまや竹田は真奈美にとっても、そしてこの店にとっても欠かせない太客、つまり上得意客になっていた。

「まあね。だから遠慮しないで、本当に欲しい誕生日プレゼントをリクエストしていいよ。それこそエルメスのバーキンなんてどう？」

「セリーヌだけだって結構するのに、さらにそんな高額なものまでプレゼントしてもらったら申し訳ないです」

真奈美は自分の席の大きな箱を撫でながらそう言った。

「真奈美ちゃんって、このお店でナンバーワンなの？」

「いや、私なんか新人だからまだまだですよ」

「じゃあ、真奈美ちゃんを僕の力でナンバーワンにしてあげるよ」

「そんな、無理しなくていいですよ」

「いや、真奈美ちゃんぐらいいい子だったら、ナンバーワンになった方がいいよ」

別に真奈美はそんなところに拘る気持ちはなかった。むしろナンバーワンなんかになってしまえば、他のキャストの嫉妬心を煽って面倒なことに巻き込まれそうだと思った。

「竹田さんは何でも一番が好きなんですね」

この店に来る客は、多かれ少なかれそういうタイプの人間だった。

おそらく承認欲求が人一倍強いのだろう。だから今日もらったプレゼントも、さらにあげたいと言っているエルメスのバーキンも、真奈美のためというよりはそんなことができる自分が好きなんだと思った。

「そうだなー。子供のころから何でも一番になりたかった。中学校ぐらいまではなんとか一番になれたんだけど、頭のいい高校に行ったもんだから、そこから先は一番とは縁がなかったなー」

「でも今は若くてこんなにお金持ちなんだから、竹田さんはぶっちぎりの一番なんじゃないんですか」

「そうかなー。真奈美ちゃんにそう言ってもらえると嬉しいな」

竹田は目を細めると、黒服がドンペリのボトルを持ってきた。

「竹田さんはお話も面白いし優しいし、本当に凄いと思います」

男たちがここに高い金を払って集まってくるのは、なにも若い女の体だけが目的ではない。そういう男たちは、もっと価格の安いキャバクラに行く。むしろ一流の男たちが集まるこんな店では、どれだけ女たちの尊敬を集められるか、そして自分をどれだけ特別扱いしてくれるか、そんな虚栄心を満たすことが、ここに来る男たちの本当の目的ではないかと思うようになっていた。

「でも竹田さん、私、本当にナンバーワンになりたいわけじゃないんで、どうか無理はしないでくださいね」

「大丈夫、大丈夫。最近投資の方も調子いいし、それ以外にも新しくはじめたビジネスが上手くいきだしてね」

それは初めて聞く話だった。

確かに竹田は、初めの頃は抜け目ない男という印象だったが、最近はちょっと雰囲気が変わってきていた。人間に幅ができたというか、小さなことに拘らないというか、とにかく金回りが良いせいか余裕があった。

「竹田さん。今度はどんな仕事をはじめたんですか」

竹田は小首を傾げて考える。

「そうだなー。まあ一言で言うと、コンサル業かな」

「経営コンサルタントかなんかですか？」

「違う違う。ねえ、真奈美ちゃん、マネーロンダリングって聞いたことある？」

「へー、そんな方法で資産フライトができるんだ。時代はすっかり変わったな。昔は手荷物やスーツケースの底に現金を隠して税関を通過して、ばれやしないかと冷や冷やだったんだけどな」

ゴルフシャツを着た恰幅のいい白髪頭の老人が、笑いながらそう言った。男は都内で風俗店を複数経営していた。竹崎は新宿にあるその社長の事務所を訪れていたが、課税を逃れた二億円の現金を、海外のタックスヘイブンで運用させたいという依頼だった。

「すると社長は、既に海外口座をお持ちなんですね」

「もちろんだ。わし担当のプライベートバンカーもいるぞ。そいつは香港に住んでるんだが、日本語が上手いんで助かるよ」

長らく結婚詐欺や投資相談詐欺で食いつないでいた竹崎だったが、新しいビジネスが上手く回りはじめた。しかもそれは違法ではあったが詐欺ではなかった。

「それは良かったですね。多額の現金を動かすのに、相手が何を言っているかわからなければ、さすがに不安ですからね」

竹崎はマネーロンダリングビジネスをやり始めた。

「しかし日本の税金は高過ぎるからな。法人税が最高で三〇%、個人だったら住民税も入れると最高五五%だからな。それなのに消費税を一〇%に上げて、さらに相続税で取り上げようっていうのだから、そりゃ金持ちは海外に逃げるよ。昔は気候だけはいいと思っていたが、この温暖化で夏は東南アジアよりも暑いらしいじゃないか。俺はあと数年で引退するつもりだが、そうしたらもう日本になんか住む気はないね。タイかフィリピンにでも行こうと思っている」

この社長のように、リタイア後に海外に住むために資産を持ち出そうとする富裕層もいるが、他にも日本には、現金を金融機関に預けられない事情を持つ人々が大勢いた。

竹崎の詐欺仲間で儲かっている連中も、多額の現金をどうするかは問題だった。違法な手段で稼いだ金は金融機関には預けられない。国税がその金に目を付けて、やがては警察が動き出してしまうからだ。外資系証券会社にいたと騙っていたせいか、竹崎は詐欺仲間に以前からよく相談をされていた。

「昔は直接現金を持ち出したり、割引債《わりびきさい》を使った方法がよく行われていたらしいですね」

割引債とは、利子分を割り引いた金額で買える債券だった。これを「現物保有」すれば、銀行に名前を知られることなく購入することができた。

「昔は緩かったからな。現物保有の割引債を他人の口座に入れて、銀行間取引で海外に送るなんて方法もあったな」

「今の法律では、金融機関は一〇〇万円を超える海外送金の全てを、金融庁に報告しなければならないですからね」

竹崎は証券会社時代に、顧客だったお金持ちの脱税や資産隠しの方法をよく聞いていたので、その辺の裏事情は知っていた。

「だけど仮想通貨ブームのおかげで、だいぶ簡単になりましたよ」

そして今竹崎がやっているのは、仮想通貨を使ったマネーロンダリングと資産フライトだった。

「時々、流出騒ぎが起こりますが、何百億円も流出した仮想通貨を警察が本気で追っても捕まえられません。しかも我々はこっそり目立たないように、小分けした仮想通貨を海外に送金します。もっともネットの世界ですから、そもそもそこに国境はありません。正確に言えば、日本の金融機関で入金した仮想通貨を海外の金融機関で出金するだけの話です」

竹崎は新宿のキャバクラで、えらく羽振りのいい人物と知り合った。

Tシャツにワパンというういでたちのその男は、まだ三〇歳そこそこにしか見えないのにそのキャバクラで豪遊していた。その男の職業を訊ねると、なんと仮想通貨のエンジニアと答えた。

流出事件や乱高下ばかりが注目される仮想通貨だが、その一番のメリットは世界を跨《また》いで一瞬で決済できることだった。面倒くさい両替の必要がなく、しかも世界のどこの中央銀行の支配下にも置かれていないため、税務当局の監視を免れやすい。

竹崎はこれをマネーロンダリングに利用できないものかと考えた。

「社長の二億円は、既に分散させて国内の口座に入金済みです」

日本で仮想通貨の口座を開くと、きちんと身元を確認される。しかしその口座を使って、他の人物が仮想通貨を購入することまではチェックされない。

「この後うちのエンジニアが、AIを使った特殊な方法で海外に送金します」

複雑な取引を繰り返すその仕組みは、実は竹崎も理解できていない。

「そして次にわしが海外に行った時に、その仮想通貨をこっそり引き出してしまえばいいわけだな」

海外では本人確認が甘い仮想通貨の取引会社がいくつもあった。その口座から複雑な取引を経た後の仮想通貨を引き出すだけだった。

「その通りです。社長」

仮想通貨の取引はそのエンジニアに任せ、竹崎は顧客との交渉役を担当した。竹崎は長年の詐欺の経験から、どういうところにマネーロンダリングが必要な顧客がいるかを知っていた。そして何より人を信用させることは得意だった。

「ところで社長、手数料はお持ちいただけましたか」

社長と言われている男は、黒いアタッシュケースを机の上にドスンと載せた。

「半金の一〇〇〇万円だ。銀行振込するわけにはいかないからな」

社長はアタッシュケースを開け、銀行の帯封がされたままの札束をテーブルの上に積み上げる。

「確認させていただきます」

竹崎は最初の束を手に取って、一枚一枚札を確認する。本当に一〇〇枚あるかどうかは気にしなかった。それよりも最初と最後だけが本物で中身は偽物などの見せ金かどうかを確認した。しかしそんな幼稚な詐欺をするはずもなく、新札の一万円札の束が一〇個あった。

「確かに一〇〇〇万円いただきました。社長、後は出金のために海外に行く日程が決まったら教えてください」


金澤と一夜を共にした貴美子は、翌朝帰り支度をしていると、茶色い封筒を手渡された。

「いやー、ほんまにおおきに。約束通りこのお金は受け取ってええで」

バスローブ姿の金澤から渡されたその封筒には、きっちり五〇万円が入っていた。昨日受け取った五〇万円は貴美子のハンドバッグの中に入っている。

「夜はあかんかったけど。朝はなんとかなってよかったで」

もう何年もセックスができていなかった金澤は、昨晩若い貴美子の柔肌に触れてもやはり反応しなかった。貴美子も色々と協力をしてあげたが、何しろ年齢が年齢なので如何《いかん》ともしがたかった。

しかし翌朝金澤に起こされると、金澤がいきなり貴美子の上に跨《また》がってきた。貴美子の体の準備ができていなかったので、なんともぎこちない行為にはなったが、なんとか金澤はその目的を達成した。

「いやー、かれこれ五年、いや一〇年ぶりぐらいちゃうかな。ほんまにおおきに。これでええ冥途の土産になったで」

嬉しそうにはしゃぐ金澤を見て、貴美子もなぜか嬉しくなった。その姿はとても癌が再発してしまった老人のようには見えなかった。

「この一〇〇万円だけじゃあ足らへんかもしれへんけど、一日でも早《はよ》う貴美子ちゃんの夢が叶うことを祈ってんで」

「こちらこそ、どうもありがとうございます。金澤さんには大切な何かを教えてもらったような気がします」

貴美子は同世代には見向きもされない自分の体が、お爺ちゃんとはいえ金澤に必死に求められたことが嬉しかった。そして、何か自信のような、女のプライドのようなものを感じていた。

「貴美子ちゃんはほんまにええ子やさかい、留学してからもきっとうまくいく思うで。まあ、一日も早う風俗のバイトは終わらせて欲しいけど、それ言うのんは越権行為《えっけんこうい》かいな」

その言葉に、貴美子は良心の呵責《かしゃく》を感じてしまった。

いくら体を代償にしたからとはいえ、この一〇〇万円は高額すぎる。しかも自分は留学や風俗の話など、この老人に嘘ばかり言っている。これはもはや、詐欺と言われても仕方がない。

「金澤さん、すいません」

貴美子は大きく頭を下げた。

「このお金はお返しします」

貴美子はそう言って五〇万円の入った二つの封筒を差し出した。

「え、なんで？」

金澤は目を丸くする。

「実は全部嘘なんです。私が留学をするとか、そのために風俗で働こうと思っているとか、今まで言ってきたことは全部嘘だったんです。だからこのお金は受け取れません」

金澤は何も言わずに貴美子を見つめる。

「私は出逢い系サイトのサクラの仕事をしていただけなんです。今までも他の全然知らない人になりすまして、サイトの会員から情報料を騙し取ったりしてきました。金澤さんに送ったメールは、誰かのなりすましってことではありませんが、私が留学をするとか、そのために風俗で働くとかは全部嘘です。本当にごめんなさい」

金澤は何も言わずに貴美子を優しく抱きしめた。

貴美子も金澤の背中に腕を回した。

金澤の体が温かかった。こんなにしっかり人に抱きしめられるのはいつ以来だろうか。大人になってからセックスをしても、男の人にこんなにしっかりと抱きしめられたことはなかった。ひょっとすると、小学生の頃に死んでしまったお祖父ちゃんに、こうやって抱きしめられて以来かもしれないと貴美子は思った。

「ほんまのことを話してくれておおきに。貴美子ちゃん、これからも時々、わしと会《お》うてくれるかいな」

貴美子は躊躇いがちに頷いた。

第六章　詐欺師たちの饗宴

警察の捜索から逃れて地方を転々としていた平田だったが、その日新幹線で久しぶりに東京に帰ってきた。品川駅で山手線に乗り換えて、渋谷駅から徒歩で円山町《まるやまちょう》のラブホテル街を歩いていた。

自宅のマンションはまだ警察が見張っている可能性があったので、近づくのはやめておいた。今夜は真奈美の家に泊まろうかと思い、新しく買ったスマホで真奈美の携帯番号をタップし、通話ボタンを押そうとした。

しかし、真奈美とはもう会わずに、終わりにした方がいいのではないか。

そんな思いが脳裏を過る。

『平田さんは、いつまで詐欺を続けるの』

かつてタクシーの中で、真奈美に言われた一言が気にかかっていた。

平田は今まで、金と女に執着しないように努めてきた。

金は自分で貯め込むのではなく、架け子や他の仲間に積極的に還元した。自分の欲に縛られると、いつか足を掬われると思ったからだ。同様にどんなに綺麗な女でも、心から好きになることはしなかった。

自分はオレオレ詐欺の社長という役割を演じている役者だ。自分の感情を抑えて、社長の役割に徹することが、この稼業を上手く取り仕切る秘訣だと思っていた。そもそもオレオレ詐欺の社長などをやっている犯罪者が、まともに女を好きになってはいけない。

まだ真奈美の周辺に、警察が張り込んでいるかもしれない。

今夜そこに行くのは、オレオレ詐欺の社長としては当然避けるべき行為だ。真奈美の携帯番号が表示されたスマホのホームボタンを親指で押して、平田は躊躇いつつもスマホケースをパタリと閉じた。

平田が東京に戻ってきた目的は、松濤《しょうとう》のある一軒家を訪ねることだった。このラブホテル街を抜けたところに、東京でも屈指の高級住宅街がある。そこはあまり人通りが多くなく生活感も希薄だった。そして高い塀と強固なセキュリティに守られた要塞《ようさい》のような戸建てが並んでいた。

平田はその中の一軒の家の前に立った。

周囲を見回して誰もいないことを確認してから、『瀬尾』と書かれた表札が埋め込まれた家のインターホンを押す。ゆっくりと開く自動の門のその向こう側には、きれいに刈られた緑の芝、三台の高級外車、そして青い水を湛《たた》える小さなプールもあった。まだ二〇歳そこそこの紺のスーツ姿の美人に案内されたリビングのソファーでは、一人の老人がミニスカートの女からマッサージを受けていた。

「瀬尾さん。ご無沙汰していました」

老人は青いシルクのガウンを羽織ると、ミニスカートの女を下がらせた。

「いらっしゃいませ」

平田が革張りの高級ソファーに座ると、さっきのスーツ姿の美人がトレイに飲み物を載せてやってきた。どこかの大学のミスコン女王に選ばれそうな美人で、平田の前にアイスコーヒーを、瀬尾の手前のサイドテーブルに褐色《かっしょく》の液体が入ったブランデーグラスをそっと置いた。

「また新しい秘書ですか」

平田は小声で話しかける。

「そうだよ。K大学の現役女子大生だ」

瀬尾はブランデーグラスを傾けながら、秘書の紺のタイトスカートのヒップを撫でた。秘書は驚いてその手を払うが、瀬尾は楽しそうに笑っている。

瀬尾は既に七〇代半ばのはずだが、相変わらず大の女好きだった。しかも若い女が大好きだった。直接確認したことはなかったが、秘書とは名ばかりで事実上の愛人だろう。さっきの反応からまだ二人はそういう関係になってはいないかもしれないが、後は時間の問題だろう。しかし秘書はほんの数ヵ月で代わってしまうので、平田は今まで同じ秘書に二度会ったことはなかった。

「今回は大変だったな。どうしてガサ入れなんかされたんだ」

瀬尾は闇金を辞めようとした平田に、オレオレ詐欺のビジネスを紹介した張本人だったが、今でも平田の会社の金主でかなりの金を出資していた。そして平田も既にその出資金の何倍もの金額を、瀬尾に配当として渡していた。

ちなみに瀬尾はヤクザではない。

だから敢えて上納とは言わず配当という言葉を使った。またその金額も儲けの何%といった具合に、きちんとした取り決めがあった。つまりあくまで瀬尾と平田の関係は、株主と経営者というビジネスパートナーということだった。

「わかりません。俺もこんなことは初めてです」

逃亡中に何度もそのことを考えたが、なんで警察にあの店や、自分や真奈美の自宅がばれたのかわからなかった。

「そろそろ新しい店をやる気になったか。それで今度はいくら必要だ」

「警察に目を付けられたんで、この辺で会社を閉めさせてもらってもいいですか」

今回のガサ入れに懲りた平田は、他の店も含め一時的に全ての店を閉めた。最初はほとぼりが冷めた頃に再開しようと思っていたが、リクルーターの中根の一件や、道具屋の値上げなどもあり、そろそろ潮時かもしれないと感じていた。また最近では、オレオレ詐欺の電話からアポ電強盗に発展させるバカな連中も現れ、今後はさらに警察の取り締まりが厳しくなることは間違いなかった。

平田には今までに稼いだ分だけで既に十分すぎる金があったので、引退するにはいいタイミングだとも思った。実際、オレオレ詐欺の社長はいつかは引退するもので、その後何食わぬ顔で堅気《かたぎ》の商売をしている連中もたくさんいた。逆に金や女が好きな連中はこの稼業を抜けられず、そういう奴らに限って結局ギャンブルで大損したり、キャバクラや風俗で豪遊して金が残らなかった。

「辞めるのはいいが、後継者を育ててからにしてもらわないとな」

「やっぱり、後継者がいないと駄目ですかね」

平田は最初、立川を自分の後継者にしようと思っていた。しかし今回のガサ入れで、立川もこの稼業を辞めたいと言い出した。いくら儲かっても警察に捕まったら、人生の一番面白い時期を塀の中で過ごさなければならないからだ。

「そりゃあ駄目だよ。どんな会社だって、次の社長が決まらないのに、前の社長が辞めるわけにはいかないだろ」

立川以外に社長がやれそうな人間は思いつかなかった。

「でもまあ、俺と平田ちゃんの仲だから、五〇〇〇万で手を打ってもいいよ」

長い付き合いの間に、瀬戸は自分をちゃん付けで呼ぶようになった。しかし親しげな態度だからといって、この老人が優しくなったわけではない。

「五〇〇〇万円？」

瀬尾は木製の箱から一本の葉巻を取り出すと、その端の吸い口の部分をシガーカッターで真っすぐに切った。

「そう。五〇〇〇万円出せば、こっちで次の後継者を探してやるから。平田ちゃんなら、五〇〇〇万円ぐらいポンと出せるでしょ」

確かに出せないことはなかったが、流石にちょっと躊躇する。

「わかりました。ちょっと考えさせてください」

「ああ、いいよ。それで平田ちゃんは、辞めて何をやるつもりなの？」

瀬尾は長いシガーマッチに火を付けると、葉巻を回しながらその先端部分に丁寧に火を付ける。普通の紙煙草ならば一瞬で火が付くが、葉巻は何かと面倒くさい。

「まだ決めてはいませんが、暫くは海外にいようと思っています。そしてほとぼりが冷めた頃に帰国して、不動産業でもやろうかなと思っています。今まで貯めた金でどっかのいい物件を買って、誰かに貸すのも悪くないかと」

平田の知り合いに不動産業をしている人物がいて、そんな話をしたことがあった。東京はそろそろ翳《かげ》りが出ているが、大阪は万博が決まってまだまだ不動産が上がるんじゃないかと言っていた。

「うーん、悪くないと思うけど、そうなると金をきれいにしないとな」

やっと火の付いた葉巻を口に咥え、瀬尾は美味しそうに一口吸った。さすがに紙煙草では味わえない極上の香りが部屋全体に漂った。

「それはどういう意味ですか」

瀬尾はブランデーグラスを顔に近づけて、今度は褐色の液体の香りを楽しんでいた。

「オレオレ詐欺で稼いだ金を堅気のビジネスで使う時は、どこかでマネーロンダリングをしなくちゃ駄目ってことさ。いきなりでかい金を使うと、警察の前に国税にばれて目玉が飛び出るような税金を取られちゃうからな」

平田もかつてそんなことを聞いたことがあった。詐欺で稼いだ金をどうやって隠すか。こっそり海外に持っていき、そしてどうやってマネーロンダリングするか。ヤクザに頼むという手もあったが、それは相手が相手だけに徹底的に毟られる危険があった。

「瀬尾さん。そういうことをやってくれる人物を知りませんか」

「一〇%抜いていい?」

「どういうことですか」

瀬尾はもう一度葉巻を咥えて大きく吸った。

「平田ちゃんがロンダリングする金額の一〇%を、仲介料として取っていいなら紹介するよ。そいつは金を海外に持ち出すこともできるし、さらに綺麗にして国内に還流させることもできる。そいつの手数料が一〇%だから、合わせると二〇%になっちゃうけどね」

「それも含めて考えさせてください」

二〇%は暴利だと思った。

「いいよ。もっともこっちは、そのまま平田ちゃんがやってくれた方がいいからね。平田ちゃんの会社は、うちのグループの中でも屈指の優良企業だから」

平田以外にも、瀬尾は複数のオレオレ詐欺会社の金主だった。さらにネットワークビジネスや未公開株など怪しげな詐欺グループにも出資をしていた。

平田は今では瀬尾に金を借りなくても、オレオレ詐欺をやることはできた。しかし瀬尾に出資させれば、ヤクザや他の詐欺グループとのトラブルを未然に防いでくれた。瀬尾はこの業界では、隠然たる影響力を持った大物フィクサーだった。

貴美子は出逢い系サイトのサクラの仕事を辞めた。

そのぐらいの金だったら、金澤がお小遣いとして出してあげると言ってくれたからだ。その代わり、二人で旅行をしようと金澤は提案した。

そして北海道から沖縄まで、貴美子が行ったことのない観光地に金澤と二人で旅をした。それは孫とお爺さんの二人旅のようだったが、夜は一緒の布団で眠った。そして何度かセックスをしようとしたが、なかなか上手くいくことはなかった。

個室露店風呂のある福島の宿に泊まった時のことだった。

二人で露店風呂に入り、そこでしようとしたがやはり上手くいかなかった。

「いっそバイアグラを飲んでみるか。心臓病があるんで医者には止められてるが、それで死ねれば本望や」

金澤が本当に飲みそうな勢いだったので、貴美子は必死にそれをやめさせた。

「こうやって、二人でイチャイチャできるだけで幸せですから」

「そうか」

金澤は顔を顰めてそう言った。

貴美子は金澤の頬にキスをした。

「こうやって、金澤さんと一緒に色んな所に行けるだけで、貴美子はとっても幸せですから」

その言葉は嘘ではなかった。

貴美子の家は都心の一軒家だったが、父親の収入が安定しなかったので、あまり旅行をしたことがなかった。こんな高級旅館に泊まったことなど一度もないし、家族でディズニーランドに行ったのでさえ遠い昔のことだった。

「おおきに、おおきに。貴美子はほんまにええ子やな」

その一言が嬉しくて、貴美子は自分の唇を金澤の唇に押し付けて目を瞑った。

白い湯気が上がる闇の中で、貴美子の口の中に金澤の太い舌が押し込まれた。金澤の右手が貴美子の大きい胸を鷲づかみにすると、貴美子は自分でも驚くほど興奮した。

「人生の最後に、貴美子と出逢えてよかった。わしはほんまに幸せ者や。実はわしの癌はステージⅣや。せやけどそこからはなかなか悪化しいひん。貴美子、それがなんでだかわかるか」

白い湯気の中で、金澤がそう訊ねる。

「さあ、何か特別な薬でも使っているんですか」

確かに金澤の癌は末期のはずだった。しかし貴美子から見ても、金澤はそれなりに元気そうだった。本当は癌というのは嘘ではないかと思ったほどだった。

「うーん、それも薬言えば薬かもしれへんな」

貴美子は小首を傾げる金澤を見つめる。

「貴美子とこうして旅をしてると、次はどこに行こかと考えるんや。そうすると死ぬことを忘れるんや」

「死ぬことを忘れる？　それはどういうことですか」

「癌の再発を言われた時には、死んだらどないなるのかやら、死んでもうた妻や友人のことやら、とにかく死ぬことばっかり考えとった。そうなるともうその段階で、人は死んだも同然なんや」

貴美子には実感できないが、金澤は厳しい顔でそう言い放った。

「せやけど新しい旅のことを考えれば、そんなん忘れてまう。不思議と生きてることを前提で物事を考えるようになる。人間生きたい思てる内は、病気なんかで死んだりはしいひん。こらわしの掛かりつけの医者が、ほんまに言うとった言葉なんや。そやさかいわしはまだまだくたばりはしいひん」

自分に言い聞かせるように言う金澤を見て、また新しく何かを教わったような気分になった。金澤は確かにお爺ちゃんだが、男性としてとても魅力のある人物だった。そんな男の最後の女になれて、貴美子は本当に嬉しいと思った。

「金澤さん。これからもずっと元気で貴美子と一緒にいてください。私、金澤さんには与えてもらってばかりなんで、私も何かをあげたいと思っているんです」

人から何かを奪われれば、それを奪い返したいと人は思う。

しかし人から何かを与えられたら、人にも与えたいと思うものなのだ。

子供の頃はそれが当たり前だった。しかし大人になるにつれて、奪われたり与えられなかったりすることが多いので、人はすっかり優しさを忘れてしまう。少なくとも今までの貴美子はそうだった。

「貴美子。君はもう十分にわしに与えてくれてるんやで」

「何をですか？」

「生きる希望やで」

なるほど、さっきの話はそういうことなのかもしれない。

「人はなんかを奪うよりも、なんかを与える方が、ほんまは幸せになれる。わしは、今、与えることによって人生最後の喜びを感じてるんや」

いつまで生きられるかわからない金澤だから、ますますそう思うのかもしれない。

「貴美子、結婚しよう。ほんでおまえにわしの全財産を相続させたい」

「大丈夫です。私に任せてもらえれば、平田さんのお金を、誰にもばれずにそっくりそのまま海外の口座に逃がして見せます」

イケメンのその男は自信たっぷりにそう言った。顎の髭のせいで、実年齢はわかりづらいが、おそらく四〇歳前後、自分とはそんなに変わらない年齢だろうと平田は思った。

『俺の知り合いにマネーロンダリングに詳しい男がいる。金をきれいにしたいのならば、そいつに相談するといい』

一〇%のマージンを払う約束で瀬尾から紹介されたマネーロンダリングのプロは、竹内琢磨と名乗った。竹内は大手町《おおてまち》の一流ホテルのラウンジを、打ち合わせ場所に指定してきた。

「瀬尾さんとは、どちらで知り合いになったのですか」

仕立てのいいスーツに身を包み、腕にはダイヤの入ったロレックスが光っている。

外資系の証券会社にいたことがあるというこの男が、どこで詐欺業界のフィクサーと知り合ったのかが気になった。

「キャバクラですよ」

竹内は両手を開いて笑って見せた。

「平田さんもご存知かもしれませんが、瀬尾さんはかなりの女好きです。とある六本木のキャバクラで飲んでいたら、店の女の子が紹介してくれたんですよ。瀬尾さんは商売柄、私の顧客になりそうな人をよく知っていて、それ以来持ちつ持たれつの関係ですね」

黒い制服を着たショートカットのウェイトレスが、銀色のお盆に飲み物を載せてやってきた。平田の前に汗をかいたアイスコーヒーが、竹内の前に白い湯気が上がるホットコーヒーが静かに置かれる。小さな白いエプロンをしたそのウェイトレスは、丁寧なお辞儀をした後にゆっくりと席を離れていった。

「マネーロンダリングには、ファンドハウスやプライベートバンクを使う方法、海外不動産に投資する方法など色々やり方はありますが、どの方法も絶対に大丈夫かと言われれば怪しいんです。特に最近はルールが変わると、あっさりばれる危険があります」

「それはどういう意味ですか」

「例えば9・11の同時多発テロで、国際的なテロ資金はスイスのプライベートバンクでも秘匿できないように法律が変わりました。またパナマ文書が流出したせいで、世界の要人が脱税していることもばれてしまいました」

竹内はコーヒーに砂糖とクリームを入れて、スプーンでゆっくりかき回した。

「マネーロンダリングの難しいところはそこなんです。ロンダリングをした時には完璧だった方法でも、時間が経てばルールが変わり、後から追徴課税をされてしまう。そういう意味では、実はマネーロンダリングは古典的な方が安全だったりします」

「古典的というのはどういう方法ですか」

「例えばカジノを使った方法ですね。マカオやラスベガスに行って、ポーカーやブラックジャックで派手に勝つ。しかしこれには裏があって、そのテーブルはディーラーも負けた客も全員グルで、もともと自分の金だったものを、カジノを通じて回収しただけなんです。カジノで勝った金には税金がかかってしまいますが、それでも裏の金が表となり日本での事業などに正々堂々と使うことができます」

それはいい方法だと平田は思った。その金でどこかの優良物件を買えば、不動産賃貸業がはじめられる。

「その一方で、カジノで派手に負けるという方法もあります。これは表の金を裏に替える方法で、やはりディーラーたちと組んで派手に負けて自分の金を仲間に渡します。そしてそれを回収した後に、海外のプライベートバンクなどに偽名で預けるんです。これは相続税などを逃れるためによく使われる方法ですね」

平田は竹内の顔を注意深く窺いながら、アイスコーヒーをストローで啜る。確かに瀬尾が紹介するだけあって、竹内はマネーロンダリングに精通しているようだった。しかしそれだけで、この男を全面的に信用することはできない。

「普通に現金をハンドキャリー、つまり手荷物に入れて持ち出すというのも確実な方法です。日本は一〇〇万円を超えなければ申告なしで持ち出せますから、一〇〇回海外へ行けば一億円は合法的に持ち出せることになります。もっとも手間と渡航費用を考えると、あまり効率のいい方法ではありませんがね」

竹内は歯を見せて笑ったが、平田は黙ったままだった。

「しかし我々の仮想通貨を使ったロンダリングは、国税はおろか警察が本気になって調べてもまずわかりません。何しろＡＩを使って何度も何度も取引を繰り返しますから。それを全部追っていたら、時間がいくらあっても足りません。さらに海外の捜査機関とも連携しなければなりませんし、そんなことをして突き止めたとしても、小分けにしたたった一つの口座の仮想通貨に、重加算税を課すことができるだけです。それでは税務当局のコストが見合いません。そこが今までの方法と全く違うところです」

竹内は、実在する日本人や外国人の仮想通貨の口座を、いくつも持っていると説明した。しかしその本人たちは僅かな金をもらっているだけで、自分名義の口座がマネーロンダリングに利用されているとは夢にも思っていないそうだ。

「期日はどのぐらい必要ですか」

竹内は顎髭をいじりながら首を傾げる。

「何しろ色々な国の口座を使って、複雑な取引を繰り返しながらロンダリングしていきますので、あまり急いでやると怪しまれます。二週間、できれば三週間ぐらい時間をいただけると有難いのですが」

別に平田も急いでいるわけではなかったので、そこに問題はない。

「後は海外の口座でこの仮想通貨を現金化し、現地のプライベートバンクに運用させればいいわけです。しかしプライベートバンクは悪徳業者もいますから、バンカーの選定は十分に気を付けて下さいね」

その辺の事情も瀬尾から聞いていた。既に瀬尾の紹介で、香港とシンガポールのいくつかのプライベートバンクの連絡先は教えてもらっていた。その紹介料も請求されたが、瀬尾に払う仲介料の一〇%に含まれるものとして勘弁してもらった。

「ところで平田さん。今回はおいくらほどロンダリングされますか」

平田は顔を竹内に近づける。

「三億円ほどお願いします」


化粧室に向かう途中、真奈美はそっとスマホをチェックする。

やはり平田からの連絡はなかった。

無駄と思いながらかつての平田の携帯番号に掛けてみるが、相変わらず『使われておりません』のガイダンスが流れるだけだった。

平田に警察かもしれない男のことを電話してから、かれこれ一ヵ月近い月日が経とうとしていた。以前は目つきの鋭い刑事らしき人物をアパートの近くで見掛けたこともあったが、最近はそれすら見なくなってしまった。

平田から借りた二〇〇万円も、現金で返せるようになっていた。哀しいもので、今や真奈美と平田の接点は、この借金だけになってしまったような気がした。この借金があるから、真奈美は平田の連絡を待つ義理があったが、その借金を返済してしまったらもう真奈美と平田は赤の他人になってしまうのかもしれない。

「真奈美さん、竹田様がお見えになりました」

黒服におしぼりを手渡されて、席を移動すると竹田と彩花と、そして一人のお爺さんが革張りのソファーに座っていた。

「いらっしゃいませ」

「おー、こんばんは。真奈美ちゃん、相変わらず綺麗だね」

「どうもありがとうございます」

「あ、こちら僕の大事なお客さんの瀬尾さん」

真奈美が微笑みながらお辞儀をすると、竹田が向かいの席の老人を紹介した。

「真奈美です。よろしくお願いします」

「おー、若くていいねー。わしは若い子が大好きでね」

その老人は満面の笑みで真奈美を自分の隣に座らせた。

「真奈美ちゃんはいくつなのかな」

「二三歳です」

「二三歳、いいねー。わしは今、七四だから、たったの五一歳差だな」

瀬尾はドレスから覗く真奈美の胸の谷間をじっと見た。

「何カップ？」

あまりにあっさり訊くので厭らしさは感じられない。

「65のCです」

昔はバストサイズといえばトップのことだったが、今はアンダーの数字だった。真奈美はスリムな体型だったが、ブラやドレスでそれなりの谷間をつくることができた。

「そうかそうか。ねえところで、真奈美ちゃんには彼氏はいるのかな」

「うーん、今はいません」

一瞬、平田のことを思い出した。もっとも平田と付き合っていても、初対面のお客に対して、彼氏がいることを公言するキャバ嬢は滅多にいない。

「瀬尾さんは、どんなお仕事をされているんですか」

「うーん、そうだな。ま、一言でいえば投資かな。有望な人材に色々とお金を貸すのがわしの仕事だからね。有望な人材がいれば、わしは誰にでも金を貸す。ベンチャー企業の社長にも、風俗店の社長にも、そしてオレオレ詐欺師にもな」

オレオレ詐欺師と聞いて、真奈美は平田のことを想像した。

「本当ですか？」

「いや、オレオレ詐欺は冗談だよ。いくらわしでも、犯罪者に金を貸したらアウトだからな」

瀬尾は大きな笑い声を上げる。

「瀬尾さんは、竹田さんとはどういうご関係なんですか」

真奈美は二人の飲み物を作りながらそう訊ねた。

「竹田？　ああ、竹田君とはビジネスパートナーだよ。最近では竹田君にも結構儲けさせてもらっているよ」

「いえいえ、とんでもないです。儲けさせてもらっているのはこちらの方です。瀬尾さん、いつもありがとうございます」

竹田が丁寧にお辞儀をする。

「竹田君は、こう見えて税金のプロだからね。節税でも脱税でも彼に頼めば安心だ。真奈美ちゃんも儲かったら、竹田君に頼むといいよ」

「私はそんなには儲けていませんから」

全員のグラスが揃ったので、グラスを合わせて乾杯をする。

「ねえ、真奈美ちゃんにもわしが投資をしてあげようか」

「え、私にですか。私にそんな価値がありますかね」

瀬尾はグラスを傾けながら、真奈美のことをじっと見た。

「もちろんあるよ。何しろ真奈美ちゃんは若いからね。若いというだけでも人には価値があるんだよ。どんなに金を儲けても、若さだけは買えないからね」

「でも若いだけで、全然お金がないっていうのも哀しいですよ」

かつての自分の境遇を思い出し、ついそんな本音を口にしてしまう。

「そういう時は、わしみたいな老人の愛人になればいいんだよ。どうせこの先長くないから、お手当てはいくらでも出すからね。真奈美ちゃんはこのお店で、月にいくらもらってるの?」

「まあ、月によって違いますけど、先月は五〇万円ぐらいだったかな」

「じゃあ、わしの愛人になったらその三倍払うよ」

瀬尾の右手が真奈美の太ももの上に置かれた。

「またまた、冗談ですよねー」

真奈美は笑いながら、その手を取って瀬尾の膝の上に戻して軽く握る。

「冗談、冗談」

瀬尾は何事もなかったかのように豪快に笑った。

「五倍だ。真奈美ちゃん、わしの愛人になってくれたら五倍は出すよ」

瀬尾の右手が真奈美のお尻に触れていた。


貴美子は金澤と結婚した。

金澤は有り余る小遣いとともに、ブランドの服やバッグを大量にプレゼントしてくれた。

貴美子もちょっとはオシャレをしてみようと、それらを身に着けたがその度に惨めに思ってしまう。

自分はこれらのブランド品を、身に着ける価値のある女だろうか。そして何より、そんなブランド品を金澤からプレゼントされるほどの女だろうか。

やはりダイエットが必要だった。

貴美子はスポーツジムに入会し、そこでカリスマと言われるダイエットのトレーナーを付けてもらった。

「先生。こんな私でも痩せられますか」

カリスマトレーナーは、黒いスポーツウェアに身を包んだ爽やかな笑顔の青年だった。

「貴美子さんが私の言うとおりにやってくれれば、確実に痩せられます。ポイントは食事です。もしも貴美子さんが痩せられなかったとすれば、それは私が指示した以上のものを、どこかで隠れて食べてしまうからです。貴美子さんは私との約束を守れますか」

貴美子は自信なげに頷いた。

今まで貴美子は、ジャンクフードや炭酸のジュースをストレスから口にしすぎていた。貧乏人ほど肥満になりやすいと言われるが、それは事実のような気がした。なぜなら金澤と過ごすようになって、少しずつだが痩せていく自分に驚いていた。それは食べるものにも原因があった。金澤からはありとあらゆる美食を教えてもらったが、ジャンクフードの食べ過ぎに比べれば、体重に対する影響は少なかった。

「炭水化物を減らしてインスリンの分泌を抑えれば、人は確実に痩せます。ですから食事制限だけでも人は痩せますが、その場合は脂肪の前に筋肉が減ってしまいます。そうなると体重は減っても、どことなく貧相な体になってしまうので、我々は筋トレを推奨しています。それに筋トレをすれば代謝もよくなるので、さらに痩せやすくもなります」

貴美子とトレーナーが話をしている横で、全身汗まみれの美人が重そうなバーベルを持ち上げていた。

「でも本当にダイエットに大事なのは、何をどれだけ食べるかなんです。炭水化物が太りやすい一方で、意外と太らない食材もあります。我々が定めた健康に痩せられる食事を、きちんと守ってもらえば、確実に体重は減ります」

あの重いバーベルを何百回も持ち上げなければいけないのかと思っていたので、貴美子はちょっと気が楽になった。

「貴美子さん。ダイエットって、頭でするもんなんですよ」

カリスマトレーナーが白い歯を見せる。

「ええ？　それってどういう意味ですか」

「さっき言ったように食事制限をすれば人は必ず痩せます。そして筋トレをすれば筋肉がつくのでそれなりの体型が維持できます。でもそれがわかっているのに、ダイエットができない人もいっぱいいます」

その通りだと思った。貴美子も炭水化物抜きダイエットを試したことがあった。

「なぜダイエットに失敗してしまうのか。それはちょっと痩せたから食べる量を増やしたり、目標体重まで痩せられたからダイエットをやめてリバウンドしてしまうからなんですよ。つまりダイエットは、頭を使って長期的にかつストレスを感じないようにやらないと成功しないんです。どうして自分は痩せたいのか、痩せたらどんなことがやりたいのか、そして太ったらどんなデメリットがあるのか、そんなことを一つひとつ自分の頭でよーく考えてください」

カリスマトレーナーは優しい目をしてそう言った。

「よくダイエットに失敗すると意志が弱いと自分を責める人がいますが、ダイエットは意志だけでは成功しません。食事制限や筋トレをやる意味を理解して、それを本当に納得できれば、そんなにストレスは感じないはずです。実際メニューもなるべくストレスを感じさせないように作ってあります。だから貴美子さん。本当に自分で納得するまで僕に質問してくださいい。貴美子さんが本当に痩せる理由と痩せる意味に納得できれば、必ずダイエットは成功します」

貴美子は金澤のために痩せたかった。金澤にふさわしい女になるために、せめて平均的な体重の女になりたかった。

「わかりました。先生、私、頑張ります」

真奈美はアフターで一緒だった中年客をタクシーに押し込み、その後に自ら六本木の交差点からタクシーを拾った。松岡は真奈美がどこか途中で降りることを期待したが、コンビニに立ち寄りはしたものの、結局明かりの消えた幡ヶ谷のアパートに午前四時に帰宅した。

今日も真奈美の張り込みは空振りに終わった。

オレオレ詐欺は殺人事件とは違い、一つの事件に長期で大人数の捜査体制を敷くことはできない。松岡は山﨑室長と相談して、なんとか真奈美に絞って行動を監視していたが、少しずつ張り込みに割かれる人員は減らされていた。

松岡は諦めきれなかった。

あの地獄のような研修を耐え、なんとかオレオレ詐欺の本丸にまで迫ったのに、ガサ入れが遅れたために全ての努力が水泡に帰してしまう。

オレオレ詐欺はただの詐欺事件ではない。

松岡は捜査第二課に配属される前は、生活安全部でオレオレ詐欺防止の啓蒙活動を担当していた。その時に孫を騙ったオレオレ詐欺で、一〇〇万円の被害にあった一人暮らしのお婆さんと知り合った。実は松岡にも同じぐらいの年齢の祖母がいた。松岡は子供の頃に父親を交通事故で亡くしていたので、忙しい母親に代わってその祖母に面倒を見てもらうことが多かった。そんなこともあり、そのお婆さんのことが何となく気になって、その後の暮らしぶりを訊ねてみようと電話をしてみた。

しかし何度かけても繋がらないので、最寄りの派出所の警察官に訪ねてもらった。そこで警察学校を出たばかりの若い巡査が見たものは、無惨に首を吊って死んでいるお婆さんの姿だった。

「お祖母ちゃんを殺したのは僕です」

葬儀の席で松岡にそう言ったのは、オレオレ詐欺で名前を騙られた孫だった。

「どうして実の孫の声を間違えるんだ」

「なんで怪しいと思わなかったの」

「僕に電話をしてくれればよかったのに」

「お祖母ちゃんは、もう一人で暮らすのは無理なんだよ。やっぱり老人ホームに入った方がいいよ」

半分感情的に、そしてもう半分は二度とこんな目に遭わないようにという注意の意味で、その孫はお祖母さんに強く言った。

しかしその言葉は孫の想像以上にお祖母さんの胸に突き刺さった。

「そもそもは僕を助けようと思って、お祖母ちゃんはなけなしの一〇〇万円を渡したんですよね。それなのに僕は本当に酷いことを言ってしまった」

葬儀が終わっても、その孫の涙は止まらなかった。

実際にオレオレ詐欺にあって自殺してしまう被害者は少なくない。

しかもその原因は詐欺の被害による生活苦ではなく、そのお祖母さんのように家族から非難されたり、自責の念から死にたくなってしまうのだそうだ。

そういう意味では、オレオレ詐欺は殺人罪にも等しいと松岡は思っていた。

それ以来、松岡は刑事部の捜査第二課への配属を希望し、直接オレオレ詐欺の犯人を捕まえようと決意した。

希望はすぐに叶えられ受け子を何人か捕まえたが、店長クラス、できれば金主まで含めた詐欺組織全体を検挙できないものかと知恵を絞った。そのためには内偵捜査しかないと思い室長の山崎に提案すると、当時の刑事部長の賛同を得て許可が下りた。

通常の内偵捜査は、犯人グループに刑事とは別の第三者をスパイとして送り込む。しかしそんな悠長なことはできないと、松岡は自ら「受け子募集」らしき怪しい求人に応募した。そのために髪を金髪にして、住居も新しく引っ越し戸籍も偽造した。そして警察関係者はもちろん、昔からの友人とも一切接触を絶った。だからこそ、あの苦しい地獄のような研修にも耐えなければならなかったし、逆に耐えることもできた。あの研修が終わり潮見の店を突き止めると、松岡は久しぶりに恋人に電話をした。

しかし彼女には新しい恋人ができていた。

松岡は真奈美の部屋の明かりが消えたのを確認すると、軽い溜息をついた。

今日の会議で、真奈美の行動確認の休止が決まった。来月からは、新たな詐欺グループの内偵に入ることになっていた。


竹崎は午後一〇時に松濤の瀬尾の自宅のチャイムを鳴らした。

「こんな夜分にすいません」

青いガウンを羽織って出てきた瀬尾の顔に笑顔はなかった。竹崎はいつもの応接ルームに通されたが、夜間ということもあり、テーブルランプしか点いていないので酷く暗かった。

瀬尾はグラスに自らブランデーを注ぐと、不味そうに一口飲んだ。

「おまえも飲むか」

「いただきます」

レミーマルタンのボトルを瀬尾に手渡されると、竹崎はそれを手酌《てじゃく》でブランデーグラスに注ぎこんだ。

「平田は結局いくら持ってた」

「三億円です」

「三億か。まあ、三億あれば、一生遊んで暮らせなくもないか。あいつはもう日本からいなくなるつもりなのかもしれないな」

瀬尾は葉巻を箱の中から取り出して、シガーカッターを手に持った。しかし急に気が変わったのか、すぐに葉巻とカッターをサイドテーブルの上に放り投げる。

「瀬尾さんも美味しい金づるがいなくなってしまって残念ですね」

「全くだ。あいつは俺が見てきた詐欺師の中でも飛びぬけて優秀だったからな」

瀬尾は寂しそうにそう言った。

「そうなんですか」

「多分あいつは、オレオレ詐欺なんかをやらなくても、立派に普通の会社を経営できるよ。若い頃から苦労をしてきたから、その辺の連中よりも気配りができるし、なにしろ人並外れたガッツがある」

竹崎がレミーマルタンを一口飲むと、豊かな香りと上品な甘さが口いっぱいに広がった。

「それでいつロンダリングをやる」

「既に分散して仮想通貨の口座に入金してあります。海外で出金できるようになるのは、一週間後ぐらいでしょうかね」

その時だった。

いきなり部屋に半裸の女が現れた。赤いガウンを羽織ってはいたが、下着は何も着けていない。きれいに処理された黒いアンダーヘアが見えているが、それを隠そうともしなかった。

「ははは、はははは」

なぜか女は笑っていた。明らかにちょっと様子が変だ。

「はははは、ねえ、男二人で何の相談」

よろめくように女は瀬尾に近づき、テーブルの上にあったブランデーグラスをつかみ褐色の液体を一気に飲んだ。アルコール度数四〇度のコニャックにむせたのだろう、彼女は大きく咳き込んで苦しそうに顔を歪ませた。

「今、大事な話をしているところだ。先に部屋で待ってなさい」

瀬尾の顔が露骨に歪む。

「ねえパパ、続きをしようよ」

トロンとした目をして、女は瀬尾にしな垂れかかる。瀬尾の股間に顔をうずめようとするところを、瀬尾が片手で振り払う。

白け顔の女の視線が今度は竹崎を捉えた。

「あらあらこちらのお兄さんは、パパより若くてイケメンね。ねえ、パパ、こっちの髭のイケメンさんと一緒に、ねえ、三人でやらない」

赤いガウンの前がはだけて白くて形のいいバストが見えた。

「いいからベッドに戻っていなさい」

瀬尾が低い声でそう叫ぶ。

「パパ、こっわーい。はは、はははは」

女は笑いながら部屋を出て行った。

「彼女、秘書の女子大生ですよね」

以前来た時にあの秘書の女の子に出迎えられた。その時はミスコン女王のようだったが、さっきはまるで売春婦のようだった。

「ちょっとクスリを試してみたんだが、思った以上にきまってしまったようだな」

ベッドルームから大きな笑い声が聞こえてきた。

「大丈夫なんですか」

「あの様子じゃダメかもしれない。上玉だったから残念なことをしたな」

しょっちゅう秘書が代わるのは、こういうことだったのかと竹崎は思った。しかし詐欺界のドンに対して、何か意見を言えるわけでもない。

「まあでも、金に困っている若い女など、世の中にごまんといるから大丈夫さ。平田と違って、そこはすぐに代わりは見つかるからな」


「あんたその若さで、私たちの商売の邪魔をしようっていうんだからたいした玉よね」

金澤の入院代を払おうと、病院の待合室で待っていると、貴美子はいきなり一人の女性にそう言われた。

「あの失礼ですが、どちら様ですか」

最初は六〇歳ぐらいだと思ったが、派手なメイクと肌を多めに露出させたファッションで若作りしているので、実年齢はもう少し上かもしれない。ダイヤがついたロレックスの腕時計、大きな真珠のネックレス、そして指にもエメラルドらしき大粒の緑の指輪を嵌めていた。

自分を不快そうに見るその女性に見覚えはない。

「すいません。私、どこかでお会いしましたか？」

「あんたと会うのは今日が初めてよ。でも久洋さんとは、もう随分古くからの付き合いなのよね」

金澤を下の名前で呼ぶこの女性は、一体何者なのだろうか。

「すいません。金澤、いや、主人とはどういう関係なんですか？」

「あらやだ。どういう関係って、まあ、そういう関係よ。あんたと違って、私は久洋さんとは、もう一〇年も前からそういう関係なのよ」

一〇年前ならば、金澤の前妻がまだ生きていた時だ。

その当時の愛人の一人ということなのだろうか。

「最近まで、あなたとそういう関係だったというわけですか」

「まさか。あんなお爺ちゃんに、そんなことできるわけないじゃない。でも昔のよしみで最後は面倒見てあげようかと思ってお見舞いに来たんだけど、すっかりあんたに骨抜きにされちゃって。もう私の出番はなさそうね」

「ああ。お見舞いに来てくれたんですか」

その女は貴美子が病室から離れた隙を狙って、既に金澤に面会したようだった。

「ねえ、あんた、もう入籍したの」

「はい」

貴美子のくすり指に大粒のダイヤが光っていた。

「すっごいダイヤね。一〇〇万円ぐらい」

「さあ、どうでしょうかね」

女は軽く舌打ちをした。

「やっぱり男って、いくつになっても若い子が好きなのね。あんたと久洋さんだったら、年齢差っていくつなの？」

「そんなことは、あなたには関係ないじゃないですか」

最初は下手に出ていたが、あまりにも図々しいので貴美子は喧嘩腰にそう答えた。ちなみに金澤は七五歳、貴美子が二七歳だから、四八歳差ということになる。

「そんなに若くて、あんな爺さんの死に水が取れるの。これから下の世話だってあるのよ。あんた、紙オムツとか取り換えたことないんじゃないの」

金澤は日増しに弱っていた。

「私なりに、精一杯やれることをやらせていただいています」

金澤の子供たちに、正式に結婚すると紹介された時はお互いに気まずかった。三人いる孫の方が、貴美子より年齢が上だった。しかし息子たちには十分に財産分与がしてあって、まだ金澤に父親としての威厳が残っていたので表立った反対はされなかった。

「久洋さんって、癌らしいわね。あと何ヵ月」

「主人は全然元気です。縁起でもないことを言わないで下さい」

癌の末期は急に来るようで、もう一ヵ月ももたないだろうと医者には言われていた。

「あんた、上手くやったわね。もう公正証書は書いてもらったの」

「公正証書？　何ですかそれ」

貴美子は公正証書の存在を知らなかった。

財産の相続などで遺言状を書く場合は、パソコンや代筆は認められないため、本人が自筆で書く必要があった。一方で法務大臣に任命された公証人に頼めば、内容を口頭で伝えるだけで書いてもらえる上に法律的にも絶対だった。

「あんた後妻業のくせに、そんなことも知らないの」


「平田さん、今までどこに行ってたの」

アフターの後に真奈美が送りの車に乗り込もうとした時に、店の外に平田が立っているのに気が付いた。

「暫く、東京を離れていた。おまえの周りには、もう刑事は張り込んでいないのか」

平田はジーンズに黒いジャケット、黒いハンチング帽を被り、さらに黒いサングラスをかけていた。暗闇の中ではっきりとはわからないが、いくらか痩せたように見える。

「あの後三週間ぐらいはいたけれど、最近はもう見掛けないわ」

「それは良かった」

平田はサングラスを外してニヤリと笑う。

久しぶりに平田に会えて、真奈美の心が震えた。やはり自分は平田が好きだったのだと実感する。送りのワゴン車のドライバーがこちらを見ていなければ、真奈美はきっと自分から平田に抱きついて、その唇を奪っていたことだろう。

「でも良かった。ひょっとするとあの後に、警察に捕まっちゃったんじゃないかと心配していたの」

「あの時はありがとうな。おまえの電話がなかったら、俺も仲間も一網打尽だった。本当に感謝している」

平田はそう言いながら帽子をずらして軽く頭を傾ける。

「感謝だなんて。私は平田さんに良くしてもらったから。それにまだ借金も返せていないし」

「そうだ。あの借金はチャラにする」

「え、どうして」

　真奈美の胸がざわめいた。

「もう利子も含めて俺に返さなくていい。この間のお礼だ。今日はそれを言いに来た。借用書も後で送る」

　そう言われると、真奈美は急に不安になった。

「いいです。ちゃんと返します」

「いやもういいんだ。おまえには危険なところを助けてもらったから、本当にありがとう」

　もうこれでお別れのように平田は言う。

「嫌です。私に返済させてください」

　あの借金が、唯一、自分と平田を繋げている絆だった。それが無くなってしまえば、二人の関係はこのまま終わってしまうような気がした。

「真奈美。もう、オレオレ詐欺はやめることにした」

　平田があっさりそう言ったので真奈美は心の底から驚いた。平田にとってオレオレ詐欺こそが生きがいだと思っていたからだ。

「あのガサ入れで流石に懲りた。これから暫くは収入がなくなるから、もうおまえの店のような高級キャバクラ店には来られないだろう」

「別にお店に来られなくても、外で会うことはできるよね」

真奈美のその言葉に、なぜか平田は弱々しい笑顔を見せる。

「ねえ、平田さん。これからどうするの」

真奈美は、平田の黒いジャケットの袖を引っ張ってそう訊いた。それは、今夜これからどうするのかを訊いたつもりだった。

「暫く、海外に行くことになると思う」

「え、海外に？　どのぐらい？　一週間、それとも……」

「一週間かもしれないし、一年以上になるかもしれない」

一年以上？　そんなに長く平田はどこに何をしに行くのだろうか。

「平田さん、今の連絡先を教えて」

「あれ以来、自分のマンションにも戻っていないんだ。今もホテルを転々としている。念のため、携帯もちょこちょこ替えてるし、まあ、生活が落ち着いたら連絡するよ」

平田は真奈美の目を見ずにそう言った。

「平田さん」

「真奈美。短い間だったけど世話になった。じゃあな」

そう言うと、平田は背中を見せて歩き出した。そして走ってくるタクシーに大きく右手を挙げる。

その瞬間、真奈美の体が勝手に動いて、平田の背中に抱きついた。

「真奈美」

振り返った平田の唇に真奈美は唇を押し付けた。そして平田の頭を両手でつかんで、自らの舌を強引に滑り込ませる。

平田はきつく頭から真奈美を抱きすくめてくれた。そして平田の舌も真奈美の愛情に応えはじめ六本木の路上で熱い二人の抱擁が永遠に続くかと思われた。

しかし平田がその手の力を弱めた。

「俺みたいな犯罪者じゃなくて、おまえはまっとうな男と幸せになれ」

真奈美は平田の顔を覗き込んだ。

「嫌です。あなたが犯罪者だったとしても、私はあなたのことが好きなんです」

真奈美の頬には大粒の涙がこぼれていた。

「平田さん。外国になんか行かないで、東京で私と一緒に暮らしましょう」

平田は涙で濡れた真奈美の頬を優しく指で撫でると、自嘲するような薄い笑いを見せた。

「真奈美。もしも俺が堅気になったら、その時はおまえに会いに来る」


「遺産相続は弁護士と税理士のせんせに任せとけ。貴美子、短い間やったがほんまにおおきに。最後にええ思い出ができた」

金澤はそう言いながら、実にあっさりと亡くなってしまった。

二七歳で未亡人になった貴美子は、かなりの遺産を相続した。金澤は大阪に複数のアパートを持っていて、そこから少なくない家賃収入を得ていた。さらに自宅も大阪の一等地にある長男夫婦との二世帯住宅だった。

「もしも貴美子さんがお嫌でなかったら、父の自宅と所有していたアパートを、私が現在の価値で買い取りましょうか」

父親の金澤から社長の地位を譲り受けた長男が、貴美子にそう提案した。

確かに複数のアパートから得られる家賃収入は魅力だったが、東京に住んでいる貴美子が店子《たなこ》の管理をすることはできない。そして何より、息子夫婦との二世帯住宅に貴美子が住むわけにはいかなかった。

貴美子がその提案を受け入れると、あとは全て長男が手続きをしてくれた。アパートと自宅は結構な金額で買ってもらい、結局、貴美子の口座に三億円の現金が振り込まれた。もう少しあるかと思ったが、税金と必要経費を引かれると、その金額が妥当なようだった。

貴美子の心にぽっかりと穴が開いてしまった。たった数ヵ月の関係だったが、貴美子は最愛の夫を亡くしたのだ。看病すればするほど、貴美子の思いは募《つの》っていったが、死別を経験するにはあまりに若すぎた。

暫くは食事が喉を通らなかった。

ダイエットの効果もあり、最近の貴美子は以前とは別人のように痩せていた。

新しい恋をすれば、この気持ちも変わるかもしれない。貴美子は街に出て、時にはホストクラブに行ったりもした。若くてカッコいいホストが何人も貴美子を褒めそやしたりもしたが、貴美子にはそこにいる男たちがバカに見えて仕方がなかった。

この男たちは客の女から奪うことしか考えていない。

それに比べて金澤はいかに素晴らしい男だったか。それを思い出し、貴美子はホストクラブの喧騒の中で一人泣いた。

そんな貴美子だったが、決断しなければならないこともたくさんあった。

相続した三億円から、まずは自分が住むべきマンションを、都心に一億円で購入した。そして潰れそうだった両親の住む家を建て直してあげた。そんなことに没頭していれば、金澤を亡くした悲しみを紛らわせることもできた。

さらに生活に困らないようにと、月々それなりの金額を実家に仕送りするようにした。両親は涙を流して喜んだ。貴美子がバイトを辞めてからは、この一家は生活保護に頼るしかないと思っていたからだ。

『姉ちゃん。お願いがあるんだけど』

ある日、貴美子のスマホに電話が掛かってきた。

弟は一〇年間一歩も家を出なかったほどの引き籠りで、電話とはいえ声を聞くのも数年ぶりだった。ここ数年はまともに会話をしたこともなかったので、その電話の声が本当に弟のものかどうかもわからなかったぐらいだった。

『ちょっと金を貸して欲しいんだけど』

弟がなんで金を欲しがるのか疑問だったが、これで引き籠りから少しでも抜け出せればと思い、貴美子は一〇〇万円を貸してあげた。

そんな風になんだかんだで使ってしまったが、それでも貴美子にはまだ十分過ぎるほどの金が残っていた。

☎

「平田を発見しました。これから尾行して、奴の新しいヤサを見つけます」

一度は平田の捜索を諦めた松岡だったが、時々、真奈美の店の閉店時間に張り込んで、誰と帰るのかを探っていた。真奈美に平田以外の男ができれば、二人の関係は終わったと考えて、それを以て真奈美の行動確認を終了しようと思っていた。

しかし真奈美には、なかなか新しい男ができなかった。

その日、松岡は時間までに真奈美の店に行くことができなかった。しかし人目の多い六本木の路上で、熱い抱擁をしているカップルがいれば否が応でも視線が向く。

『すぐに応援も出すから、見失わないように気を付けろ。そして必ず新しいヤサを突き止めろ。確実な証拠が挙がるのならば、令状は今すぐにでも取ってやる』

前回の失敗に懲りたのか、山﨑は勇ましくそう言った。

今すぐにでも平田を逮捕したい松岡だったが、とにかく証拠が必要だった。平田の店がオレオレ詐欺をやっていたのはこの目で見ていた。だから平田が詐欺行為をやっていたのは間違いないが、しかし証拠はどこにもない。もう一度、店を開いてくれればそこを急襲できるのだが、今、平田の身柄を押さえても証拠になるものが出てくるとは限らない。

「平田がタクシーに乗りました。東京無線ですわ。ナンバーは……」

意外なことに、平田は一人でタクシーに乗った。

ということは、今夜は東島真奈美の家には泊まらない。ならばこのまま追尾をすれば、平田の新しいヤサが見つかるかもしれなかった。松岡もすぐにやってきたオレンジ色のタクシーに向かって手を挙げた。

「前の緑色のタクシーを追って下さい」

警察手帳を見せながら、松岡は初老の運転手にそう言った。

タクシーは飯倉《いいくら》の交差点を通り浜松町《はままつちょう》方面に向かっていた。

「もっと近づいた方がいいですかね」

平田の乗ったタクシーとの間には三台ほどの車があった。

「いや、無理しなくてええです。このまま自然な流れで行って下さい」

タクシーとはいえ下手な動きをすれば気付かれる。焦る必要はないと思った。本部に平田の乗ったタクシーのナンバーは伝えてあるし、少なくともタクシー会社に問い合わせれば、平田がどこで降りたかは後からわかる。

　やがて平田を乗せたタクシーは、東京タワーの横を右に曲がり芝公園《しばこうえん》へと向かっていった。松岡が腕時計に目をやると、午前六時を回っていた。綺麗にライトアップされるこの三三三メートルの電波塔も、流石にこの時間はひっそりと眠っている。

　平田の新しいヤサはどこだろうか。

　そしてそこに帳簿やそれを保存したパソコンなどの、決定的な証拠はあるのだろうか。

　その時、平田を乗せたタクシーが、首都高《しゅとこう》の芝公園の入り口に入っていった。

　初老のドライバーがバックミラー越しに松岡を見た。

「そのまま追ってください。しかしあんまり近づかへんように気い付けて」

　平田はどこに向かっているのか。

　タクシーは浜崎橋《はまざきばし》ジャンクションを右に曲がり、芝浦《しばうら》方面に向かって走っていた。しかしレインボーブリッジには乗らなかった。松岡の左側の車窓から東京港が見える。太陽がそろそろ目を覚ます時間だった。球体を頂くフジテレビの特徴的なビルの周囲は、漆黒の闇からやや紫色に変化していた。

　その光景に一瞬目を奪われたが、松岡は注意深く平田の乗ったタクシーの後部座席を窺った。その緑色のタクシーは、比較的ゆっくりとしたスピードで、横羽線《よこはねせん》を横浜《よこはま》方面に向かっていた。既に大井《おおい》を過ぎていたので、このままだと多摩川《たまがわ》を渡って神奈川県に入ってしまう。平田の新しいヤサは川崎《かわさき》か、それとも横浜だろうか。そうなると神奈川県警との合同捜査となってしまうのだろうか。

そんな心配をしていると、前を走る緑のタクシーのウィンカーが点滅した。

平田を乗せたタクシーが目指したのは、羽田空港の「空港中央」出口だった。

第七章　ラストゲーム

「今、羽田空港の国際線ターミナルです。どうやら平田は海外に行くようです」

平田を乗せたタクシーは、国際線ターミナルの入り口に停車した。その十数メートル後方で、松岡は自分の乗っていたタクシーを降りると、慎重に平田の背中を追った。

『行先はどこだ？』

「香港ですわ」

一般人が問い合わせをしても搭乗者名簿は見せてもらえないが、警察ならば可能だった。松岡は平田がチェックインした航空会社のカウンターで警察手帳を呈示して、その情報を入手していた。

『旅行か、それとも本格的な海外逃亡か？』

「軽装ですし、帰りの便も予約をしていますから、短期の滞在だと思います。しかしここで海外に行かせてまうと、一回足取りは途切れます。この場で強引に身柄を押さえましょうか」

前回の失敗が松岡の脳裏を過った。

『無茶を言うな。それよりこれは平田の単独行動なのか』

松岡は物陰から周囲の様子を窺った。

平田はさっきから空港ロビーのベンチに深く沈んで、足を組んだまま動かなかった。目を瞑っているようで寝入っているのかもしれなかった。

「少なくとも飛行機に乗るのは平田一人です。現地で誰かと落ち合うかもしれませんが、羽田で誰かに接触した形跡はないです」

その時搭乗ゲートに、平田が乗る香港行きの飛行機が搭乗時刻になった旨のアナウンスが流れた。

ファーストクラス、ビジネスクラス、そして子供連れや障害のある人が先に案内される。平田は黙ってビジネスクラスの列に並び、スマホで誰かに電話を掛けた。羽田に到着して以来平田は何度か電話はしているが、誰かと接触しようとしている素振りはない。やがてビジネスクラスの列は進み、平田はそのまま飛行機の中に消えていった。

「平田が今、搭乗しました」

『残念だが、今日のところはそこまでとしよう。奴の帰国の便はつかめている。後は帰国したタイミングで追尾を再開しよう』

飛行機に乗られてしまった以上、もう手も足も出ない。松岡は忸怩《じくじ》たる思いで飛び立っていく平田の乗った飛行機を見送った。

平田が海外に行ってしまった以上、このまま空港にいても意味はない。

警察手帳を見せて出国審査を逆に抜けた時に、一人の男がすれ違いざまに出国審査へと消えていった。

その男をどこかで見たような気がしたが、松岡はその時、それが誰だったか思い出せなかった。

『松岡、明日の午後イチで平田の帰国後の行動確認の会議をやる。会議はおまえが仕切れ。いいな』

山崎からの連絡だった。

「わかりました」

携帯を切った後、松岡はさっきすれ違った男のことを考えながら歩いていた。

その男の顎髭に特徴があった。

自分はあの顎髭の男を確かにどこかで見掛けている。しかしそれは一体どこだったろうか。

まずは一服しながら考えを整理しよう。喫煙所に向かう途中、目の前を綺麗な亜麻色の髪の女が歩いていた。一瞬、東島真奈美かと思ったが、似ていたのは髪の毛だけで全くの別人だった。

その瞬間、さっきの髭の男をどこで見掛けたか思い出した。

それは真奈美の勤めるキャバクラ店の入り口だった。

平田が現れないかと店の前に張り込んでいた時に、その男の顔を何度か見掛けていた。結局平田は店に一度も現れなかったので、その顎髭の男の方がよほどその店の前で目にしていた。

松岡は急いで引き返し、再び搭乗ゲートに向かった。

偶然の一致だろうか。既に平田を乗せた飛行機は飛び立っていたので、同じ飛行機に乗ってはいない。あの顎髭の男は真奈美の店に出入りこそしていたが、平田と一緒に行動しているところを見たことはない。ただの偶然という可能性もある。

しかし疑ってみるのが刑事の仕事だった。

その二人にはどこかに接点があるのではないか。そしてその二人は香港で落ち合うのではないか。

松岡の刑事の勘がそう囁いていた。

「ロンダリングをやるならば、ラスベガスのようなセキュリティの厳しいカジノより、マカオのような新興のカジノの方が何かと融通が利きます」

香港国際空港に到着した二人は、空港でベンツのレンタカーを借りた。香港からマカオへは、二〇一八年に港珠澳大橋《こうじゅおうおおはし》が開通したため、フェリーでなくともシャトルバスや車で行けるようになった。しかも一日に通行できる台数が制限されているため、ここを通行する車は渋滞もなくスムーズにマカオに行くことができた。

「マカオのカジノの売り上げがラスベガスを抜いたのは二〇〇六年ですが、中国本土や海外から観光客に紛れて色んな人物が、マカオでマネーロンダリングしています」

竹内がハンドルを握る車が、全長五五キロにも及ぶ橋の上を、海を見ながらただひたすらマカオへと進んでいく。東京湾アクアラインが一五キロなので、この港珠澳大橋は実にその四倍近い長さとなる。ちなみに、香港、中国本土の珠海《しゅかい》、そして澳門《おうもん》（マカオ）を結ぶ橋なので、港珠澳大橋と名付けられた。

「既に平田さんの三億円は、仮想通貨に換えた後に香港ドルに両替して、マカオのいくつかの銀行口座に分散させてあります。明日、一日かけてそれらを現金化して、さらにそれをカジノでチップに交換します」

竹内の仕事は手際が良かった。最初に打ち合わせをした時から、約二週間で平田のマネーロンダリングは最終段階に入っていた。

「そしてアリバイ的にカジノで遊んで、もう一度香港ドルに現金化すれば、もうその金は表になります」

「三億円もの金を動かして、カジノでバレたりすることはないのか」

平田は最初からそのことが気になっていた。

「平田さんが日本で三億円の金を貯めるのには大変な苦労があったと思いますが、ここマカオのカジノには、日本とは桁違いのお金持ちがいっぱいいます。ここでは、普通のテーブルでも掛け金は最低で一〇〇〇香港ドル、つまり一万四〇〇〇円必要です。そして二五〇万香港ドル、つまり三五〇〇万円が上限とされています。今回、平田さんは特別にＶＩＰルームにも入れるよう手配しましたので、そこならば三億円程度の金の動きなど誰も気にはしないでしょう」

罪を犯し自分の人生を賭けて手にした三億円でも、ここではほした金に過ぎないということなのか。平田はこのバカみたいに長い橋を渡りながら、中国という国の大きさに圧倒されかけていた。

「マカオのカジノでマネーロンダリングが盛んなのは、中国本土の役人たちのせいです。彼らの賄賂《わいろ》のやり取りやその洗浄に、マカオのカジノはもってこいなんです。ですからそこで多少ダーティーな金が動いても、それを気にする人はいません」

「日本でもカジノができるかもしれないが、そうなるとやはりダーティーな金が流れ込んでしまうわけだ」

カジノを含む統合型リゾート（ＩＲ）実施法案は、与党と日本維新の会などの賛成多数で、二〇一八年に国会で可決された。

「でもそれで税収もアップするし、経済が活性化するんだからさっさと日本もやるべきなんですよ。カジノができるメリットとデメリットを考えれば、圧倒的にメリットの方が大きいです。日本は地理的にもいいところにありますし、カジノで外国人をどんどん呼んでもっと国を活性化させればいいんですよ」

マカオ以外にシンガポールや韓国にもカジノはあるが、日本にカジノができれば、それによってもたらされる経済効果は計り知れない。

やがて車は橋を渡り切り、マカオ半島の中心部を走っていく。

東京タワーよりも高いマカオタワー。色鮮やかなカジノの看板と豪華なホテル。平田は初めてのマカオでその活力のある建造物に目を奪われた。特に蓮の花をモチーフにしたというグランド・リスボアホテルは、まるでＳＦ映画を見る思いだった。

「でもギャンブル依存症なんかの問題もあるんじゃないの」

「まさか。世界中で街中にパチンコ店があるのは日本だけです。日本人は世界一ギャンブルに対して耐性のある国民なんです」

「まあ、言われてみればそうかもな」

車はもう一度橋を渡り、コロアン島とタイパ島の間を埋めたてて作られたコタイ地区に向かって進んでいく。

「ところで平田さん。カジノで表にした金はどうしますか」

平田はその質問に答えられなかった。本当は瀬尾に紹介してもらったプライベートバンクにその金を預けて、一年ぐらい海外で過ごすつもりだった。

だから自分はあの日、真奈美に「さよなら」を告げるためにあそこに行った。

真奈美は平田が見込んだように、水商売の世界で着々と結果を出していた。

今後客の誰かと恋に落ち、その男と結婚するかもしれない。その男は、自分とは比較にならないほどの金持ちかもしれないし、少なくとも自分のような犯罪者ではないだろう。もっとも大金持ちの愛人になったり、風俗に落ちるような可能性もあるだろうが、もともと奨学金の返済のためにあの世界に入った真面目な女だ。気持ちも真っすぐだし頭もいいから、そこまで悲惨な未来にはならないと平田は考えていた。

だからこそ、自ら真奈美の前から消えようと思っていた。

『真奈美。もしも俺が堅気になったら、その時はおまえに会いに来る』

しかしあのセリフを口にしてから、平田の考えは揺らいでいた。

平田はこの三億円をもとに、日本で新しいビジネスができないものか考えていた。そして堅気になって、本当に真奈美に会いに行きたいと思っていた。

やがて車の正面に、世界最大級のカジノ施設、三〇〇〇室の客室、劇場なども有する巨大カジノリゾートであるヴェネチアン・マカオの要塞のような建物が見えてきた。

「それでその竹田貴人という男が、あなたのネット証券の口座の金を盗み取ったと思ったんですね」

いきなり松岡という刑事が訪ねてきて、事情聴取したいと言われた時は、過去の悪事がばれてしまったのかと心配した。しかしそれは、貴美子が過去に被害届を出した詐欺事件の聞き込みだった。

「それが何ともわからないんです。でも竹田さんは私にそのネット証券で口座を開いてくれた人だし、何よりその事件の後に忽然と私の前から消えてしまいました」

その後、貴美子は可能な限り竹田を捜した。

しかしもらった名刺の外資系証券会社は、「そんな社員はいない」の一言だったし、ネット証券に問い合わせても、「規定の通りにパスワードが変更されているので、こちらでは責任を負いかねる」と言われてしまった。警察は現金が引き出された口座を調べてくれたが、それは貴美子はもちろん竹田とも面識のない人物のものだった。

「その口座番号の持ち主は、インターネットで話を持ち掛けられて、安い金で自分の口座を売ったそうですね」

「はい。警察でそう聞かされました」

一応、その人物は逮捕されたが、そんな闇の取引に手を出す困窮《こんきゅう》した相手に民事訴訟を起こしても意味はなく、貴美子は泣き寝入りをするしかなかった。

「当時、金澤さんは独身だったんですよね」

「はい、そうです。その頃は旧姓の檜原でした。亡くなった主人とはまだ出逢ってもいない頃の話です」

松岡は部屋の奥の小さな位牌《いはい》に目をやった。

「その後、その竹田という男性から連絡はありませんでしたか」

竹田がマッチングアプリから脱会すると、もはや連絡の取りようがなかった。すっかり事件のことも忘れていて、この刑事に訪ねられて、やっとあの男のことを思い出したぐらいだった。

「その人物は、この写真の男ですか」

貴美子はクラブのような店から出てきた男の写真を見せられた。

「はい、そうです。この顎髭がとっても特徴的なので間違いありません。この人が竹田貴人さんです」

自信をもってそう言った。

「すいません、竹田さんが何かの事件を起こしたんですか」

松岡という刑事は、訊くだけ訊いて何も教えてくれなかった。

「いや、別に何か犯罪をしたというわけではありません。ただ竹田貴人と名乗る人物のことを調べていたら、貴美子さんのその詐欺事件が引っ掛かったんです。今この写真の人物はある事件の重要参考人の可能性が高く、色々と知りたいことがあったんで、今日はお時間を頂いたというわけです」

刑事はそう言うと、写真を内ポケットに仕舞ってしまった。

「私のネット証券から金を騙し取った犯人は、やっぱり竹田さんだったんですか」

「それも断定はできません。金澤さんのパスワードが何かのついでに流出して、本当にネット詐欺に引っ掛かったのかもしれません」

貴美子は事件が解決に向かったものと思ったが、どうやらそうでもないらしかった。

「また何か情報が入ったら、お伺いしてもいいですか」

「まあ、構いませんけど、今度来る時は事前に電話をいただけますか。私も何かと多忙なもので」

貴美子は肩からスポーツクラブのロゴ入りバッグを提げていた。

その日、二人は午後からカジノに繰り出した。

竹内の手配で、平田はＶＩＰルームに入ることができた。そして確かに竹内が言った通り、桁違いに高額なチップを交換する連中の間では、平田の金の動きを気にする人間はいなかった。

スロットマシーンで遊びながら、平田は少しずつ現金をチップに交換していった。

「マカオで一番簡単に遊ぶならば、バカラがいいですよ」

竹内にはそう言われていた。

バカラは配られた二、または三枚のトランプカードの数字の合計で勝負するゲームだった。勝敗を決めるのは下一桁の数字だけで、さらにジャック、クイーン、キングの絵札は0として計算する。例えばキング、8、7というカードがあれば、キングは0なので合計15で、その下一桁の5という数字で勝負が決する。

下一桁の数字の中では9が一番強く、8、7、6と下がっていく。カードはプレイヤーとバンカーの二組に配られるが、別にプレイヤーがバンカーに勝たなければいけないということではない。この場合のプレイヤーは便宜上の呼び方なだけで、賭けをする客のことではない。客はバンカーとプレイヤーのどちらにも賭けることができるので、ほぼ確率五〇％のゲームなのだ。

ポーカーのような駆け引きは必要なく、またディーラーもルールに従ってカードを配るだけなので、いかさまの心配もない。ほぼ運だけで勝敗が決まるところが、初心者でも楽しめると言われる理由だった。正確には五〇％の確率よりもちょっとだけバンカーに賭けた方が勝ちやすいが、バンカーに賭けて勝った場合は、わずかだが場所代が取られるというルールになっている。

三億円分のチップを全て引き出すと、平田は場の雰囲気を見ながら、バカラのテーブルで一番少額の一〇万香港ドルチップで遊んでみた。少額とはいえ一〇万香港ドルは一四〇万円だ。マカオのカジノは世界で一番売り上げが高いが、そのほとんどはここのような高額の賭け金で遊ぶＶＩＰルームからの収益だった。さらにここのテーブルよりも、もっと高いレートで遊べるフロアもあるらしかった。

確率五〇％ということもあり、最初のうちは勝ったり負けたりだった。

徐々に慣れてきた平田は、ちょっと高額なチップを賭けてみた。

それというのも、同じテーブルの正面に座っている茶髪の若者が、平気で一〇〇万香港ドルつまり一四〇〇万円のチップを張って大儲けをしていたからだ。着ているものはどう見ても安物にしか見えないし、年齢も平田よりかなり若い。ここマカオでも当然未成年はカジノに入れないので、その茶髪の男が二〇歳以上なのは確かだったが、一見高校生なのかと思ってしまうほど若く見えた。

その茶髪の青年は、話している言葉からして中国人だとは思ったが、一体、何をしている若者なのか。ＩＴ企業の天才プログラマーか、それともどこかのオーナー企業のドラ息子か。彼はもうすぐ一億円近い儲けになりそうなのに、特に感情を高ぶらせる気配もなく淡々とチップを賭けている。やはりここにいる中国人の金持ちたちは桁が違う。一三億人の人口を抱え日本の数倍のスピードで成長する国の勢いを、平田は認めざるを得なかった。

平田はなぜか悔しかった。

そして自分が、敗北感に近い感情を抱いていることに気が付いた。

そんな気持ちで勝負していたせいか、いつの間にか五〇〇〇万円近く負けていることに気が付いた。一〇万の負けを二〇万で取り返そうとして、それが駄目なら四〇万、八〇万、そして一六〇万と、倍々で賭けていたら、なんと五回続けて外してしまった。そのたった五回だけで、負けてしまった金額の合計は三一〇万香港ドル、約四三〇〇万円だった。

ここが潮時だろう。

竹内や瀬尾に払う手数料、日本での所得税、そして今回の渡航費用、なんだかんだと引いていくと、手持ちの資金は二億円ぐらいに減ってしまう。さらにはそれとは別に、オレオレ詐欺の後継社長を育てられなかったので、瀬尾に迷惑料として五〇〇〇万円を払わなければならなかった。

三億円あっても、意外と手元に残らないものだな。平田はちょっと憂鬱になって、手元の二億五〇〇〇万円相当のチップを眺める。

もしもさっきの負けの倍の金額、三二〇万香港ドルを賭けて勝てば損は一気にチャラになる。しかし負ければさらに金は二億円に減ってしまう。

最後にもう一回だけ張ってみるか。

いや、まさか。それはあまりに無謀だろう。

そんなことを考えている間にも、次のカードが配られていた。

「Place your bets please.（チップを置いてください）」

テーブルの中国人たちが、少額のチップを張りはじめる。一〇万、二〇万、三〇万……、他の中国人たちも、徐々に高額のチップを張りはじめる。

やはりやめよう。

倍々の法則で三二〇万香港ドルを張って負けてしまえば合計約一億円の負けとなる。これ以上、金を減らしてどうする。ここは金をきれいにする目的で来ただけで、増やすために来たのではない。

平田がそう思い席を立とうとした瞬間、正面の茶髪の中国人の若者が、無造作に一〇〇万香港ドルのチップを三枚つかみ、「PLAYER」と書かれたベットエリアに放り投げた。

「Final bets.（賭けはもうすぐ締め切ります）」

ディーラーが、おまえはどうするんだという目で平田を見る。

平田は咄嗟に一〇〇万香港ドルのチップを四枚つかみ、「BANKER」と書かれたベットエリアに叩きつけた。

俺にはまだ運があるのだろうか。

これからの人生を占うという意味で、平田は一世一代の賭けに出た。

これに勝てないようならば、俺の一生もそれまでだ。その時は田舎にでも籠って静かに暮らそう。しかしもしもこの勝負に勝てたならば、三億円を使って日本でまた何か新しいことに挑戦しよう。

「No more bets, thank you.（締め切りました）」

賭けが締め切られディーラーがカードを捲る。

プレイヤー側の一枚目はハートの2。対するバンカー側はスペードのキング。そして次に捲られたプレイヤー側のカードはダイヤの5。これでプレイヤー側は足して7だが、バンカー側は絵札なのでまだ0だった。次に二枚目のバンカー側のカードが捲られると、ハートのクイーンが現れた。このままだと、7対0で負けてしまうので、バンカー側だけもう一枚カードが配られる。ちなみにこの場合、ルールでプレイヤー側のカードは追加されない。

そのカードが、8か9ならば平田の勝ちだ。

7ならば引き分けなので、賭け金はそのまま払い戻される。

カードは1から13までの一三種類。確率的には一三分の二、引き分けを入れても一三分の三。決して高くない確率だった。このカードは一番高い賭け金を出した人間に捲る権利があったが、平田はそれを放棄した。

ディーラーがそのカードをゆっくりと捲る。

来い!

平田は心の中で強く念じた。

カードはスペードの3だった。

ディーラーは何事もなかったかのように平田のチップを回収する。茶髪の若者は無表情に勝ち取ったチップをテーブルに積み上げた。

終わった。

全身の力が抜けて座っているのがやっとだった。一時は飛ぶ鳥を落とす勢いと思っていた自分の人生だったが、どうやら潮目はすっかり変わっていたのだろう。特にオレオレ詐欺の店に踏み込まれて以降、やることなすこと裏目に出ていた。その挙句に、この一世一代の大勝負に負けた。なんて無謀なことをしてしまったのだ。自分のバカさ加減に腹が立った。

平田にできることは、惨めにこの場から退場することだけだった。

しかしカジノは終わらない。テーブルにまた次のカードが配られる。

「Place your bets please.」

またテーブルの中国人たちが、叫びながら少額のチップを張りはじめた。一〇万、二〇万、三〇万……。

世界には桁違いの金持ちがいる。ここで勝てるのはそんな金持ちだけだ。無尽蔵に資金があってこそのカジノだ。自分なんかまだまだ小物だということだ。平田は全てがバカバカしくなってきた。みんな同じ人間なのに、どうしてこんなにも違うのか。目の前の茶髪の中国人の若者と、自分との違いは一体何だ。

俺はこいつより才能がないのか。

俺はこいつより努力が足りないのか。

俺はこいつより運がないのか。

しかし平田の目の前には、まだ二億円分のチップがあった。

ここから瀬尾に払う五〇〇〇万円を引いた残りのチップを全て張れば、たった一回で今までの負けを取り返せる。平田は五〇〇〇万円分のチップをポケットに入れた。確率は五〇%。もしも勝てばもう一度、日本に戻って事業もできる。

確かにまだ、平田には最後に一回だけチャンスが残されていた。

「All In One.」

いきなり隣の韓国人が、そう言いながら自分の持ちチップ全てを「PLAYER」エリアに押し出した。テーブルにどよめきの声が起こる。その金額は日本円にして一億円ほどだった。

国籍によって賭け方に特徴があると言われるが、韓国人は最後に有り金を全部賭けるこのAll In Oneをよくやった。イチかバチかのこの張り方は、まるで映画のようで勝っても負けても劇的だった。

「Final bets.」

ディーラーが静かにそう言うと、茶髪の若者が高額チップを「BANKER」エリアに押し出した。一〇〇万香港ドルチップが一〇枚。日本円で約一億四〇〇〇万円。

その茶髪の若者が平田に挑むような視線を向けた。

さすがに無理だ。ここで勝負したら全財産を失ってしまう。

テーブルの他の客たちも、息を潜めて平田の様子を窺っている。

平田は唾を飲み込んだ。

しかし全財産を失ったところで、だからどうしたというのだろうか。所詮はオレオレ詐欺で稼いだ金だ。最後の最後に大きな勝負に出てみるか。

チップに手をやるが、流石にその手がピタリと止まった。

無理だ。平田は左右に大きく首を振った。

ちらりと茶髪の中国人を見ると、鼻で笑っているように見えた。「おまえの負けだ。ここはおまえみたいな日本人が来るところじゃない」。なぜかそう言われているような気がした。

そしてその瞬間、真奈美の顔が脳裏を過った。

ここで最後の大勝負をして負けをチャラにすれば、もう一度真奈美に会える。堅気になって人生をやり直せる。

確率は五〇%。

平田は大きく深呼吸をする。

「No more……」

ディーラーが最終コールをする寸前、平田は訳もわからず全部のチップを「PLAYER」に押し出していた。そして「All In One.」とコールした。

第八章　詐欺と青春の光

「真奈美ちゃん、お誕生日おめでとう。明日が早いんで今日はもう帰るけど、あとでプレゼントを持って来させるから」

真奈美の常連客の中込が、忙しい合間を縫って真奈美の誕生日を祝ってくれた。

「中込社長。お気遣いありがとうございます」

今日は真奈美の誕生日だった。

エレベーターホールに入りきらないお祝いの花が、廊下の外まで続いていた。まだ一〇時を回ったばかりだというのに、早くも中込が今日五人目の指名客で、店内は真奈美の常連客たちで溢れていた。

『今、マカオに出張中なんだ。せっかくの誕生日なのに、お店に行けなくてゴメンね。プレゼントはちゃんと買って帰るから』

昨日、一番の常連客の竹田からそんなＬＩＮＥが届いていた。

今まで真奈美は店に来るお客を好きになったことはなかったが、ひょっとすると竹田のことは好きになるかもしれない予感があった。

その最大の理由は、未来があるかどうかだった。

こういうお店に来る客は社会的に成功している人が多いため、魅力的な人物がいっぱいいた。こんな仕事をしなければ会えないような有名人もいたし、とんでもない程の大金持ちも少なくない。

しかしその大部分は妻帯者だった。奥さんとうまくいっていないと愚痴る人物も多かったが、それはどこまで本当かわからない。たまに独身やバツイチで素敵な人物もいなくはなかったが、そういう人に限って平田のように職業に問題があった。

『俺みたいな犯罪者じゃなくて、おまえはまっとうな男と幸せになれ』

真奈美は最後に平田と会った時のことを思い出していた。

確かに平田の言う通りだった。

平田のことは大好きだったが、平田みたいな男と一緒になっても幸せにはなれないだろう。

平田がこのまま詐欺を続ければ捕まる可能性もあるだろうし、真奈美も倫理的には詐欺師は許せない。

『真奈美。もしも俺が堅気になったら、その時はおまえに会いに来る』

最後に平田はそう言った。

もしも平田が堅気になってくれたなら、二人の未来も開けるかもしれない。しかし、そんな未来が来るのだろうか。

「真奈美ちゃん。二四歳おめでとう」

渋谷で歯科医院を開業している橋内《はしうち》が赤ら顔で登場した。

「うれしー、橋内さん、覚えていてくれたんですかー」

真奈美はとびっきりの笑顔で出迎える。橋内も真奈美の常連だったが、酒癖が悪いのが玉《たま》に瑕《きず》だった。

「忘れるはずがないじゃないか」

「ありがとうございます。橋内さんはいつものソーダ割りでいいですよね」

橋内が嬉しそうに頷いたので、真奈美はウィスキーを少なめにして橋内の飲み物を作りはじめる。

真奈美はキャバクラ嬢としては順調な毎日を過ごしていたが、平田のことが終始頭から離れなかった。今、平田は、どこで何をしているのだろうか。そしていつ、真奈美の前に姿を見せてくれるのか。

それともう二度と、平田は真奈美の前に現れないのか。

「カンパーイ」

橋内は真奈美とグラスを合わせると、なんと一気に飲み干してしまった。

「ちょっと橋内さん。今日は飲みすぎないでくださいよ」

「大丈夫、大丈夫」

これは相当薄くお酒を作らないと危ないかもしれない。真奈美が橋内の酒を作っていると、黒服のボーイが耳打ちをしにきた。

「浜原さんが、中込社長のプレゼントを持ってお見えになっています」

ちょっとブルーな気分になった。

閉店後にしつこく迫られて平田に助けてもらって以来、浜原は店に来ていなかった。しかし中込は、よりによってプレゼントを運ぶ役目を浜原に命じてしまったらしい。しかしこれを受け取りにいかないというのは、中込に対しても失礼に当たる。真奈美は橋内に断ってから席を立った。

「浜原さん、お忙しいところをありがとうございます」

真奈美は丁寧に頭を下げる。

「はいこれ。うちの社長からのプレゼント」

浜原は気まずそうな顔をして、大きなリボンがついた箱を真奈美に手渡した。

「ありがとうございます。中込社長に本当によろしくお伝えください」

真奈美は何事もなかったかのように、嬉しそうにそのプレゼントを受け取った。

「ねえ、真奈美ちゃん。この前はごめんね」

意外なことに浜原の方から謝ってきた。

「あの時はちょっと酔っぱらいすぎていたんだよ。だから本当にごめん。もう二度とあんなことはしないから。本当に申し訳ない」

浜原は両手を合わせて頭を下げる。そんな風に謝ってもらえれば、真奈美としてもわだかまりはない。

「全然、気にしていませんよ。浜原さんもまたお店に遊びに来てくださいね」

浜原は何度も頭を下げながら帰っていった。面倒くさい話にならなくて良かったと、真奈美はほっと胸を撫でおろした。

その時、スマホが小さく震えた。

『真奈美ちゃん。お誕生日おめでとう。来週にはお店に顔を出せると思うから、真奈美ちゃんの今月の売り上げに貢献できると思うよ。じゃあ、お仕事頑張ってね』

竹田から新しいＬＩＮＥのメッセージが着信していた。

このまま平田を待ち続けるより、竹田に心を開くべきなのだろうか。

竹田は、真奈美の売り上げにまで気を遣ってくれていた。竹田という太客がいなくなったら、真奈美の売り上げはもちろん、この店の売り上げにも響いてしまうことだろう。

『帰国したら、またお店に来てくださいね』

以前瀬尾から、竹田が脱税や節税の仕事をしていると小耳にしたことがあった。それはどういう仕事なのだろうか。平田のような詐欺まがいの仕事なのか。それとも合法なビジネスなのか。

今度竹田がお店に来たら、その辺のことを訊いてみようと真奈美は思った。

カジノの両替所で小切手を受け取ると、平田はそれを札入れに挟みズボンのポケットに突っ込んだ。

自分にはまだツキがあった。

All In One で全財産を「PLAYER」に賭けたゲームに、平田は勝った。

今でもなぜあの時、あんな無謀な賭けに出たのかわからなかった。負ければ全財産も、そして生きる希望も失っただろう。絶望のあまり自殺してしまったかもしれない。マカオでは、凶悪犯罪に巻き込まれて死ぬことは滅多にないが、自殺で死ぬ人は跡を絶たなかった。

カジノから引き上げた平田と竹内はすぐにホテルを引き払い、乗ってきた車で香港に向かった。

「換金した金は香港の口座に預けるってことでいいですよね」

平田はいくつかの香港の銀行に口座を開設していた。

「パナマ文書が流出したように、富裕層の租税回避スキームも各国の税務当局にばれることがあります。平田さん、一番安心な租税回避方法は、外国に本当に移住してしまうことですよ」

隣でハンドルを握る男は平然とそう言った。

「ちょっと前までは俺もそう考えていたんだけど、やっぱり日本で堅気のビジネスを立ち上げることにした」

まずは不動産を買って家賃収入を得る。そして同時に何か別の事業を起こしてみよう。具体的に何をやるかは決めていなかったが、平田はそんなことを思っていた。

「そうですか。しかし私はマカオに来るたびに思ってしまうんですよ。もう、日本にビジネスチャンスはないんじゃないかって」

竹内のその言葉は平田の心にズシリと響いた。

確かに平田もマカオにいた数日で、無節操に成長していく国の勢いと、諦めの中で萎《しぼ》んでいく国の哀愁を見せつけられたような気がしていた。少子高齢化が進む日本では、何をやっても苦労する。何しろマーケットが萎んでいくのだからしょうがない。

上手くいくのは、高齢者をターゲットにしたオレオレ詐欺ぐらいのものだろう。

「だけど俺はやっぱり日本人だから、日本をなんとかしたいんだよね」

詐欺師のくせに何を偉そうにと、平田は心の中で自分を揶揄《やゆ》した。

「まあ、確かにそうですね。私も日本は好きですし、言葉が通じない国にいても面白くはないでしょうからね。それに飯はやっぱり日本が美味いですからね。だけどあの夏の暑さは何とかならないものですかね」

「まったくもってその通りだ」

その時、一台の黒い車がピタリと平田の乗っている車に並走してきた。

サングラスをした二人のアジア人が、明らかにこちらの様子を窺っている。平田は小切手が入っているポケットの札入れを片手で押さえて身構えたが、やがてその車はスピードを上げて追い越していった。

「何だったんだろうね」

平田のその問いかけに、竹内は左手のひらを上にして「さあね」と言わんばかりに首を捻った。

やがて車は長い橋を渡り終わり、香港の市街地に向けて高速を下りた。

「裏道になりますが、こっちの方が早いんですよ」

車はまだ十分に舗装されていない山道のようなところを走っていく。車の揺れに耐えるために、平田は助手席の手すりをしっかりと握った。

その時だった。

真正面から黒い車が猛スピードで逆走してきた。

「危ない！」

竹内が慌ててブレーキを踏むと、正面衝突する寸前でお互いの車は停止した。

平田が肝を冷やしていると、停止した向かいのその黒い車から、黒いスーツに身を包んだ黒いサングラスの二人組が降りてきた。彼らが、ちょっと前に平田たちの乗った車を追い抜いていった連中であることに気が付いた。

「What the fuck man! We almost crashed.（危ないじゃないか。もう少しでぶつかるところだったぞ）」

竹内が車を降りて両手を広げながらその二人に噛みついていった。

「I don't give a shit.（そんなことはどうでもいい）」

「What do you mean you don't give a shit?（どうでもいいとはどういうことだ）」

黒いサングラスの二人組の長身の方の男が、竹内と何か言い合っていた。

もう一人の比較的背の低い男が、平田が座っていた車に近づいてガラスを叩きながら何かを喋りかける。平田がオートウィンドウで窓を下ろすと、サングラスの男が内ポケットから黒い何かを取り出した。

「テヲアゲロ」

男は拳銃を平田の頭に突き付けた。


「じゃあ、竹田貴人という名前の人物は、その日のどの香港便にも搭乗していなかったのですね」

松岡は各航空会社に電話して、竹田貴人という名前の男の渡航先を調べていた。

『はい。その日出発した全ての香港・マカオ便の名簿をチェックしましたが、そういう名前のお客様はいらっしゃいませんでした。他の航空会社ではないんでしょうか』

　LCCなどの新興の格安航空会社でまだ当たっていないところもあったが、羽田－香港便を運航する日本と中国の主要な航空会社は全て当たり終わっていた。

『上海《シャンハイ》や北京便、またはアメリカやヨーロッパ便も調べましょうか』

　すまなそうに電話の主はそう訊ねた。

「いいえ、そこまでされなくても結構です」

　逆に竹田貴人がアメリカやヨーロッパに行ったのならば、平田との関わりはない。つまり今回の事件とは無関係となる。上海や北京経由で香港に合流することも、何か特別な事情がなければないだろう。

　そもそも別に竹田貴人が、何かの犯罪をしたという確固たる証拠があるわけではない。

　これは松岡の刑事の勘にすぎない。

　あの日、空港で目にした顎髭を生やした男が、なんとなく平田の詐欺事件と関係していると思っただけだった。だからこの電話も、きちんとした捜査依頼ではなく、ただのお願いの範疇《はんちゅう》だった。窓口のこの女性は本当によくやってくれたが、『そんなことはできません』と言われてしまえばそれまでだった。事実、いくつかの外資系の航空会社の態度は、非常に冷たいものだった。

あの日、羽田空港から出発した香港便は全部で三〇本もあった。

しかし結局その搭乗者リストの中に、竹田貴人という名前はなかった。

だからといってあの顎髭の男が、香港に行って平田と落ち合っていないかといえば、それは断言できない。

竹田貴人が本名じゃない可能性があるからだ。

国際線の飛行機には、必ず本名で登録しなければならなかった。偽名を使えば、たちまち入国審査の時にばれてしまう。

しかしキャバクラなどのお店では、必ずしも本名を名乗らなければならないわけではない。東島真奈美の店で竹田が偽名を使っていたからといって、それで竹田が犯罪に関係していると決めつけるわけにはいかない。

しかし、檜原貴美子に偽名を使っていたのは明らかに不自然だった。

貴美子が遭ったネット証券の詐欺は、やはり竹田貴人を名乗る男の仕業だと考えるのが妥当だろう。竹田が勤めていたと言っていた外資系証券会社に問い合わせて、そんな人物は在籍していなかったことは確認した。

竹田貴人という名前が偽名なのは明らかだった。

そして何か明確な目的がなければ、そんな偽名を顎髭の男が使う必要はない。しかもその男が、オレオレ詐欺の社長と同じ時期に香港に行ったのならば、ただの観光のはずがない。

「すいません。誠に恐縮ですが、その日の朝の香港便だけでいいんですが、その中に三〇〜四〇代の男性で、竹田貴人に似た名前がなかったかどうかだけ、調べてもらうわけにはいきませんか」


平田は両手を挙げたまま車の外に出された。そして両手を後ろに回されて手錠を掛けられた。さらに目隠しをされて、車の後部座席に押し込まれる。

「Who the hell are you? Who do you work for?（おまえたち何者だ。誰に頼まれてこんなことをした）」

竹内が大きな声でそう叫んだ。

目隠しはかなりきつく、多少暴れたぐらいではズレそうもなかった。平田は視界を奪われてしまったので、何とか聞き耳を立てて様子を探る。

なおも竹内は英語で何かを叫んでいたが、ガチャガチャと手錠の音をさせながら、平田に続いて後部座席に押し込まれた。さらに自分たちを拉致した男のどちらかが後部座席に乗り込むと、車は勢いよく走り出した。

「Where the hell are you taking us?（俺たちをどこに連れて行く気だ）」

竹内は流暢な英語でそう叫ぶ。

「You turned out to be a cheat. You cheated at the casino, so your life is in danger.（おまえのイカサマがばれた。カジノでイカサマをやる奴に命の保証はない）」

香港はイギリス領だったので英語はそこそこ通用する。

「You're lying. I never cheated.（嘘だ。俺はイカサマなんかやっていない）」

「Just give me a check and he will be saved.（小切手さえ大人しく渡せばそっちの奴の命は取らない）」

竹内が男の一人と激しく口論をしていた。平田は英語が得意ではないので、彼らの会話の半分も理解できない。

「But since you cheated, you could be a dead man.（しかしイカサマをしたおまえの命の保証はない）」

「Must be some kind of mistake. I didn't cheat.（何かの間違いだ。俺はイカサマなんか

やっていない）」

車は舗装されていないデコボコ道を猛スピードで走るので、頭を窓や天井にぶつけてしまう。

「Shut the fuck up! We've got the proof. If you carry on like this, we can take your life here, understand?（黙れ！　既に証拠は挙がっている。これ以上騒ぐなら、ここで殺してやってもいいんだぜ）」

その一言で、車内の口論は収まった。

「竹内さん、どういうことだ」

平田は小声で話しかける。

「私にもよくわかりません。しかしどうやら私がカジノでイカサマをしたと言っています。とにかく非常によくない状況です」

この状態がよくないことぐらい、手錠を嵌められ目隠しをされた平田にもわかる。

「どうなんだ。奴らは何をしようとしているんだ」

「奴らは私を殺す気でいます」

「まさか」

「マカオは昔に比べたら飛躍的に治安が良くなりましたが、裏で仕切っているのは中国マフィアです。奴らは報復する時は徹底的にやる。イカサマは奴らが最も忌み嫌う行為なんです」

再び車が大きく跳ねて、平田は天井に頭をぶつける。

「竹内さん、あんた本当にイカサマをやったのか」

「今回はやっていません」

「今回は？　じゃあ、昔はやっていたのか」

「だけどカジノに迷惑は掛けていない。ロンダリングのために客にわざと勝たせただけです。しかもカジノの顔役にも話を通しました」

東京で竹内がそんな話をしていたことを思い出した。確かにそれはイカサマと言えばイカサマだろう。それがばれて、カジノを仕切っている中国マフィアが激怒したということか。そうならば自分はとんだとばっちりだと平田は思った。

「じゃあ、なんでこんなことになったんだ」

「わかりません」

車が大きく右に曲がり、竹内の右肩に平田の左肩が押し付けられる。

「しかし平田さん、三億円の小切手は諦めたほうがいいかもしれません」

「何だって」

平田は思わず大声を上げる。

「Stop talking. Do you really wanna be killed here?（静かにしろ。本当にここで殺され

たいのか）」


貴美子は鏡に映った自分の裸を見る。

カリスマトレーナーの熱心な指導もあり、遂に貴美子は痩せた体を手に入れた。

徐々に金澤と死別したショックも癒えて、最近では見違えるようにスリムになった自分の姿を見るのが楽しみだった。以前は鏡の前に立つことさえ嫌だったのだから、その変わりように驚いていた。痩せてからも何かを食べたいと思う気持ちもそれほどなく、むしろ、もっと痩せたいもっと綺麗になりたいと思うようになっていた。

貴美子は長年興味を持っていたエステやネイルサロンにも行ってみた。

特に高級エステは気持ちが良く、すぐそこの常連となった。

「韓国でいい先生を見つけたんだけど、貴美子さん興味ありませんか」

ある日、仲のいいエステティシャンにそう訊かれた。

「何の先生ですか」

「美容整形ですよ。何と言っても韓国は整形大国ですからね。安くて腕がいい先生がたくさんいるんですよ。でもその中でも、その先生は飛びぬけて腕がいいんですって」

今までは金澤のために綺麗になろうと思っていた。

しかし痩せた体を手に入れた今、貴美子は自分のためにもっと綺麗になりたいと思っていた。貴美子はそのエステティシャンから美容整形の資料を見せてもらった。自分と大して変わらない容姿の女が見違えるような美人になっていて驚いた。聞けば結構有名な芸能人や一流モデルが、その先生の手術を受けたらしい。

貴美子はすぐに訪韓して整形手術を受けることにした。

目は「切開法」でくっきりとした二重瞼に、鼻は「小鼻縮小」という手術で団子鼻とさよならをした。唇は「ヒアルロン酸」を注射してふっくらとさせ、そして顎は「エラ骨削り」という大手術を行った。費用は三〇〇万円以上かかったが、今の貴美子にとっては痛くも痒くもない金額だった。

日本ではまだまだ美容整形はタブー視されるが、韓国では整形で美しい容姿を手に入れるのは当たり前という考え方だった。しかも日本語が完璧に使えるスタッフが対応してくれたので、貴美子に不安は全くなかった。ヒアルロン酸などは二、三年で効果がなくなってしまうので、またその時は訪韓して施術を受けるようにアドバイスされた。

顔の包帯が取れるまでは外出もしづらくて苦労したが、遂に貴美子は新しい自分を手に入れた。韓国のその医者の技術は確かに素晴らしく、もはや貴美子は女優と言っても通ると思った。

今までデブスだったから、その違いには敏感だった。

街を歩いていても、男たちの視線を集めているのがよくわかった。これまではブランドを凌辱《りょうじょく》しているようで気が引けたが、今の自分はどんな高級ブランドにも負けていなかった。

今までは見向きもされなかった都心の高級ブランド店で、店員たちが競うように貴美子に似合う服、靴、アクセサリーを薦めてくれた。

「隣の席にお邪魔させてもらってもいいですか」

バーで一人で飲んでいれば、まず間違いなく口説かれた。

「どこかでお会いしませんでしたか」

古典的だが、そう声を掛ける男は多かった。あまりにもよく言われるので、男の目だと美人は全部同じ顔に見えてしまうのだと思ったりもした。

相手が気に入った男ならば、そのままベッドをともにした。

「あなた、誰ですか」

しかし実の母親にそう言われた時は、ちょっとショックだった。

「お母さん、私、貴美子よ。ダイエットに成功したの。それにちょっとだけ整形もしてみたの。見て、お父さんも娘がこんなに綺麗になって嬉しいでしょ」

両親はきょとんとした顔で貴美子を見た。

「姉ちゃんいいよ。まるでモデルさんみたいだよ。ねえ、せっかくだから、写真撮らせてもらっていい？」

引き籠りだった弟が、スマホで貴美子を撮影してくれた。

「ところでお姉ちゃん、またちょっと金を貸して欲しいんだけど」

「またなの？」

弟の引き籠りはいきなり解消されたが、今度はやたら小遣いをせびるようになっていた。ネット上で知り合った人物から、儲け話を持ち掛けられたらしく、利益が出たら利子付きで返済するとは言われていた。三億円を手にして以来、貴美子も貴美子の家族も変わり始めた。

「貴美子、お父さん、浮気をしているみたいなの」

母親にキッチンに呼び出されて、小声でそう言われた。

「これから仕送りは半分ずつにして、お父さんとお母さんとそれぞれの口座に送ってくれる？　そうしないとお父さんが全部使っちゃうから」

両親には十分なほどの仕送りをしていたが、最近急激に夫婦仲が悪くなった。

「誤解だよ、誤解。浮気なんかしてないよ。ただちょっと競輪で負けが込んじゃっただけだよ」

慌てて父親がやってきた。確かにこんな無職で冴えないオヤジと、誰が好んで浮気などするのだろうか。

「嘘よ。駅前のスナックのママと、ラブホテル街を歩いていたっていう噂があるんだから」

「だからそれは、ただ近道をしようとしていただけだよ」

「でも手を繋いでいたって、隣の西尾《にしお》さんの奥さんが言っていたわよ」

家に帰ればいつもこんな有り様だった。

気が付けば金澤から相続した三億円も、残り僅かになっていた。


平田と竹内を乗せた車は三〇分ぐらい走ったところで停まり、平田は目隠しをされたままエレベーターのようなものに乗せられた。そして押されるように歩かされ、ある部屋の床の上に座らされた。耳を澄ましてみるが、そこは人の声はおろか車が通り過ぎる音も聞こえないようなところで、何かの機械がブーンと低い音をたてていた。

「That's a mistake. Let me talk to your boss.（誤解だ。おまえたちのボスと話させてくれ）」

「No need for that.（その必要はない）」

すぐに竹内も何かを言い争いながら同じ部屋に連れてこられた。

「Please. Don't take my life. I have plenty of money if I go back to Japan.（頼む。命だけは助けてくれ。金なら日本に戻ればたくさんある）」

「Our boss told us to kill you for sure.（俺たちはボスから、必ずおまえを殺すように言われている）」

「No, please. I'm begging you.（そんな。頼む。この通りだ）」

なんとか命乞いをしているようだったが、男の口調は冷淡なままだった。

「It's a mistake. I did cheat among the players, but I never caused the casino……（誤解なんだ。俺は客同士のイカサマはやったが、カジノに……）」

竹内が話している途中なのに一発の銃声が轟《とどろ》き、平田は心臓が止まるほど驚いた。

薬莢《やっきょう》が床に転がる音と、どさりという人が倒れるような音がして、その後竹内の声は聞こえなくなった。平田は息を呑んだが、すぐに歯ががくがくと震えだし、やがて体全体の震えが止まらなくなった。

　まさか俺まで殺されてしまうのか。

「Why did you shoot him?（どうして急に撃った）」

「It's better to get rid of him quickly.（さっさと始末した方がいい）」

「What if somebody heard the gunshot?（銃声を聞かれたらどうする）」

「Don't worry. Nobody comes here.（ここには誰も来ないから大丈夫だ）」

　男たちが英語で何かを言い争っていた。

　今度は俺の番なのか。

「助けてくれ。金ならやる。三億円の小切手も持って行っていい。だから命だけは助けてくれ。俺はイカサマとは関係ない。頼む。命だけは助けてくれ」

　そうは言ったが、既に三億円の小切手が入った札入れは、男たちに取り上げられてしまっていた。

「俺は竹内に言われてマカオに来ただけなんだ。竹内のイカサマとは関係ない。だから命だけは助けてくれ」

　必死に命乞いをしたが、この二人が日本語を理解しているとは思えなかった。

「What do we do with the body?（この遺体はどうするんだ）」

「Carry it to the trunk. I will watch him.（車のトランクまで運べ。俺はこいつを見張っている）」

「No way. I can't carry this alone. It's too heavy.（無理だ。こんな重いもの一人じゃ運べない）」

「For Christ's sake.（しょうがねえな）」

二人が再び英語で何かを言い争っている。仲間割れでもしているのだろうか。そうやっている間ならば、少なくとも引き金は引かれないだろう。平田はわからないなりに二人の会話に耳を澄ませる。

「Let's just get this body out here. We don't want anybody to see this.（じゃあ、さっさと遺体を片づけよう。誰かに見られたら厄介だからな）」

やがて何かの結論が出たようだった。そして二人で何かを引きずっていくような音が聞こえてきた。

おそらく竹内の遺体を二人でどこかに持って行ったのだろう。

監視がいなくなり、暫くの間、平田は一人のまま放置された。すぐに体を捩ってその場から逃げようと思ったが、後ろ手に手錠をされているので立ち上がることもままならない。床に顔を擦りつけて、目隠しをずらそうと試みる。

何とか右目の目隠しが少しだけズレた。慌てて周囲を見回すと、床に赤い血がべっとりとついていた。そして引きずられてついた血の跡が扉の方に続いていた。

その時だった。

扉が開かれてサングラスの男が帰ってきた。そして銃口を、平田の頭に突き付けた。

「おかしいなー」

真奈美はスマホをチェックしながら呟いた。

「どうしたの？」

隣に座ってメイクをしていた彩花が、肩越しに真奈美のスマホを覗き込む。

「いや、竹田さんにＬＩＮＥをしたんだけど、一向に既読にならないんです」

彩花も同様に自分のスマホをチェックする。

「あ、本当だ。私のもだ」

「今、マカオに行っているはずなんですけど、昨日ＬＩＮＥを送ってきたから、マカオでＬ

ＩＮＥが見られないってことはないと思うんですけど」

「竹田さんに、何か用事でもあるの」

「いや、これと言って用事があるわけではないんですけどね」

しかし最近、竹田と毎日のようにＬＩＮＥのやり取りをしていたので、既読にもならないのは気になった。マカオの中でも、どこか電波状態の悪いところに行っているのだろうか。

「ふーん、そうなんだ。あ、そうそう竹田さんといえば、ちょっと気になる噂を聞いたんだけど」

彩花がビューラーでまつ毛を挟みながらそう言った。

「え、どんな噂ですか」

「この間ね、刑事が店長のところに事情聴取に来たんだって」

真奈美は一瞬、ドキリとする。

「その時にね、しつこく竹田さんのことを訊かれたらしいの」

遂に平田の詐欺が発覚して、真奈美の店まで捜査の手が及んだのかと思ったが、どうやらそうではないらしい。

「竹田さんのことをですか？」

「竹田さんがね、以前投資詐欺みたいなことに関わっていたかもしれないんだって」

「本当に？」

「まあ、本当に詐欺をやっていたかどうかはわからないんだけど、竹田さんが勤めていたと言っていた証券会社には、竹田貴人という名前の社員はいなかったんだって」

竹田が、瀬尾というお爺さんと一緒に来店した時のことを思い出した。瀬尾は竹田を、節税や脱税に詳しい人物だと言っていた。

「竹田さんはどんな詐欺をやっていたんですか」

「結婚詐欺とか、あとネット証券に預けていたお金が忽然となくなった事件なんかもあったらしいよ」

彩花はアイラインを引き終わると、何度か瞬きを繰り返す。

「そう言えば彩花さん。竹田さんに財テクをやってもらっていたじゃないですか。あの口座は大丈夫だったんですか」

「そうなのよ。だからすぐに確認したんだけど、私のは大丈夫だったみたい。だけど念のためにパスワードは変更したけどね」

やっぱり竹田も平田と同じような人間だったのだろうか。少しだけ竹田に心が揺らいでいたので、ちょっと残念な気持ちがした。真奈美はもう一度スマホをチェックしたが、相変わらず竹田へ送ったＬＩＮＥは未読のままだった。そして相変わらず平田からも連絡は来ていない。

「彩花さん、どっかにいい男って転がっていないものですかね」

真奈美の突飛な発言に、彩花のマスカラを持つ手が止まった。

「どうしたの急に？」

真奈美は何も答えず、ペットボトルのお茶を一口飲んだ。

「あ、そう言えば、その刑事は、平田さんのことも根掘り葉掘り聞いていたらしいわよ」


平田が目を覚ました時には、辺りはすっかり暗くなっていた。

紺のベレー帽に水色半袖の香港警察の制服を着た男に揺り起こされても、意識が朦朧《もうろう》としていた。暫くは自分が誰なのか、そしてなぜこんな外国にいるのかわからない軽い記憶喪失のような状態になっていた。

頭に銃口を当てられたが、サングラスの男は引き金を引く代わりに、それで平田の頭を殴った。その後病院に運ばれて、頭の傷の手当てを受けているうちに記憶は無事に取り戻したが、日本に帰ったら精密検査を受けるようにと医者に英語で言われてしまった。

「コンカイハ、タイヘンナメニアッテシマイマシタネ」

その後は、紺の制服がよく似合う可愛い女性が親切に対応してくれた。

エミリーと名乗ったその女性は、香港警察の職員で少しばかり日本語ができるので、急遽派遣されたと片言の日本語で話してくれた。顔は完全なアジア人で、エミリーは青い小型車のハンドルを自ら握り、平田を病院からホテルまで送ってくれた。ちなみに香港の車は左側通行の右ハンドルで、エミリーはイングリッシュネームなのだそうだ。ちなみに香港の車は左側通行の右ハンドルで、街にはイギリス風の建築物など随所にイギリス統治時代の名残をとどめていた。

「アサッテノゴゴニ、インタビューガデキマスカ？」

インタビューとは警察の事情聴取のようだった。有り金全部を盗まれてしまったので、できれば予約してあった明日の航空便でいったん日本に帰国したかった。それを片言の英語で伝えると、エミリーはスマホでどこかに連絡をした。

「ダイジョウブデシタ。ソレデハ、コンヤ、ケイジトイッショニ、マタココニキマス」

ちなみにエミリーの日本語力と平田の英語力では、エミリーの日本語力の方がやや上だった。

その夜の八時過ぎに、ホテルの部屋のチャイムが鳴った。

ドアを開けると、香港警察の制服を着た屈強な男とともに、エミリーがはにかんだ笑顔で立っていた。エミリーは昼間着ていたのと同じ婦人警官の制服姿だったが、今は紺の制帽をかぶっていた。

「コチラハ、ホンコンケイサツケイジカノ、チェンサンデス」

二人を部屋に招き入れると、早速、事情聴取がはじまった。

平田は、マカオから帰ってくる途中でサングラスの二人組に拉致されたこと、連れの竹内が撃たれたこと、そして自分の三億円の小切手が強奪されたことなどを、身振り手振りで説明した。

「ドウシテ、ソンナタイキンノコギッテヲ、モッテイタンデスカ？」

エミリーが不思議そうに訊ねる。

「マカオのカジノで大当たりしたんです」

一瞬、疑われるかと心配したが、その説明に二人は何の疑いもなく首を縦に振った。

「スグニソノコギッテヲ、シラベテミマス。キャッシュニ、カエラレテイナイト、イインデスガ」

そうは言ってくれたが、既に手遅れだった。

平田は記憶を取り戻した時に、すぐにスマホで銀行に電話を入れた。たどたどしい英語だったのでどこまで正確に理解されたかはわからないが、既に小切手が換金されてしまっていることを告げられた。

「竹内さんが、その後どうなったかわかりませんか」

「ケイサツモ、イマ、ゼンリョクデソウサクヲシテイマス」

しかしあの現場の床にあった血だまりを、警察も調査していた。

「クワシイコトハワカリマセンガ、アノチノケツエキガタダガ、タケウチサンノモノトイッチシマシタ。イマ、DNAカンテイヲシテイルトコロデス」

あそこで撃たれた竹内は、どこかに棄てられてしまったのだろうか。コンクリート詰めにされて海に沈められてしまえば、二度と発見されないかもしれない。

「犯人に心当たりはないんですか。竹内さんは、中国マフィアの仕業だと言っていました。昔やったイカサマがばれて、それでマフィアの恨みを買ったと言っていました」

「ソノフタリグミノ、トクチョウヲオシエテクダサイ」

平田は思い出せる限りの特徴をエミリーに伝えた。しかし二人ともサングラスをしたままだったし、拉致されてからはほとんど目隠しをされていたので、大した情報は言えなかった。

「お願いします。何とかあの二人組を見つけ出して、私のお金を取り戻してください。あれは私の全財産だったんです。どんな協力でもしますから、絶対に犯人を捕まえてください。本当に本当によろしくお願いします」

何しろ失った金が大きすぎた。

あの金は平田の人生そのものだった。最初は命が助かったからよかったと思ったが、冷静に考えれば、あの金を失った自分は死んだに等しい。いっそ竹内と一緒に殺されていても、構わなかったんじゃないかとさえ思ってしまう。

「コレニ、サインヲシテクダサイ」

差し出された英語で書かれた供述調書を確認した。一部、わからない単語などもあったが概ね平田の証言通りのことが書かれているようだった。平田はそれに日本語でサインをして、エミリーに手渡した。

「ナニカワカリマシタラ、カナラズニホンニレンラクシマス」

エミリーはチェン刑事とともに真剣な表情でそう言った。

「どうか、本当によろしくお願いします」

平田は深々と頭を下げた。

ある日、貴美子が銀座《ぎんざ》を当てもなく歩いていると、高そうなスーツを着た中年男性に呼び止められた。

「本当は街中で声を掛けるのは違法なんですが、お嬢さんがあまりにもお美しいんで。ちょっと話を聞いてもらえませんか」

何の話かと思えば、水商売のスカウトだった。

「お嬢さんは気品があるので、銀座の超一流のクラブなどはどうでしょう。今までそういうお仕事をやったことはありませんか」

「すいません。そういう仕事は全く経験がないんですが」

「そうですか。そういうお仕事に興味はありませんか」

以前の自分だったら、街中で声を掛けられること自体なかっただろう。ましてや一流クラブのスカウトならば、話だけでも聞いてみたい。

「未経験の方でも体験入店で日給二万円ほどお出しします。本入店となれば三万円、いやお嬢さんならばすぐに日給五万円はお出しできると思います」

ブランド品を買いすぎたり、家族の無駄使いなどもあり、三億円の遺産もいよいよなくなりそうだった。渡りに船だと貴美子は思った。しかもこれが新宿や渋谷だったら躊躇したかもしれなかったが、銀座の超一流のクラブだったので貴美子はそこに来る客に興味を持った。

もう一度、金澤のような男に出逢えるかもしれない。

「銀座のクラブは、超一流です。六本木はＩＴ企業やちょっとグレーなお仕事のお客様もいらっしゃいますが、銀座はその点お客様の身元は確かです。老舗のオーナー社長さんや、医師、弁護士、政治家、そして昔からの資産家の方が多いですね」

やはり銀座には、日本の超一流の男たちが集まるようだった。

貴美子はがぜん興味が増してきた。

「そのお店は創業四〇年という老舗ですから、お客様は年配の方が多いです。古くからの常連客が多くいらっしゃいますので、景気にも左右されずいつも店内は満席状態です」

「有名人とかも来るんですか」

「政治家ならば大臣経験者、直木賞を取ったベストセラー作家、東京の人気球団のプロ野球選手、芸能人ならば演歌やお笑いの大御所クラスですかね」

貴美子はテレビでよく見る芸能人の名前を聞かされて、ますます興味を抱いた。

「年齢層は高いです。お爺ちゃんのお客様もよくいらっしゃいます。もっともそういうお客様の方が綺麗に遊んでもらえるので、お店としては有難いのですけどね」

「さっきも言いましたが、私、水商売は全くの未経験なんですが大丈夫ですか」

「大丈夫です。実際に未経験者のホステスさんもたくさんいますし、むしろ未経験者の方がお客様は喜びます」

「ノルマとかもあるんですよね」

エステで仲良くなった友人の一人が銀座のホステスで、「ノルマさえなければ最高なのに」と愚痴っていたのを思い出した。

「ノルマはママとの交渉によって減らすことも可能です。しかし何しろお嬢さんのその美貌です。銀座は美しい女性ばかりですが、あなたほどの方は滅多にいません。きっとナンバーワンになると思います」

そう言われると悪い気はしない。

日本の最高級のクラブで働きながら高給ももらえる。

これを断る手はないと貴美子は思った。

アパートのチャイムが鳴った。

ドアを開けたら平田が立っていたので驚いた。

「平田さん、どうしたの？」

しかも頭に白い包帯がぐるぐるに巻かれている。頬の肉が見違えるように落ちていた。店の前で最後に会ってから、まだ一〇日ぐらいしか経っていなかったので、その変わり果てた姿は異様だった。

「悪いが少しの間、ここにいさせてもらえないか。貸していた金も可能な限り返してもらえると助かるんだが」

真奈美はすぐに平田を部屋の中に呼び込むと、周囲に刑事らしき男がいないか、外の様子を窺った。

「何もかも終わった」

背負っていたリュックを下ろすと、平田は真奈美のベッドに倒れ込んだ。

「どうしたの」

「詐欺で儲けた金をマカオでロンダリングしようとしたが、そこで強盗に遭って全財産を奪われた。もう俺にはびた一文金はない」

真奈美は、平田からマカオにマネーロンダリングをしに行ったことを聞かされた。そしてその帰りに二人組の強盗に車で拉致されて、小切手を奪われてしまったことを知った。

「でも俺なんかまだラッキーだった。一緒に行ったマネーロンダリングのプロは、中国マフィアに殺された。今朝、海で死体が見つかったと、香港の警察から連絡があった」

真奈美は思わず息を呑んだ。

マネーロンダリング、マカオと聞いて、連想する名前が一つあった。

「その殺された人って、竹田さんじゃないよね。竹田貴人っていう人じゃないよね」

「いや、違う。竹内だ。俺と一緒に香港に行ったのは、竹内琢磨という男だ」

竹田貴人と竹内琢磨。

竹田貴人は偽名だと警察が言っていたと、彩花が話していたことを思い出した。

「その竹内さんって、顎髭を生やしていなかった」

平田の表情が固まった。

「ああ、生やしていた」

「じゃあ、やっぱりその人は竹田さんかもしれない」

「どうして真奈美が竹内、いやその竹田さんを知っているんだ」

真奈美は竹田と自分の関係を説明した。そしてその竹田に送ったＬＩＮＥが未だに既読になっていないことも付け加えた。

「本当に竹田さん、いやその竹内さんは殺されてしまったの」

竹田は真奈美の上顧客だったし、竹田のことが気になってはいたので、殺されたとなればショックすぎる。

「ああ。俺のすぐ近くで撃たれたから間違いない。俺も一緒に殺されるんじゃないかと思った」

真奈美は背筋が寒くなり全身に鳥肌が立った。

真奈美は平田に抱きつき、力の限りきつく抱きしめた。平田の温かい体温が真奈美に伝わる。

「よかった」

もしも平田が撃たれていたら、今こうやって抱きつくこともできなかった。自然と真奈美の目から涙が零れ落ち、鼻が濡れた。

「もう二度と会えないんじゃないかと思ってた」

「真奈美」

平田も真奈美をきつく抱きしめてくれた。真奈美はもう二度と、平田を放したくないと心から思った。

貴美子は銀座の超一流のクラブで働きだした。

新橋駅の銀座口から並木通《なみきどお》りに向かって歩いていく途中に、そのお店が入っているビルがあった。ちなみにこの並木通り沿いに、銀座の高級クラブはひしめいている。銀座は格子状に道があるので、自分がどこにいるかわからなくなりがちだが、この通りにだけは並木が植えられているので迷わなくてすんだ。

店の内装は暖色系の照明に、天井に大きなシャンデリア、そして店の中央にグランドピアノが置かれている。メディアにも時々登場するオーナーママが、店内のあちこちのテーブルを回っていて、どこのテーブルにも笑みが溢れていた。

スカウトが言っていたとおり、そこには一流企業の社長や医者や弁護士、さらにはスポーツ選手や文化人まで、実に様々なお金持ちがやってきた。

確かに銀座は六本木などと違って、客の年齢がだいぶ上でシニアと言われる世代だった。だから気前よく綺麗に飲む客も多かったが、本当の金持ち客の究極の目的は愛人探しだった。

金澤との付き合いで高齢者に対する免疫はできていたので、貴美子はそんなシニア層のお相手はお手の物だった。かなりのお手当ての見返りとして、ベッドをともにするようなこともあった。いっそこのままそういうシニア層と仲良くなって、超高級後妻業もできるんじゃないかと思っていた。

「どこかでお会いしましたでしょうかね。貴美子さんは、このお店の前にはどちらにいらっしゃいましたか」

その日、一人でやって来た客がいきなり貴美子にそう言った。

「いいえ。こういうお店で働くのは、私はここが初めてです」

その客がサングラスを外すと、意外と若くてイケメンだったので驚いた。

「そうですか、失礼しました。どこかでお会いしていたような気がしたので」

実際貴美子も、この男をどこかで見たような気がしたが、差し出された名刺を見ると、『経営コンサルタント　井桁稔《いげたみのる》』と書かれていた。貴美子はもう一度男の顔をよく見たが、そんな名前の人物は知らなかった。

「まだお若いのに、ご自分の会社も経営されているんですか」

名刺には代表の肩書も書かれていた。

「いやいや、自分の会社は個人事務所みたいなものです。それに僕、若そうには見えますが、実はもう三〇代後半なんです」

男はつるりとした顎を撫でながらそう言った。

「いやこのお店のお客様はお爺ちゃんばかりですから、井桁さんみたいな若い方は本当に珍しいんですよ」

小声でそう囁くと、井桁は店内を見回した。その日も店は満席状態だったが、井桁はその客の中でも確かに一番若かった。

貴美子はそっとその男の様子を窺った。座れば一〇万円はするはずのこの店に、一人で来られるということは、相当な財力の持ち主のはずだ。実際、時計はロレックスのサブマリーナー、ネクタイはエルメス、お預りしたスーツはアルマーニだった。

「井桁さんは独身ですか」

貴美子は左の薬指をチェックする。

「はい。しかもバツイチでもないんですよ。そろそろゲイだと怪しまれはじめています」

二人は声を上げて大きく笑った。

まだ結婚をしたことがないと言ったが、相当女にモテそうなタイプだった。あまりにモテすぎて結婚する気にならなかったのではないだろうか。

「井桁さんはこういうお店にはよくいらっしゃるのですか」

「銀座は初めてですね。六本木や新宿には、結構行ったことはありますが」

「あら、六本木ならば私の住まいに近いですけどね」

「へー、貴美子さんは六本木のどこに住んでるんですか」

「最近できたあのタワーマンションです」

「え、あのタワマンって賃貸もできるんですか」

「いいえ。ちょっと相続でお金を頂けたんで、思い切って買っちゃったんです」

「まさか、即金ですか」

「さあ、どうでしょう」

貴美子は意味ありげに笑ってみせた。ここに来るお金持ちたちに自分のマンションの話をすることがよくあった。この話を聞いても貴美子を愛人にしようと思う男は、間違いなく大金持ちだった。

「しかし貴美子さんはお綺麗ですね。こういうお店だから、毎日口説かれちゃって大変なんじゃないんですか」

やはり自分が綺麗と言われると嬉しかった。特に若くてイケメンの独身男性に言われると心が躍った。

「どうもありがとうございます。でもこういうお店ですと、お客様は既婚者の方ばかりですから」

「平田さんは、これからどうするつもりなの」

裸の平田の胸の中で、真奈美はそっと訊いてみた。

「わからない」

平田は暗闇の中で真奈美の頭を優しく撫でる。

「わからないが、多分、また何かの詐欺をやるつもりだ」

真奈美は体を起こして平田を見た。

「もう一度やったら、今度は逮捕されちゃうかもしれないわよ。この前お店に刑事が来て、平田さんのことを根掘り葉掘り店長が訊かれたらしいから」

平田は目を見開いて真奈美を見たが、やがて何も言わずに暗い天井に目を移した。

「そうか。しかし俺が足を洗うためには、金主に金を払わなければならない」

「それって瀬尾さんのこと」

瀬尾はその後、何度か真奈美の店にやって来た。その度に愛人になれと言われたが、真奈美が真に受けることは一度もなかった。

「そうだ。瀬尾は裏社会の実力者だから、それができないと俺は殺されてしまうかもしれない。だけどその金も含めて全部香港で盗まれた」

真奈美は暗闇の中で、平田の哀しそうな目を見つめた。

「いくらなの？」

「だから俺には詐欺を続けるしか道はない」

真奈美の質問には答えずに、誰に言うともなく平田は言った。

「だから平田さんは、いくら返さないといけないの」

平田は目を合わせない。

「ねえ教えて。平田さんは瀬尾さんにいくら返さないといけないの」

「五〇〇〇万だ」

真奈美は平田を真っすぐに見下ろした。

「わかった。私がそのお金をなんとかするから」

いきなり平田は笑い出した。

「ありがとう。その気持ちは嬉しいが、とてもじゃないが、キャバ嬢やって返せる金額じゃない。でも俺がまた詐欺をはじめれば、そのぐらいの金はなんとかなる」

平田は煙草を吸おうとベッドサイドに手を伸ばす。しかし最後の一本をさっき吸い終わってしまっていたので、袋をくしゃくしゃに丸めるとゴミ箱に向かって放り投げた。

「でも、逮捕されちゃうかもしれないのよ。逮捕されたら一〇年間は牢屋から出られないんでしょ」

平田は真奈美の顔を見ると、軽く溜息を吐いた。

「二〇年かもしれないな。でも、もうやるしかないんだ」

まるで自分で自分に言い聞かせるようだった。

真奈美はそんな平田の頬を両手で挟み、上から強引に口づけをする。平田はされるがままに唇をあずけたが、真奈美は一向にキスをやめようとしない。窒息しそうになるまで平田の唇を貪った後、真奈美はゆっくりと顔を離した。

そして平田の顔をじっと見る。

「デリヘル嬢だった私を救ってくれたのは、平田さんだった」

「そんなこともあったな」

真奈美はあの時、平田と出逢わなかったら、今ごろ自分がどうなっていたか想像もできなかった。

「平田さん、大丈夫。大丈夫だから」

真奈美は母親が子供にやるように、何度も頷いて見せた。

「何が大丈夫なんだ」

平田の視線がまっすぐに真奈美に向けられた。

「お金は私が体で作るから」

警察は搭乗者名簿から平田の帰国便を割り出して、万全の態勢で羽田から平田を尾行した。香港から羽田に到着した平田が、その足で直行したのが松濤だった。そして松濤の『瀬尾』という表札の家に入っていくところを確認した。

その後も平田に対する尾行は続き、結局、平田は東京のマンションは解約してしまったので、カプセルホテルなどを転々としていることが判明した。しかしある時期から、愛人宅と思われる東島真奈美の家で寝泊まりするようになった。

警察の張り込みは、松濤の一軒家と真奈美のアパートに絞られ、松岡は専《もっぱ》ら松濤の張り込みを担当していた。

平田はその後さらに二回、松濤の家を訪れていた。

警察はこの松濤の一軒家の持ち主を徹底的に調べ上げた。その家の持ち主の名前は、瀬尾和郎《かずろう》、七四歳。今までにマルチ商法や投資詐欺など、様々な詐欺事件の黒幕として名前が何度も取り沙汰されていた人物だった。

警察ではこの瀬尾和郎が、平田のオレオレ詐欺の金主なのではないかと考えた。それというのも、この瀬尾の家を出入りする人物を調べたところ、他のオレオレ詐欺などの特殊詐欺グループと繋がったからだ。瀬尾は、少なくとも五つのオレオレ詐欺グループの幹部と接触していた。

捜査本部ではこの瀬尾を中心に、オレオレ詐欺の全ての関係者を一網打尽にできないものかと考えた。今まではオレオレ詐欺の受け子の逮捕ばかりで、その主犯格の逮捕に至ることは滅多になかった。しかしもしも今回、その金主を含めた詐欺グループ全体を検挙できれば、警察側の大勝利と言える。

「マツ。何としてでも平田の詐欺の証拠をつかめ。そして奴に瀬尾との関係を自白させろ」

警視庁の上の方からの期待もあり、山﨑室長から厳命が下っていた。

「平田がオレオレ詐欺の首謀者だったことは、この目で見ていたから確かです。平田が瀬尾の家に行っているということは、金主の瀬尾に新たな詐欺の相談をしてるんやと思います。後はもう一度平田が詐欺を実行してくれれば、確実に証拠は挙がるんですが」

「平田はまた詐欺をやると思うか」

松岡はここ最近、ずっとそのことを考えていた。

「わかりません」

「もしも平田が詐欺をやらなかったら、その時はおまえが証人として出廷するか」

「え、そんなことが可能なんですか」

「可能は可能だ。しかしその時は、おまえも詐欺罪で逮捕されてしまうけどな」

冗談なのか本気なのか、山崎は真面目な顔でそう言った。

平田は香港から帰国してから、いつも緑色のリュックを持ち歩いていた。リュックを持たないで外出する時は、東島真奈美の家に置いたままにしていることが確認された。

当然、真奈美にも警察は尾行を付けていた。

夜は六本木のキャバクラで働いていた真奈美だったが、最近、昼間に吉原《よしわら》や川崎のソープランドを訪れて面接を受けているらしかった。

「平田は東島のヒモにでもなるつもりなんですかね」

松濤の瀬尾の家の近くに車を停めて、今日も松岡が張り込みをしていると、助手席に座っていた同僚の大山《おおやま》がそう言った。

「なんで平田がヒモになると思うんだ」

小首を傾げてそう訊いた。

「詐欺から足を洗うためですよ。そう考えるのが自然だと思いませんか。平田はもう詐欺をやる気はなく、女を働かせてヒモになる。場合によっては女の稼いだ金をもって、どこかに高飛びしようと思っているのかもしれません」

そう言われれば、確かにその読みはあり得ると松岡も思った。

「だから逃げられる前に、真奈美の家をガサ入れした方がよくないですかね」

捜査本部では平田が持ち歩いているあの緑のリュックの中身を重要視していた。そのリュックの中に、証拠となる決定的なデータを保存したパソコンが入っているのではないか。もしもそんなパソコンがあれば、平田の詐欺は立件できる。そしてもしもその中に、瀬尾に関するデータがあれば、一気に金主の瀬尾まで捜査の手が伸ばせる。

その時だった。

松濤の豪邸の入り口に、見覚えのある人物が現れた。

どうしてあの人物がここに来るのか。松岡にはその人物と瀬尾との関係が想像できなかった。

その日、平田は真奈美のアパートの周りをうろつく怪しい男を発見した。

最初は警察かと思い身を隠したが、平田はその男の顔に見覚えがあった。

「ちょっと警察までご同行願えますか」

平田は男の背中に声を掛けた。怯えた表情で振り返ったその男の首の付け根を、平田は強引に押さえ込んだ。

「浜原さん、どうして私のアパートがわかったんですか」

近くの喫茶店に真奈美を呼び出し、ストーカーと化した浜原を二人で問い詰めた。

「ごめん。あの時、冷たくされたから。でもどうしても真奈美ちゃんを諦められなかったからつい……」

「だったらお店に来ればいいじゃないですか」

「そんなの無理だよ。中込社長と違って普通のサラリーマンの僕が、あんな高い店に何回もいけるわけないじゃん。それでなくても家の貯金に手を出しちゃって、毎日大喧嘩なんだから」

平田はちょっぴりこの浜原が可哀そうに思えてきた。

遊び慣れていないサラリーマンが、キャバクラの女に惚れてしまうとこんなことになる。やがて家庭も崩壊して一家離散なんてことにもなりかねない。

「しかし真奈美ちゃんは、この男と同棲していたんだね」

「同棲なんかしていないわよ」

「そんな嘘言わなくてもいいよ。事実は事実なんだから、僕もこれで真奈美ちゃんを諦められるよ」

　平田はちょっと不思議に思った。確かに最近は、真奈美の家で寝泊まりしているから同棲しているようなものなのだが、どうして浜原はそう断言できたのだろうか。警察ではないのだから、毎日真奈美のアパートを監視しているはずもない。

真奈美はこの人と、一緒にタクシーで帰ったことはないんだよね」

「うん。浜原さんは川崎の方だから、一緒に帰ったら遠回りすぎるし」

「じゃあ、なんでこの男は真奈美のアパートを探し当てることができたのか。「真奈美。ひょっとしてこの人から、最近プレゼントとかもらったりした？」

　真奈美は首を左右に振る。

「もう金輪際《こんりんざい》、真奈美さんには近づきませんから、警察に私を突き出すのは勘弁してください。この通りです」

　浜原は大きく頭を下げる。

「本当に何ももらわなかった？　本とかぬいぐるみとか」

「いや、何ももらってないよ。お誕生日に中込社長からプレゼントはもらったけど、浜原さんからはもらわなかったし。もっとも中込社長のプレゼントのハンドバッグを持ってきてくれたのは、浜原さんだったけど」

「それだ」

平田はそう言って右手の人差し指を立てた。

「おまえそのプレゼントの中に、GPS機能のある盗聴器を仕掛けただろう」

「してない、してない」

浜原は慌てて大きく首を振る。

「本当ですか、浜原さん」

「キャバクラ嬢のストーカーがやりがちな犯罪なんだよ。真奈美、今から部屋に戻って、そのもらったハンドバッグを持ってきてごらん。もしもそこから盗聴器が発見されたら、その中込っていう社長は烈火のごとく怒るだろうな」

さっきまで白を切っていた浜原だったが、中込の名前を出した途端に真っ青になって謝りはじめた。

「真奈美は中込社長と直接LINEでやり取りする仲だろ。この男をどうするかは、中込社長の判断に委ねたら」

「そうねー、さすがにこれを中込社長に報告しないわけにはいかないわね」

真奈美はスマホでLINEを開いて、人差し指でスクロールする。

「そ、それだけは勘弁してください。私にも家族があります。今、会社を首になったら一家で路頭に迷うしかありません。上の娘は今年大学受験なんです。今も合格を信じて一生懸命勉強しているんです」

浜原は喫茶店の床に土下座をして許しを乞うた。

受験生の話をされて、真奈美は悲しい顔になって溜息をついた。

「そうねー、浜原さんは許せないけど、お嬢さんに罪はないから。浜原さんが首になっちゃうと、お嬢さんが私みたいになっちゃうかもしれないし」

真奈美のその言葉の意味を、浜原が理解することはなかった。

「許しちゃうのか」

「まあ、しょうがないじゃない」

真奈美は諦め顔でそう言った。

「じゃあもう二度と真奈美の周りに出没しないこと、そしてその盗聴器の受信機をここまで持ってくることで勘弁してやろうか」

「お願いします。もう二度と真奈美さんには迷惑をかけません。ですから、中込社長にLINEをするのだけは勘弁してください」

浜原は両手を合わせて懇願する。

「わかったわ。じゃあ、LINEをするのはやめておくわ。……あれ？」

急に真奈美が声を上げ、怪訝な表情でスマホを見つめていた。

「真奈美、どうかしたの」

「平田さん。これを見て」

平田は真奈美からスマホを手渡された。そこには真奈美が以前客に送った営業用のメッセージが表示されていた。


「井桁さんはどうして今まで結婚しようと思わなかったんですか」

貴美子はそれが不思議だった。バツイチならばわからなくもないが、これ程のイケメンが一度も結婚をしていないのは不可解だった。

「愛している」

「君のような美しい女性は初めて見た」

「君を思わない日は一日もない。毎日、ここにやって来たい気持ちだ」

会う度にそんな愛の言葉を囁くのだから、やはりゲイということはないだろう。

「以前は結構収入が不安定だったから、なかなか本気で結婚までは考えられなかったんだよね。でも君に出逢った時に独身でいられたのは、本当にラッキーだと思ったよ」

しかし女優並みの美しさを手にすると、ここまで人生とは変わるものなのか。貴美子はその数奇な運命に驚いていた。昔のデブスだった自分に、今の光景を見せてあげたいと思ったりもした。

しかし貴美子はちょっと心配なこともあった。経営コンサルタントの会社をやっているとはいえ、連日、銀座の高級店で遊べるほどこのイケメンは金持ちなのだろうか。

銀座は新宿や六本木と違い、客がツケで飲んで払えなくなった場合は、担当ホステスが責任をもってそのツケを回収する。それで回収できればいいが、もしも客が踏み倒したり自殺や自己破産などをして物理的に払えなくなってしまうと、担当ホステスが自腹を切って補償しなければならない。そのせいで銀座を追われ、借金返済のために風俗に落ちてしまうホステスも少なくなかった。

「君に会って僕は変わった。貴美子さん、僕と結婚して下さい」

ベッドも共にしていないのに、遂に求婚の言葉まで口にした。実は自分はバツイチであると貴美子は告げたが、そんなことは気にもしなかった。

「絶対に君を幸せにする。今のコンサルの仕事も順調だけれど、実は僕には結構な資産もあるんだ」

店が終わり銀座のバーで二人だけで飲んでいると、そんな秘密を口にした。

「井桁さん。それで今、いくらぐらい貯金があるの。やっぱり結婚をするならば、そのことは教えてもらわないわけにはいかないから」

二人の他に客はいない。マスターは遠くで黙ってグラスを磨いていた。

「ざっと三億はあるだろう」

その金額を聞いて貴美子の心がざわめいた。

既に金澤からもらった三億円は使い切ってしまった。貴美子はこのまま本格的に銀座のホステスとして働くか、それとも自宅の一億円のマンションを売り払い、地味な生活に戻るかの二者択一を迫られていた。

「でも井桁さんの自宅は賃貸ですよね」

本当にそんな大金を持っているのだろうか。少なくともこの男が国内に不動産を持っていないことは、以前の会話で知っていた。

「貴美子さん。今や本当のお金持ちは国内に不動産なんか持ちませんよ。日本で資産を持ったところで、最終的に税金でごっそり持っていかれるだけですから」

「じゃあ、井桁さんはどこに資産を持ってるの」

「海外です。アジアならば香港とシンガポール、他にはケイマン諸島やパナマなど、世界のお金持ちはもうずいぶん前からそういうところに、自分の資産を隠しているんですよ。そして僕も海外のタックスヘイブンの国々に、三億円の資産を分散させて隠してあります」

「本当に？　本当にそんなところに井桁さんは資産を持っているの。じゃあ、私にもその口座を教えてくれる。本当にそこに資産があるのがわかったら、あなたのプロポーズをお受けしてもいいわよ」

貴美子はそう囁いた。

「もちろんだよ。僕の全資産の在処《ありか》を今度君に教えるよ」


真奈美はその日も早めに起きて、透明のゴミ袋を二つ持っていつものゴミ捨て場に運んでいた。

ここ数日、平田は大事にしている緑色のリュックを肩に担いで、日中どこかに出掛けていた。きっと、新しい詐欺の相談をしているのだろう。真奈美はもうこれ以上、平田に詐欺を続けて欲しくなかった。

しかし瀬尾に五〇〇〇万円支払わなければ、平田は詐欺をやめられない。

その後、吉原、川崎の高級ソープ店を回ってみたが、採用こそ二つ返事で決まるものの、さすがに五〇〇〇万円もの前借りをするのは不可能だった。

真奈美はゴミを置いて緑色の網を掛ける。

今朝もゴミ回収のギリギリの時間だったが、なんとか間に合ってほっとする。昨日はアフターに午前五時まで付き合わされたので、正直、まだ睡眠は足りてはいない。こんな生活を続けているので、一緒に住んでいながら平田とは満足に会話もできていなかった。路上駐車のバンのスモークガラスに、真奈美の顔が映っている。慌てて部屋から出て来たから、髪はぼさぼさでノーメイクのすっぴんだった。

昨日、久しぶりに瀬尾がお店にやってきた。

「瀬尾さん、私に五〇〇〇万円貸してくれませんか」

思い切ってそう頼んでみた。

「何に使うんだい」

「ある人物を救いたいんです」

瀬尾は真奈美と平田が付き合っていることは知らないはずだが、勘のいい人だから何かを察したかもしれなかった。

「真奈美ちゃんが、わしの愛人になってくれれば、そのぐらいの金はすぐに出すよ」

瀬尾は事もなげにそう言った。

真奈美はアパートの敷地に戻り、重い足取りで階段を上る。そして部屋に入り、玄関の鍵をロックする。

瀬尾の愛人になったら平田の恋人ではいられなくなる。たとえソープ嬢になったとしても、平田ならば自分を愛し続けてくれるはずだと思っていた。しかしソープ嬢になったところで、五〇〇〇万円は借りられないのだから、平田は詐欺を続けなければならない。そんなことを思い悩んでいるうちに、ある日突然、平田はあの緑のリュックを担いで、どこかに消えてしまうかもしれない。

今はまだ平田は真奈美の家にいて、ベッドで可愛い寝顔を曝《さら》している。

自分はどうしようもなく平田を好きになってしまった。犯罪者だろうと関係ない。高校生から勉強も仕事も真面目にやってきた真奈美にとって、平田への気持ちだけが自分の中の正解だった。しかしこれからどんなに頑張ってどんなに耐え忍んだとしても、二人の前に明るい未来は見えてこない。

「東島真奈美さん、宅配便です」

チャイムと同時に、そんな男の声が聞こえた。

「はーい。今すぐ開けます」

鍵を外しドアを開けると、なぜかスーツ姿の若い男が立っていた。

「東島真奈美。犯人蔵匿《ぞうとく》及び証拠隠滅罪の容疑で家宅捜索します」

真奈美の横を複数の男が押し入ってきた。

真奈美は咄嗟に緑のリュックのところに走った。

「その緑のリュックだ。そこに平田のパソコンがあるはずだ」

真奈美の方が先にリュックを手にしたが、屈強な男たちに囲まれてしまった。しかし真奈美はリュックを抱えて、一直線に玄関に向かって突進した。

「取り押さえろ」

複数の男の手に押さえつけられて、真奈美は手足を振り回して必死に抵抗した。

「抵抗するな。これ以上抵抗すると、公務執行妨害で逮捕するぞ」

しかし所詮は非力な女の力だった。真奈美はあっという間に緑のリュックを取り上げられてしまい、複数の男たちに床に押さえつけられた。

「どうした？　真奈美」

異変を感じた平田が寝ぼけ眼《まなこ》で現れた。

「平田さん、逃げて」

刑事たちの視線が一斉に平田に注がれる。

平田が咄嗟に窓を開けて逃げようとすると、そこにも刑事が立っていた。


「平田のパソコンからは、これといった証拠は出てこなかったぞ」

松岡はデスクに戻った山﨑室長からそう告げられた。

「グループの連絡先とか帳簿とかもなかったんですか」

パソコンはすぐに警視庁の専門家によって調べられたが、重要な証拠が消去されたような痕跡もなかった。

「そもそもあのパソコンの中には、ほとんどデータが入っていなかったらしい」

平田が持ち歩いていたパソコンは、つい最近買ったものだった。

「詐欺仲間とのやり取りのメールの履歴も出てこなかったということですか」

「スマホも調べたが、不思議と決定的な詐欺のメールの履歴はなかったらしい。平田は詐欺の連絡を、どうやって仲間と取っていたのだろうか」

あの日の東島真奈美の部屋のガサ入れが、事前に平田たちに漏れていたとは考えられなかった。その後部屋は徹底的に調べられたので、部屋のどこかにスマホや携帯が隠されている可能性はかなり低い。

「これじゃあ、とてもじゃないが立件は無理だな。しかしこうなると、逆におまえの立場が危ないかもしれないな」

山崎が気になることを呟いた。

「室長、それはどういう意味ですか」

「いや、今回のおまえの潜入捜査は大々的なものだったから、オレオレの社長クラスの逮捕まで行かないと、捜査二課長の面子が立たない。何しろ警察の常識を超えて、おまえを犯罪者にしてまで捜査した案件だったからな」

「今更そんなこと言わんでくださいよ。殺人以外やったら目ぇ瞑るって、山崎室長が言うてたやないですか」

「そりゃあおまえ、言葉の綾《あや》だよ。警察官が犯罪をしていいはずがないだろう」

裏切られたと松岡は思った。もともとこの山崎という男は軽薄というか、上の命令を鵜呑みにするがその責任は被らないという癖があった。

「それに刑事部長が代わっただろ。おまえの内偵調査は前の部長が許可したものだから、今の部長は責任を負いたくないんだよ。警察官のモラルを超えた捜査は疑問に思わざるを得ないとか、この間お偉いさんの前で言っていたらしいぞ」

松岡は小さく舌打ちをした。

警察では、仕事をする奴ほどいなくなるという言葉がある。

綺麗ごとだけではすまされない、市民を守るために現実的な行動を一生懸命やればやるほど、警察組織からは浮いた存在になってしまう。オレオレ詐欺の中枢に飛び込み、地獄のような研修にまで耐えて尽くしてきたのに、待っていたのは左遷《させん》なのか。

「もっと大物を逮捕できれば潮目も変わるさ。それにこのまま捜査がぽしゃったとしても、さすがにおまえが懲戒免職になったりすることはないと思うよ。まあ、せいぜい頑張るんだな」

「井桁さん。私、まだヨーロッパに行ったことがないから、新婚旅行はフランスとイタリアに行きたいんだけどいいかしら」

貴美子はベッドの上で肩を寄せた。

「スペインも良いところだよ。三週間ぐらいかけてヨーロッパを一周してくるというのも悪くないね。だって貴美子は結婚したら銀座のお店は辞めるんだろ」

「そうね。あなたにあれ程の資産があるなら、専業主婦でも食べていけそうだからね」

このイケメンの海外資産を教えてもらったが、それは本当に実在していた。香港、シンガポール、バミューダ諸島、あとは貴美子が聞いたこともない国の金融機関に分散して預けられていて、確かに三億円ぐらいの価値があった。

「貴美子は今でもセレブな生活をしているから、これからも頑張って稼がないとあのぐらいの貯金はあっという間になくなっちゃうかもしれないな」

「ひっどーい」

貴美子が拗ねて見せると、ベッドの上のイケメンが楽しそうに歯を見せて笑った。

それらの資産が確認できたので、貴美子は体を許した。資産は税務当局にはわからないように隠されていて、名義も巧妙に疑装されていた。海外にはそういうお金持ちの資産を上手に管理する会社があって、それなりの手数料を払えば面倒な作業は全部やってもらえるんだそうだ。

「新婚旅行はそれでいいとして、結婚式はどうする。僕はあまり親戚もいないし、別に挙げなくてもいいと思ってはいるけど」

「そうね。私も再婚だし、井桁さんがそう言うならば結婚式はしなくてもいいわ」

喧嘩ばかりしている両親と、元引き籠りの弟を結婚式に出させる方が骨だった。

「でも結婚指輪はちょうだいね」

「もちろんだよ」

既に貴美子の左の薬指には、大粒のダイヤモンドがあしらわれた婚約指輪が光っている。

「婚姻届はどうする。二人で一緒に出しに行く？」

「仕事のついでで役所に行くことがあるから、今度用紙をもらってくるよ。サインさえしてくれれば、僕が後で出しといてあげるから」

「あ、そう。それはそれでいいかもね」

「後はいつから一緒に住むかだね。僕がマンションを借りてもいいけど、このマンションに住むほうが現実的だよね」

「そうね。ここを貸し出せばそれなりのお金にはなると思ったけど、あなたにあれ程の資産があるならば、そんなことをする必要もないわよね」

「まあ、そうだよね。しかしこのマンションから見る東京の夜景は最高だね」

「そうかしら。毎日見てると、意外と飽きてくるものよ」

そんな貴美子の言葉など聞こえないかのように、井桁は窓から見える東京の夜景に見入っていた。

「夜景の他にも、この部屋にはもっといいものがあるでしょ」

窓の外を見ていた男の唇に、貴美子がそっとキスをする。井桁は貴美子を熱く抱きしめ、やがてベットに押し倒した。そして、首筋、バスト、おへそ、そしてもっと下の部分まで唇を這わせる。井桁は三〇代後半のイケメンで、街のアラサー女子たちならば、誰でも結婚したくなるようないい男だ。そんなイケメンを虜《とりこ》にして、さらに莫大な資産も共有する。

貴美子は快感で身が震えた。

ちょっと前の自分だったら、本当に考えられないことだった。


「真奈美の家がガサ入れされて、そこに平田もいたらしいな」

ミニスカートのマッサージ嬢を奥にやると、ブランデーを片手にソファーに腰を下ろした。

瀬尾は松濤の一軒家に、一人の男を呼び出した。

「僕もびっくりですよ。しかし警察は、詐欺の証拠は押さえられなかったようですね」

「いっそ真奈美と平田を逮捕してくれた方が、おまえにとっては都合が良かったんだろうな。そうだろ、竹崎」

瀬尾が座っているソファーの正面に竹崎が腰かけると、新しい秘書の女が、瀬尾が飲んでいるものと同じブランデーを運んできた。女は一礼すると部屋の奥に消えていった。

「今度の秘書も女子大生ですか」

「ああ、今度はW大学だ」

相変わらずミスコンで優勝しそうな美人だった。瀬尾はどこでこんな若くて可愛い美人を見つけてくるのだろうか。

「今度はもう少し長持ちするようにうまくやるさ」

「また覚醒剤を使うんですか」

竹崎はちょっと呆れ顔でそう訊ねた。

「そうだよ。わしはもうこんな歳だからやらないが、女の子は豹変するぞ。むしろ一人で満足するようになるから、俺みたいな爺には一石二鳥だ。なんならおまえも試してみるか」

「僕は結構です。常習になると困りますから」

冗談じゃないと竹崎は思った。

「しかしどこかで平田に出くわすかもしれないから、おまえも心が休まらないな」

「今でもドキドキしながら生活していますよ。そのせいでトレードマークの髭も剃ったし、今でもマスクとサングラスが手放せませんからね」

「しかし平田と鉢合わせするとしたら、きっとここだろうな。あいつは今でも時々、この家にやってくるからな」

瀬尾がもう一度平田に詐欺をやらそうとして、ここで説得しているのは知っていた。だから竹崎が松濤のこの家に来るときは、万が一にも鉢合わせしないように細心の注意を払っていた。

「あのカラクリが、平田にばれてしまったりはしていないのか」

瀬尾はブランデーを口にする。

「大丈夫だと思います。香港警察の制服を着た何人もの役者を使ったし、やはり言葉が通じない外国というのは騙しやすかったですね」

「それに人はなぜか、純朴そうな女の子が自分を騙すとは思わないからな」

「エミリーのことですか。その辺の瀬尾さんのアイデアは秀逸でしたね。どうもありがとうございました」

平田が詐欺をやめたいと言い出した時に、瀬尾は竹崎と組んで平田の金をそっくり騙し取ろうと考えた。香港で竹崎が強盗殺人に遭い、拉致された平田を偽警官が救うというシナリオを考え付いたのも瀬尾だった。さらにカタコトの日本語しか話せない純朴そうな女を使って駄目を押した。

「竹崎、正常性バイアスって言葉を知っているか」

「なんですかそれ？」

「自分の都合の悪い情報を、過小評価してしまう人間本来の特質だ」

自分だけは大丈夫だろう、まさか現実には起こらないだろうという楽観的な考え方だった。しかしそれは人間が持つごく当たり前の特質で、心配ばかりしていたら、地震や災害の多い日本では暮らしていくこともできない。

「詐欺っていうのはどんなものでも、この正常性バイアスに付け込むんだ。警察があれだけポスターやメディアで、オレオレ詐欺に気を付けましょうと言っているのに、つい自分だけは大丈夫だと人は思ってしまう。そんな思い込みが、詐欺師にまんまと利用されるわけだ」

「そして今回ばかりは、平田もその正常性バイアスって奴で油断してしまったってことですね」

策士策に溺れるではないが、詐欺師は意外と騙されやすい。

「平田はあのままずっとオレオレをやっていればよかったんだよ。何しろあいつはオレオレ詐欺の社長としては超一流だ。とにかくあんな優秀な男はいない。オレオレ詐欺に限れば、もう何人の金主になったか覚えてもいないが、他にも投資詐欺、マルチ商法詐欺、霊感商法、デート商法、わしが関わらなかった詐欺の方が少ないぐらいだ。その中でも、やっぱり平田ほど稼げる奴はいなかった。しかしどんなに騙すのが得意な奴でも、油断してしまうんだな。自分だけは大丈夫だとつい思ってしまうんだ」

瀬尾の皺だらけの顔にさらに深い笑い皺が加わった。竹崎も笑い顔を作ったが、目の前の老人が妖怪のように見えて怖かった。

その時、部屋に大きな胡蝶蘭《こちょうらん》が置かれているのに気が付いた。

「この胡蝶蘭は誰かからのプレゼントですか」

瀬尾はブランデーを一口啜る。

「平田だよ」

竹崎は知らなかったが、実は昨日が瀬尾の七五歳の誕生日だったそうだ。

「あいつはそういう気遣いができる男だ。もう五年も続けてあいつはわしの誕生日に花を贈ってくれている。唯一平田だけが、家族がいないわしの誕生日を祝ってくれていることになるな」

瀬尾は感慨深げにその胡蝶蘭を眺めた。

「瀬尾さん。平田はこれからも詐欺を続けますかね」

「この間、真奈美の店に行ったら、わしに五〇〇〇万円借りたいと言ってきた。わしが平田に、足を洗いたいならば五〇〇〇万円払えと言ったからだろうな」

「それでどうするんですか。真奈美に五〇〇〇万円貸すんですか」

「貸さないよ。でも何だかんだいって真奈美の体はものにする」

瀬尾がまた妖怪のような顔をした。

「じゃあ、平田は？」

「平田もこのまま詐欺を続けさせるさ」

とことん酷い老人だと思った。

「そう言えば、おまえも真奈美に惚れていたんじゃなかったのか」

なんでこの老人はそんなことまで知っているのか。

「いや、まー。でも最近はまた新しい女ができましたから、関係ないですよ」

「わしもいつかは死んでいく。しかも一人惨めに死ぬだろう。わしはな、たかが金がないだけで、若い連中が不幸になっていくところを見ることが、何よりも楽しいんだ。それがもうすぐ汚く死んでしまう老いぼれ爺の最後の憂さ晴らしなんだ」

地下鉄の桜田門《さくらだもん》駅の改札を抜けると、４番の出口を目指して歩いた。

４番出口の付近には、オレオレ詐欺撲滅のためのポスターなども貼られていて、平田は思わず苦笑いをする。

４番出口の階段を登ると、右側に金文字で警視庁と書かれた大理石があり、その向こう側に地上一八階、地下四階からなる本庁舎がそびえ立っている。このビルを「桜田門」と隠語で呼ぶのは、内堀通《うちぼりどお》りを挟んだ向こう側に皇居の桜田門があるからであり、安政七年（一八六〇年）に、水戸・薩摩藩浪士が大老井伊《いい》直弼《なおすけ》を暗殺した「桜田門外の変」は、この警視庁本庁舎のすぐ近くで起こった暗殺事件だった。

警察による真奈美の家のガサ入れは失敗に終わった。平田は逃亡している途中でパソコンを買い替え、重要なデータはＵＳＢに入れて他人名義の貸金庫に預けておいた。もちろん昔のパソコンは廃棄した。

あのパソコンは、詐欺仲間たちとの連絡のためだけに購入したものだった。

平田たちはパソコンメールの下書き機能を使って連絡を取り合っていた。送信してしまうと履歴が残ってしまうメールだが、下書きだけならばあとで消してしまえば証拠は残らない。それぞれが同じアカウントにアクセスして、そこに書かれた下書きを見て詐欺の連絡を取り合っていた。これならばパソコンを押収されてそのアカウントはばれてしまうかもしれないが、取り合った連絡の内容まではわからない。

警視庁本庁舎の入り口には屈強そうな制服警官が立っていた。

一二〇センチの警杖《けいじょう》を持ち、腰にはピストル、耳には無線用のイヤホンが刺さっている。平田がその前を通り過ぎようとすると、前に立ちはだかって行く手を阻んだ。

「どちらにご用ですか」

言葉使いは丁寧だが、その表情は厳しかった。

「刑事部の捜査第二課に用があって」

このビルの中には、東京都の警察の中枢が置かれているが、当然刑事部もこの建物の中にあった。捜査課は、主に殺人事件などの強行犯を扱う捜査第一課、知能犯や選挙違反などを取り扱う捜査第二課、窃盗、空き巣などを扱う捜査第三課の三つに分かれる。その中で捜査第二課は、かつては政治家の汚職などの事件を扱うことが多かったが、最近はオレオレ詐欺などの特殊詐欺対策がその重要課題となっていた。

「お約束ですか」

制服警官にそう訊ねられたが、平田は首を左右に振った。

「オレオレ詐欺の自首をしに来ました」


「井桁さん、忙しいところ呼び出しちゃってごめんなさいね」

新婚旅行の手続きをしなくてはいけないからと、貴美子は未来の夫を銀座の喫茶店に呼び出した。

「貴美子、旅行代理店の人はまだ来ないの？」

「ちょっと遅れるって連絡があったわ。もうすぐ来ると思うから」

取り澄ましたような表情で、貴美子はエスプレッソを口にする。

「ねえところで、貴美子はいつまで銀座のクラブに勤め続けるの」

今日も貴美子はこのまま店に出勤する予定だった。

「そうねー。まあ、今月いっぱいぐらいかしら。私はすぐにでも辞めたいんだけど、なかなかママの許可が出なくて」

平日の夕方にしては、その喫茶店はとても混んでいた。貴美子たちが座っている右のテーブルには、黒縁の眼鏡をかけたスーツの男がノートパソコンを広げていた。左のテーブルには体格のいいラグビー日本代表のような大男が二人、真剣な表情をしながら小声で話し合っていた。

「そう言えば、婚姻届って本人の直筆でなくても提出できるのね」

貴美子は最近、ネットで知った知識を口にした。

「へー、そうなんだ」

「一生の問題なのに役所ってセキュリティが甘いわよね。振られた男が腹いせに結婚届を出してしまうなんて事件が、今でも稀にあるらしいわよ」

「でもそんなの法律的には無効だろ」

「もちろんそうよ。でも家庭裁判所に行って婚姻無効の訴えを出したり、色々面倒くさい手続きをしなければならないんだって。そういう悪い奴がいるらしいので、最近は一人で届を出しに行くと、相手の自宅に婚姻届を受理した旨の通知が届くらしいの」

「どうしたの？　貴美子、なんで急にそんな話をするの」

不思議そうな顔で貴美子を見ていた。

「いや、結婚をしようと思っても、井桁さんが遠くに行ってしまったら何かと困るなと思ったから」

「どういうこと？」

「あ、やっと来たわ」

貴美子が軽く手を挙げると、スーツ姿の男が頷いた。

「え、あの人が旅行代理店の人なの。なんか全然それっぽく見えないね」

小声で貴美子に話しかける。

「初めてあなたがお店に来た時に、私にどこかで会ったことがないか訊いたわよね」

貴美子は男のセリフをスルーして、そんな昔話を喋りだした。

「ああ確かに訊いた。今でも僕は、貴美子とどこかで会ったことがあるような気がしているんだ」

「私も最初にそう思ったの。あなたとどこかで会ったような気がしたの」

「やっぱりそうなんだ。僕たちは以前にどこかで出逢っていたんだ」

貴美子はゆっくり頷いた。

「私はその後すぐに思い出したの。でもあなたには難しかったでしょうね。何しろ私は、あの頃とは別人のように変わってしまったから」

「どういうこと？」

「私、ダイエットをしてさらに整形もしたの。だから最初にあなたと会った時は、もっとデブでブスだったのよ」

そう言いながら貴美子はエスプレッソをもう一口飲んだ。

「遅くなってすいません」

スーツ姿の男が貴美子にそう言うと、男は内ポケットから身分証明書とともに一枚の紙を取り出した。

「警視庁刑事部捜査第二課の松岡です」

その時、貴美子たちの両隣に座っていた三人の男が立ち上がった。松岡が手にした紙には逮捕状と書かれていて、裁判官の赤い判子が押されていた。

「竹崎拓哉さんですね」

男は思わずのけぞって怪訝な表情で松岡を見上げた。

「え、違いますよ。僕は井桁稔です」

「それはあなたがたくさん持っている偽名の一つにすぎません。竹崎拓哉。あなたを詐欺の容疑で逮捕します」

「貴美子、これは一体どういうことだ」

貴美子はエスプレッソの入ったカップを静かに置いた。

「あなたは初めて会った時、私には竹田貴人と名乗ったわ。ちなみに私の今の苗字の金澤は、死んだ旦那の苗字なの。私の旧姓は檜原、檜原貴美子。あなたにネット詐欺で二〇〇万円騙し取られたあのデブスよ」

「ま、まさか」

井桁稔の名前を騙っていた竹崎拓哉は思わず立ち上がった。

「びっくりした？　あなた他にも結婚詐欺とかやっているから、結構長く刑務所に入ることになるらしいわよ。でも大丈夫、あなたの大事な資産は妻の私がきっちり管理しておいてあげるから」


「いきなりわしを逮捕して、ちゃんとした証拠はあるんだろうな」

警察は松濤の瀬尾の一軒家をガサ入れした。

「あんたの家から、覚醒剤が一〇グラム発見された」

瀬尾は小さく舌打ちする。

「ただの所持だ。わしは使用していない。なんなら尿検査を受けてもいい」

そこまで強く言い切るのならば、瀬尾は覚醒剤を使用していないのかもしれないと松岡は思った。

「一緒にいた女はやっていたかもしれないが、わしは使っていない。いや、そもそもその覚醒剤は、あの女が持ってきたんだ。わしは無実だ。今すぐ弁護士を呼んでくれ」

狭い取調室でその老人はうそぶいた。

「まあ、そんなに急かさんといてください。瀬尾さん、この取調室でのあんたとのお付き合いは、きっと長《なご》うなると思いますよ」

「どういう意味だ」

「我々警察としても、あんたをただの覚醒剤の所持だけで、わざわざ引っ張ったわけではないですしね」

瀬尾はじろりと松岡を見た。

「あんたは少なくとも五つのオレオレ詐欺、三つの投資詐欺、そして二つのマルチ商法詐欺に関与してはりますよね」

「なんのことだかわからないな。わしがそれらの詐欺をやっていたとでも言いたいのか」

余裕綽々《しやくしやく》で瀬尾はそう答えた。絶対に、自分の悪事がばれないと思っているのだろう。

「もちろんあんたは実行犯ではない。しかし、あんたはそれらの詐欺の金主だ。つまりあんたには、詐欺教唆《きょうさ》の疑いがある。さらにそれを承知で利益を得ていれば、共同正犯《きょうどうせいはん》として詐欺罪となる可能性が十分にあるんや」

「おまえバカじゃないのか。そんな証拠がどこにある。詐欺の実行犯ならいざ知らず、詐欺の金主など立証できるはずがないだろう」

「あんた、平田伸浩に金を出して、オレオレ詐欺をやらせてたんとちゃいますか」

瀬尾は腕を組んで天井を見上げる。

「そして竹崎拓哉を使って、詐欺グループの金をマネーロンダリングする仲介もやった。さらにはそこでもあんたは詐欺的な行為を指示してた」

「おまえが何を言っているのかさっぱりわからない。弁護士だ。とにかくわしの顧問弁護士をここに呼べ」

「いい加減にしらばっくれるのはやめろ。おまえが弁護士を呼べるのは、我々の取り調べが全て終わってからや」

瀬尾はぎろりと松岡を睨む。

「じゃあ、医者を呼べ。わしは心臓に重大な欠陥がある。とてもじゃないがそんなハードな取り調べには耐えられん」

「瀬尾！　警察を舐めるな」

松岡は机を叩いて激昂する。

「おまえがどんなに叫ぼうが、知らんものは知らん。おまえの言っていることは、何が何だかさっぱりわからん」

「瀬尾さん。あんたは今、私の言うていることがさっぱりわからないとおっしゃいましたよね」

松岡は一転して、低くて落ち着いた声で瀬尾を睨みつけながらそう訊ねる。

「ああ、そうだ。覚醒剤の所持ならまだしも、オレオレ詐欺とか、マネーロンダリングとか、わしには全く身に覚えのないことばかりだ。だからさっささと弁護士を呼べ」

「本当に身に覚えがないいんですね」

「そうだ。わしには何のことだか全くわからない」

「わかりました。そこまでおっしゃるんやったら、これを聞いてください」

そう言って、松岡は机の上のレコーダーを再生した。

『平田はあのままずっとオレオレをやっていればよかったんだよ。何しろあいつはオレオレ詐欺の社長としては超一流だ。とにかくあんな優秀な男はいない。オレオレ詐欺に限れば、もう何人の金主になったか覚えてもいないが、他にも投資詐欺、マルチ商法詐欺、霊感商法、デート商法、わしが関わらなかった詐欺の方が少ないぐらいだ。その中でも、やっぱり平田ほど稼げる奴はいなかった。しかしどんなに騙すのが得意な奴でも、油断してしまうんだな。自分だけは大丈夫だとつい思ってしまうんだ』

オレオレ詐欺をはじめ投資詐欺やマルチ商法詐欺も含めて、瀬尾が関与していた詐欺は徹底的に調べられ、やがて詐欺罪で起訴された。詐欺罪は一〇年以下の懲役だが、組織的犯罪処罰法が適用される可能性もあり、瀬尾が残りの人生を塀の中で過ごすことは間違いなさそうだった。竹崎も貴美子へのネット詐欺や過去の結婚詐欺で起訴された。

しかし平田は不起訴になった。

『松岡。俺は自首をする。そして瀬尾の悪事を洗いざらい喋る。その代わり、司法取引を希望する』

最初は司法取引など考えてもいなかった。

しかし浜原を喫茶店で問い詰めた時に、真奈美から見せられたＬＩＮＥのメッセージに違和感を覚えた。真奈美が竹田に送ったＬＩＮＥのメッセージが、いつの間にか既読になっていたからだ。

『竹内琢磨と名乗っていたマネーロンダリングのプロが、頻繁に松濤の瀬尾の家に行っていることを知っているか』

ガサ入れの後の事情聴取で、平田は松岡からそう訊かれた。

竹内琢磨は瀬尾から紹介されたのだから、そのこと自体に不思議はなかった。しかし松濤の一軒家の入り口で松岡が竹内を見たのは、平田が香港から帰ってきた後のことだった。さらにこの時、竹内琢磨と名乗っていた男は真奈美の店によく来る竹田貴人と同一人物で、その本名が竹崎拓哉であることも知らされた。

その竹崎拓哉が生きている。

『おまえが日本に帰ってきた二日後に、竹崎は香港発成田着のキャセイパシフィック機で日本に帰国している』

松岡のその一言で、平田はそのトリックに初めて気付いた。

すぐに松岡から香港警察に連絡をしてもらい、最近香港で殺された日本人がいないことを確認した。さらに平田がサインしてエミリーに渡した供述調書も、香港警察には保管されていなかった。そもそもエミリーなどという女性の警察職員は、香港警察には在籍していなかった。

それでも今まで世話になってきた瀬尾は裏切れないと、その時は思っていた。しかしこのトリックの本当の黒幕は誰なのか。そしてその人物の本当の狙いが何なのかを平田は知りたかった。

そこで平田は、ストーカーの浜原から取り上げた盗聴器を、胡蝶蘭の鉢植えに仕込んで瀬尾の誕生日祝いとして松濤に送った。やがてそこに竹崎が現れて、瀬尾との密談の中で、自分が瀬尾の策略にまんまと騙されていたことがわかった。しかもこのままだと真奈美にまで危害が及んでしまう。

『ここから先は鉄火場だ。食うか食われるかの弱肉強食の世界だ。それだけは忘れるなよ』

平田はかつて瀬尾に言われたその言葉を思い出した。

そして録音したデータを松岡に渡し、司法取引することを決意した。

警察はまず覚醒剤の不法所持で令状を取って、松濤の瀬尾の家をガサ入れした。瀬尾の家からも詐欺の証拠は出てきたが、平田のＵＳＢの中にはもっと確実な証拠が山ほどあった。

しかもそれを裏付ける平田という強力な証人もいた。

「司法取引に応じてくれてありがとうございます」

松岡が軽く頭を下げる。

「しかしまさかおまえが、刑事だったとはな」

平田は軽く溜息を吐いた。

「刑事が詐欺師になりすますんは、良心が痛んで辛かったですわ。周囲を騙しつつ、さらに自分の心も騙さんといかんかったから」

平田は金髪だったころの松岡のことを思い出した。

「おまえはあそこにいた連中とは、何かが違うと思ったよ」

「しかしあの挨拶は感動しました」

平田は一瞬、松岡が何を言っているのかわからなかった。

「研修の最終日に、あんたがぶったあの挨拶ですわ」

「そうか。おまえもあれを聞いていたんだったな」

「確かに俺たちの世代はチャンスらしいチャンスがなかった。そして簡単に打ちのめされた。俺も母子家庭やったから、あの時あそこにいた連中と実は同じ気持ちやった」

平田は何も言わずに松岡を見た。

「せやけど、夢を失くした男が全員詐欺師になったらあかんと思う。そんな夢なら俺はいらんし、そんな国はいつか滅びる」

松岡の肩を軽く叩いた。

「元気でな」

警察署の出口で、真奈美が平田を待っていた。

「釈放されてよかったね」

真奈美は満面の笑みで歩み寄る。

「なんだ、俺を待っていたのか。無一文になった俺に関わっても、もう何もいいことなんかないぞ」

ぶっきら棒にそう言った。平田の三億円は竹崎の手元に行ったと思われたが、海外の口座に秘匿されてしまったらしく、自分の下に戻ることはなさそうだった。今や平田は、職も貯金も住むところもないただの男だった。

「お金なんか、また稼げばいいじゃない」

昔の自分だったら、そんなことを言えただろう。しかしこれから、どうやって金を稼ごうか。

「もう二度とオレオレ詐欺はできないんだ。司法取引をした以上、二度とあの世界に戻れないから」

「別にそんなことまでして稼がなくてもいいじゃない。お金なんか、必要なだけあればいいのよ。私も奨学金返済の目途がついたから、もうキャバクラは辞めることにしたの」

平田は真奈美の顔を見た。

「勿体ないんじゃないか。結構、あの店で人気だったんだろ」

「いいの。もう、お金に振り回されるのはまっぴらだから」

真奈美と肩を並べて歩き始める。

朝日が昇ってきて、空がどんどん白くなっていく。

「そんなに稼がなくていいんなら、もう日本じゃなくて、どこか海外で面白いことをやってみたいな」

「面白そー。ねえ、その時は私も連れてってよ」

真奈美は平田の手を取った。

立ち止まって真奈美を見る。真奈美は嬉しそうに微笑んでいる。

「そうだな。真奈美、その時は一緒に海外に行こう」

平田は真奈美の手を握った。

「嬉しい！　それで、海外では一体何をやるの？　ひょっとして、また新しい詐欺でもはじめるの？」

上目遣いに自分を見る真奈美に、苦い笑顔を作ってみせた。

「もう騙されるのはこりごりさ」

《参考文献》

「振り込め犯罪結社」　鈴木大介　宝島社
「老人喰い」　鈴木大介　ちくま新書
「職業〝振り込め詐欺〟」　NHKスペシャル「職業〝詐欺〟」取材班　ディスカヴァー携書
「詐欺の帝王」　溝口敦　文春新書
「だましの手口」　西田公昭　PHP新書
「女子大生風俗嬢」　中村淳彦　朝日新書
「オンナの値段」　鈴木涼美　講談社
「「奨学金」地獄」　岩重佳治　小学館新書
「マネーロンダリング入門」　橘玲　幻冬舎新書
「富裕層のバレない脱税」　佐藤弘幸　NHK出版新書
「カジノエージェントが見た天国と地獄」　尾嶋誠史　ポプラ新書
「本物のカジノへ行こう！」　松井政就　文春新書
「コワ〜いキャバクラの話」　別冊宝島編集部編　宝島SUGOI文庫
「手記　潜入捜査官」　高橋功一　角川書店
「出会い系サイトの裏事情」　藤真C佳　モバイルメディアリサーチ

この作品は書き下ろしです。原稿枚数680枚(400字詰め)。

この物語はフィクションです。作中に同一の名称があった場合でも、実在する人物・団体とは一切関係ありません。

オレオレの巣窟《そうくつ》

志《し》駕《が》晃《あきら》

令和元年8月10日　初版発行

発行人――石原正康
編集人――高部真人
発行所――株式会社幻冬舎
〒151-0051東京都渋谷区千駄ヶ谷4-9-7
電話　03(5411)6222(営業)
　　　03(5411)6211(編集)
　　振替00120-8-767643
印刷・製本―中央精版印刷株式会社
装丁者――高橋雅之

幻冬舎文庫

ISBN978-4-344-42882-9　C0193　し-44-1